何建明

作 品

死亡征战

中国援助非洲抗击埃博拉纪实

A CHINESE CRUSADE AGAINST EBOLA

RECOUNTING A TRUE STORY OF CHINESE DOCTORS HELPING FIGHT EBOLA IN AFRICA

何建明 作品

外文出版社
FOREIGN LANGUAGES PRESS

妈妈死了，妈妈的亲人也死了，雅尤玛身边的亲人一个个地死去了，但九岁的她却活了下来。在中国医生的手里，雅尤玛挣脱了“必死无疑”的埃博拉病毒侵袭。康复出院那天，眼泪从这位非洲女孩的大眼睛里流出，她用生硬的中文断断续续地说：“谢谢，谢谢中国医生”“你们…救了我……”2014 年春天至 2015 年春天的非洲大地上，数以万计的“雅尤玛”在中国医疗队的拯救下，从死亡线上活了下来。这是发生在两个相隔遥远的大陆之间的故事。

——中国援非抗击埃博拉纪实

目　录

引子:“僵尸”复活

人类总以为自己很强大，其实人的生命极其脆弱。

现在，当我们遇到了比头发丝的十几分之一还要细十倍、只能在显微镜下才看得清的那种叫“埃博拉”的病毒时，几乎没有任何抵御能力。

在非洲丛林和河流丰盛的地区，人类很容易被“埃博拉”缠上，而且几乎防不胜防。这种热带病毒的本事是强大的、超级的，它一旦突破人体的防御系统后，就会将人的骨骼和肌肉之外的任何其他器官及生命组织都视为进攻对象，且无往而不胜。随后，那些进入人体的病毒细胞，会很快自我复制，急速并肆意地袭击人的血细胞，使得血细胞开始死亡并凝结，从而立即堵塞血管，切断人全身的血液供应，脏器迅速衰竭，受感染的器官即刻出现一片片的衰退至彻底失去功能。这个时候，病毒蛋白质则以不可抗拒的凶残势态，向人体发起全面进攻，势不可挡。于是，人的全身皮下出血，所有孔窍跟着出血不止，皮肤和肌肉的表面隔膜开始炸裂，直至生命停止……如此稀怪而令人毛骨悚然的过程，正是“埃博拉”妖魔得意忘形的灭绝人类的“序幕”。

人死了，但“埃博拉”的生命并没有结束，它会潜藏在人的尸体中可达数百小时，其间，不断随腐烂的尸体经一次次涅槃、复强，并等待更多的“美味”到来。居住在非洲的人类有个传统：一个人死后，他的亲属和朋友在下葬时，不停地抚摸死者的身体，而且作为亲属还要为死者剖腹，取出五脏六腑，这过程恰使潜伏期待之中的“埃博拉”有了重新开辟新战场的机会。这时，“大兵团”的病毒开始对付芸芸众生的人类。这一刻，我们人类不用说毫无半点还手之力，就是想躲也躲不过去，结果只能是一个接一个地死去，而且死相极其恐怖，毫无尊严。

40年前的1976年9月下旬，一向非常讲究的传教士马波罗·洛克拉先生的死及其死状便是如此。洛克拉先生是第一位被世界公认的有文字记录的埃博拉病毒殉命者。他生前一向追求的体面和尊严在丧失生命的那一刻也随之丧失殆尽。“眼睛、鼻子、嘴、耳朵，还有肛门、生殖器，全都渗血，皮肤爆裂，四肢萎缩并弯曲……比鬼比魔似乎还要可怕。”洛克拉先生的学生这么描述。

死在南苏丹与原扎伊尔（现刚果·金）北部巴姆巴地区一个叫雅布库村庄的洛克拉，其葬礼该按当地的风俗举行。他的妻子、母亲、岳母等女性亲属，要为他剖腹清脏，清洗消化道中残留的食物和粪便——据说这样可以清洁地去见上帝。但洛克拉的葬礼才结束几天，他的母亲、妻子、岳母和参加葬礼的21个人，一个又一个倒下，并且出现与洛克拉一样的死亡前兆：发烧、呕吐、出血……之后两三天内，一个接一个地死去，一共死亡18人，唯独有身孕的洛克拉的妻子没有死，可后来发现她腹中的婴儿是死胎。

另一幕因洛克拉先生引发的恐怖景象更为惨烈——那天，在洛克拉发病时，曾为其注射的修女比塔也在几天后开始发烧，七天内救治无效而亡。比塔是个善良而热心的修女，村民们平时喜欢与她接触交往，但这一次大家因此付出了代价。接下去的几天时间里，与比塔接触过的几十名村民相继紧随其后死亡。在他们死亡之前有人被送进医院，可任何药物都无法挽救其生命，结果反倒死亡的人越来越多，形成了以雅布库村为中心、半径 50 公里内的 55 个村庄的瘟疫区，共有 397 人死亡。后来，当地一家天主教医院的修女们哭天喊地赶到政府驻地求救。面对突发而来的"怪病"，当时的扎伊尔政府也束手无策，立即求助美国等西方国家。美国派出著名的病毒学家卡尔·约翰逊先生组成一个专家团立即赴病毒流行区。然而，这次却让经验老道的约翰逊感到不可思议的是，他根本找不到这一可以在短时间内立即让人命归天病毒行踪。一天，约翰逊先生站在雅布库村边的那条叫"埃博拉"河岸头，无法抒怀内心的压抑与痛苦。那一刻，约翰逊忍不住想起了他祖先在 14 世纪 40 年代因一场黑死病而丧失生命与家园的悲惨情形。在那场瘟疫中，人类共死亡 7500 万人，几乎是欧洲当时人口的近半。约翰逊想到这里，绝望地看着从他身边流过的埃博拉河水，无奈地独自流下了眼泪……这一夜，他向自己国家的政府卫生部和世界卫生组织写报告，在报告中他这样形容："可耻的、无法防止其侵袭的、比当年黑死病更为可怕的'埃博拉'病毒，将在非洲大地形成对人类威胁最大而且无法控制的灾难。"

"埃博拉"由此成名，并成为世界卫生组织列入危及人类安全最高级别的"四级"病毒（艾滋病和"非典"为三级）。

然而，埃博拉的厉害之处并非单一的致命迅速、丑恶无耻，而且异常狡猾。它来无踪、去无影，轰轰烈烈地屠杀人类一场后又突然销声匿迹，久隐于广袤的非洲密森沼地而不见。当我们人类以为它久已灭绝时，它又会跃然而出，再来一次“吃人战争”。

有如此记录在案：1995 年 4 月，民主刚果基奎特市及周围发生又一场“埃博拉”袭击，发病 315 例，死亡 245 例，死亡率 77 %；2000 年 8 月至 2001 年 1 月，在乌干达北部再起“埃博拉”病，发病 425 例，死亡 224 例，死亡率 55 %；2002 年 10 月至次年 3 月，刚果共和国发生病例 143 例，死亡 128 例，死亡率 89 %……由此世界卫生组织给出“埃博拉”病毒（Ebola virus）的一个估计：平均死亡率高达 88 %。

“绝对的恐怖和恐惧！”“有史以来最厉害和不可治的病毒。”“人类的绝杀手”“超级生物杀人器”……埃博拉病毒的名气可谓大矣！超过了几乎所有已发现的病毒。

叫人心惊胆战的还有：埃博拉死亡者中竟然还不时冒出些令你魂飞胆裂的“活死人”。何谓“活死人”？用中国人的话来形容，就是复活的“僵尸”。

在埃博拉流行区，据说经常出现可怕的尸体突然会跳起来变成了“活人”，而且像疯狗一样，张着血盆大口，到处追赶所有动物，尤其是人类，逮住后便拼命撕咬，直到让你动弹不得，并传染上病毒，成为另一具“埃博拉”尸体。这绝不是传说和夸张，如果你不怕晚上做噩梦的话，可以用手机搜索一下“百度”，上面有不少埃博拉“诈尸”和“活死人”的图片。我只看了两次，就再不敢复搜了。

你敢吗？我引来一段利比里亚疫区描述“僵尸体”复活的文字：

致命病毒埃博拉仍在疯狂肆虐。近日，亚宁巴县有两名女性感染者死亡后被送去埋葬的途中突然醒来，然后居然蹿进村子见人就撕咬，造成当地居民极大恐慌。人们称这种死亡后又活过来的尸体叫"活死人"。据专家讲，"活死人"现象就是由埃博拉病毒引起的疾病。患者由于染上埃博拉后，连续高烧，陷入昏迷，而这一症状与临床死亡极为相似，所以有些埃博拉患者经常被医院认为已经死亡。但或许几个小时、几天后又突然苏醒过来，并且进入一种极其攻击性的状态。这种意识下的病人，将撕咬所有运动着的动物，包括人类。外人看来，这个"忽然复活的死人"嘴角流着鲜血、眼神呆滞，形象丑陋，完全是一具活脱脱的"吸血鬼"或者"诈尸"。通常在出现这种情况时，人们对埃博拉病毒的恐慌感加之数倍……

现在，本与非洲大陆远隔万里的中国人竟然与"埃博拉"也有了最亲密的接触，命运如何？这是本书的主要叙述内容——

/ 1 /

死神不请自来

网上的“世界旅游手册”有条醒目的提示这样说：

全球 12 个最不值得去的城市，非洲几内亚首都科纳克里名列其中。有“驴友”如此说：千万别去这个热带病毒随时送你上西天的地方。

不仅如此，那里简直就是一个垃圾场，是座毫无趣味可言的水上鬼城。此外，政变频发，你绝对不知道那里的下一秒会发生什么。远离这个鬼地方是最明智的决定。

如此不值得去的地方，谁也不愿意去的地方，中国援助几内亚的医疗队却已有 23 批人员在那里长期驻扎。

说起“中国援非医疗队”，估计中国和世界上很少有人不知，尤其是我们自己。1962 年的 7 月 3 日，非洲大国阿尔及利亚人民经过长期艰苦的反法武装斗争赢得胜利而宣布独立，但随之这个刚刚独立的非洲穷国面临法籍医生几乎全部撤离、国民缺医少药的困境。阿尔及利亚政府向世界求救，因为热带非洲病几乎每年要袭击包括阿尔及利亚在内的国家，人民生命仍然根本得不到保证。出于国际人道主义和对非洲兄弟的友谊，同样正在被西方封锁的中国政府，经毛泽东、周恩来的亲自批准立即向阿派出医疗队，这个时间是次年的 1 月，即 1963 年 1 月，这是中华人民共和国开创援外医疗队历史的第一个行动，当年我们向阿尔及利亚派出 3 支医疗队。

之后的几十年里，中国政府向非洲派遣医疗队从未间断过，至今已向非洲 45 个国家派过医疗队，几乎覆盖非洲所有主要国家。我国医疗队人员超过 1.6 万人次，使 2.6 亿非洲人民得到了来自遥远中国医疗健康方面的无私援助。

“中国（CHINA）”“中国医生（Chinese Doctor）”“中国天使（Chinese Angel）”，今天的非洲大地上，中国医疗队的名声传播到了每个角落，非洲人民就是因为这份感情，认识了中国，也在 1972 年共同举力将中国“抬进”了联合国，在之后几十年里又在各种国际场合支持中国政府的主张。我们现在经常听到“中非传统友谊”这句话，很大程度上就是指的中国医疗队们半个多世纪在非洲播下的可歌可泣的友谊与仁爱精神。

有位被非洲兄弟称为“光明的使者”的中国援非医生叫乔世辉，在非洲工作了 12 年。1990 年刚去时，老乔还只有 40 岁。“那里都比较穷，但患者多。我每天大约要接待 100 个患者，我们的医生每人都要负责 30 张病床，工作量巨大。”乔医生这样描述他这 12 年中所处的工作环境：“病房通常屋顶是漏雨的。到了雨季，就得用大毛巾堵在漏雨处，如果雨水把毛巾浸透了，我们就把它拧干重新换上，再不行就得用自己的毛巾被，甚至是衣裤。常常一天十几个小时就诊，只能喝两瓶矿泉水。”

“12 年中，我得过 10 次疟疾……”乔医生很平常地数说这一数字。其实，在非洲贫困地区，患上一次疟疾就可能丧失一条生命。非洲兄弟姐妹们因疟疾而丧失的生命在近几十年里已经有 60 余万人！2015 年 10 月 5 日，诺贝尔医学奖给了中国的屠呦呦，就是因为她发现了抗疟疾药青蒿素，而她的这一药物被中国一个个援非医疗队带去拯救了数以百万人的生命。因此，人们称屠呦呦是“真正的天使”。

过去我就听过很多关于中国援非医疗队的故事，至今仍然清晰地记着：

1971 年第一批到赤道几内亚的是广东省派出的援非医疗队。在他们的第六批援非队员中有位叫何贤杰的医生。何医生在工作两年后突发脑出血，倒在工作岗位上，长眠在远离故乡的非洲大地。葬礼那天，这个国家的总统夫妇亲自到墓地为逝去的中国医生培土，成千上万的当地人出席葬礼。他们多数是何医生生前诊疗过的患者。

关于中国援非医疗队的故事可以另著一书。2014 年央视年度感动中国人物榜中，“中国援非医疗队”位列其中，这是祖国十三亿人对他们几十年来所付出的贡献和在非洲播种友谊与仁爱精神的一次崇高致敬。

我们再来把目光落到那个在“驴友”眼里“最不值得去”的几内亚首都——科纳克里。

去过这个“最不值得去”的几内亚首都的中国人和当地的非洲兄弟姐妹们，尽管互不相识、不知道这个国家的总统是谁或又换了谁，但不会不知道城里有座特别漂亮、每天灯火辉煌的中几友好医院。

“这是我国政府援建的，于 2011 年开业接诊。全院有 300 张病床，在几内亚是最大的综合医院，在非洲也算得上非常现代化的医疗机构了。”孔晴宇，中几友好医院的中方院长、中国第 23 批援助几内亚医疗队队长。他在国内的身份是北京安贞医院副院长，著名心脑血管专家。

“我们知道埃博拉在几内亚传播应该是 2014 年 3 月 24 日那一天，我记得比较清楚，因为那天是周一。”孔晴宇说：“医院和我们队里在周一都会开个会，通报一些重要情况。”

这一天，几内亚政府正式向外宣布已经有58例“埃博拉”病毒感染患者死亡。“在非洲这样的地方，死几十个人，似乎并没有引起当地人的恐慌，人们依然照常扎堆地该歌该舞。他们习惯了身边有人死亡，有人出世，所以当政府宣布一种新的传染病出现时，并没有出现人们想象中的那种全社会的恐慌。倒是我们这些经受过‘非典’的中国医疗队员们重视了起来。”孔晴宇回忆说:“那天我作为中方院长内心立即紧张起来，因为我听队里的几名医生讲，在我们中几友好医院上周接受过两例并发症与埃博拉非常相似。第一例是18日进入我们医院的那个患者，两天后死了。第二天又接收了一位女患者，还有身孕，没过周日就死了。22日又来了一位男性患者，脑出血，当时我们对埃博拉病毒一无所知。但凭经验，也凭十年前我们安贞医院作为抗“非典”的主力医院的经验，我立即做出了自己的判断：这事绝不能粗心大意，科纳克里可能已经遭受埃博拉袭击，我们医院也就是袭击的第一个目标。那么我们的医生呢？我们的医生有没有被传染上了呢？当时我最紧张的就是这个……”

孔晴宇回忆起当时的情景时，嗓子似乎仍然有些发干。当天开会询问的情况确实令人不寒而栗:

孔晴宇用从未有过的严厉目光盯着队友、北京安贞医院普外科副主任医师曹广:“曹广，18日的那例患者是你接诊的，你说说那患者的情况和你们接诊的过程。”

一向从不把事情看得特别严重的曹广扫了一眼自己朝夕相处的十几名队员，最后眼神对上了队长孔晴宇，说:“是。那是个黑人，做生意的，44岁，进来后说是肚子疼，呕吐，可看上去不是太厉害。我们初诊后就给他办了入院手续。但第二天就出现了出血现象。这天我值班，一早刚到医院。护士就对我说：18 床——就是前一天住进的那个商人的情况不好。我就马上进病房去看。见他在床上躁动不止，翻来覆去的痛苦样子，我上前一诊，发现患者可能已经脑出血了。我就赶紧让他去做 CT 检查。 CT 马上出了结果，证明他确实已经脑出血。当时对这个患者的病情我还一直在纳闷：是啥病呢？晚上听说患者已经没了，死了……"

孔晴宇显得非常恼怒，头也不抬地瞥了一眼另一位负责外勤的队员："你把这个患者死后的情况简单说一下。"

"那……那人死后，被家人拉回了老家。可……可葬礼结束后，几位亲属相继病倒了，并且全部……死了。" 外勤队员说。

天啊！中国医疗队员们紧张得面面相觑，会场一片寂静。

孔晴宇继续追问："曹广，第二例患者的情况呢？"

曹广："那女的？"

"前天也'走'了。"女队员吴素萍帮曹广回答道。她说的"走"，就是死的意思。

中国队员们的眼睛都睑圆了，再没有人敢做鬼脸和开玩笑了，包括平时啥都满不在乎的曹广。

"曹广！"

"哎，孔队，啥事？" 曹广被孔晴宇的喝令，震了一下。

孔晴宇："现在我问你，你要认真的回答。"

曹广小心翼翼地说："明白。"

孔晴宇："你在给那个商人就诊时，触摸到他身上了吗？"

曹广："那是肯定的。第一天我和盖斯姆医生一起去的，患者呕吐时我就在现场……"

孔晴宇立即紧皱眉头。又问:“听说今天你又跟盖斯姆为那个刚进来的脑出血者动手术了?”

曹广:“是。今天动手术时，我们的好朋友盖斯姆情绪不高，我还笑他是不是因为前天被人顶替到北京参加一个培训的事影响情绪了。他摇摇头，说是周日发烧了，累的。嘿嘿，我当时还笑盖斯姆一定是心里不爽。但就在做手术时，我看到了几内亚政府发出的埃博拉疫情消息，因为我不懂法语，问翻译后我就心里咯噔一下，心想：说不准埃博拉已经到了科纳克里，到了我们医院，盖斯姆可能也传染了……”

孔晴宇突然不冷不热地说:“科纳克里？我们医院？盖斯姆？那你呢？我们呢?”

中国医疗队员一听队长的话，全都惊傻了。其实，孔晴宇并没有把最后的“你呢”“我们呢”两个反问说出口，而是用冰冷而严厉的目光扫了队友一眼，特别是曹广和吴素萍。

吴素萍是治疗胃病的内镜专家。18日进来的那位患者出来严重呕吐时，吴素萍与几方胃镜专家盖卡一起为那人做了胃镜，并且在第二天抢救那患者时也在现场。

小会议室里，除了孔晴宇队长的话外，已经听不到其他人的半句话了，大家感觉到的只有彼此的心跳声：紧张呵!

“从现场开始，大家必须高度警惕，绝对不能马虎。在参加就诊时，必须要提前防护，之后要严格清洗……这是纪律，人人都要严格执行，而且相互监督。”孔晴宇最后用异常沉重的口气宣布道，因为眼下谁也不能确定医院连续出现的死亡者到底是不是就是埃博拉患者，可也没有谁能确定他们就一定不是埃博拉患者。然而，从种种迹象看，埃博拉这位具有高超本领绝杀人类的死神已经不请自来了。

“24 日那天晚上我根本没有睡着觉，因为我基本判断我们医院已经有三例埃博拉患者了，可怕的是这几天里我们谁都没有防范，我们的医生和几方的医生及护士，也完全成为埃博拉的袭击对象。我虽不是传染病专家，可从经历的“非典”经历与有限的关于埃博拉病毒的一些知识来看，如果一旦确准我们这里已经死去三位患者就是埃博拉的话，那我们和我们医院的所有人都等于是处在疫情重包围之中。而凭我的经验，当时我就基本判断我们接诊的那已经死去的三例就是埃博拉患者。你想想，身为中方医院院长、中国援助几内亚医疗队队长的我，当时的压力和内心的紧张程度啊！”孔晴宇如此说。

他的话不无道理。假如——其实后来证明孔晴宇当时的判断完全准确。他所在的中几友好医院 18 日的那位商人患者和怀孕的女性患者及 22 日送进的男性患者全是埃博拉感染者，而且全部死亡。“当时这三位患者入院和治疗过程中，我们整个医院是在根本不知也不懂得如何进行埃博拉病毒的防护的情况下，尤其是我们这些参加诊断和治疗他们的医生，不止一次与患者近距离接触，这意味着他们或者已经被埃博拉病毒传染。如果这几个参加接诊和治疗的医生被感染了埃博拉，但自己并不知道，他们又每天像平常一样回到大家中间，同吃同住、打打闹闹，搂搂抱抱，这不是全体人员都处在埃博拉的遭遇战中吗！一想到这儿，我简直毛骨悚然，大汗淋漓。晚上，我把我们在几内亚所处的困境和当时的危急情况向国内的北京市卫生计生委和我自己的安贞医院领导作了汇报，同时也希望他们能够帮助我们提供些有关埃博拉病毒的基本知识和防治措施……”

这一夜孔晴宇彻夜未眠。其实另外十八名中国医疗队员也是彻夜未眠。大家都在为自己的两位直接接触过“疑似”埃博拉的队友——曹广和吴素萍担忧，在为战友担忧的那份心中还重重地存在着另一种更深的忧虑：曹广和吴素萍大夫每天与我们所有的人工作、生活在一起，万一他们感染上了埃博拉，我们这些人会不会也……

“别去瞎想了！想了也没用！听说这埃博拉比当年我们北京的‘非典’还厉害，死亡率达八九十呢！”

“我才不信！哪那么巧，这埃博拉就悄不溜声地到了我们这儿？再说，非洲这地方，怪病太多，咱接诊的那仨，谁知道是啥病呢！睡睡，明天再说吧！”

中国医疗队员的宿舍里，队友们有的对着墙在黑暗里沉思，有的在用手机互相发微信，议论着自己的处境和心境。

这一夜大家过得都不容易。

这一夜，中几友好医院也过得不容易。那位怀孕的女患者已经奄奄一息，22 日送进来的男性患者手术后仍然脑出血不止。

这一夜，几内亚整个国家也过得不容易。在前一天公布自己的国家爆发埃博拉病毒后，身处病毒原发地和最严重的地区似乎并没有人对此重视起来，依然我行我素。政府官员哪里知道，那些处在极度贫困的国民和患者们清楚一件事：一旦被怀疑上自己患了埃博拉，必定被强行送进医院打上致命的一针，与其被他人强行地送上“文明的断头台”——当地居民在多数遇上瘟疫时，饱受了这般“待遇”。因此，他们把政府的这种行为称之为“文明的断头台”。

面对埃博拉，穷人如此行，如此为。富人则不一样，他们感觉情况不妙，便会不顾一切地想尽办法从四面八方赶到首都，找到国家最好的医院——中几友好医院。他们知道，在这个国家里，能拯救他们生命的只有中国援建的这所医院和中国医生。其实，18 日曹广等接诊的那个叫“Savane Mory”的患者，就是这种情况。他本人就是一位有钱的商人，当他在埃博拉疫区做生意感觉不舒服后，立即意识到情况不妙，便花大价钱雇人将他弄到了首都中几友好医院，以求不死。两天后，这位有钱的商人确实也见到了中国医生，事实上中国医生也极其负责地给他救治。但由于大家都不知道埃博拉是咋回事，而且世界上根本也没有发明可以阻止这种病毒继续进攻的药物，更不用说如何治疗了。“Savane Mory”先生的死似乎是注定。可这仅仅是灾难的开始。他自己的死已经够叫人吃惊，关键是他还害死了全家人，而且把最可怕的病毒，从遥远的丛林沼泽地区带到了首都，带到了最易发传染的首都最好的中几友好医院，带到了原本与埃博拉病毒毫不相干的中国人中间……要知道，19 个中国医疗队员后面还有近 13 亿中国人，13 亿中国人中有 1.2 亿人次每天在世界各地与全世界六七十亿人交往着！

孔晴宇平时是个极其冷静的大夫和专家，是给他人做心脏搭桥手术的一流专家，他的承受能力也是一流的。他接受我采访时说过这样的话：“在最危急的时候，身在其中的高明的医生一般是不会恐慌的，越淡定，自己的能力和专业越能发挥好。”

“但 2014 年 3 月下旬在科纳克里那些天里，尤其是刚刚得知自己的队员与埃博拉患者有亲密接触时，我怎么也平静不下来，尽管表面上在大家面前保持着镇静，内心的焦虑和紧张其实无法形容。”一年多以后，孔晴宇坐在他那狭窄的安贞医院办公室里，这样对我说。

第二天即2014年3月25日，孔晴宇以中方院长和中国援助几内亚医疗队队长名义，召集中几友好医院全院医护人员尤其是中国医疗队员，立即宣布：前几天医院收接的“一号”“二号”“三号”是严重的疑似埃博拉病毒感染者，从今天起，医院进入紧急状态，一切接诊、收接患者，治疗和后勤等所有环节，必须按照防治埃博拉要求执行。

“你们在原地休息。今天到医院交班的就我一个人去，其他队员全部在自己的房间里，不得外出。更不能擅自到医院外面去，要出去必须向我请假。”孔晴宇对中国医疗队员们下达死命令。

“有点像关禁闭呵！”有队员嘀咕道。

“队长，我还得跟你去吧。”是翻译罗丽在说话。

孔晴宇点点头：“走。”

之所以这样当机立断地做出决定，孔晴宇是凭自己的判断和经验，因为既然埃博拉是比“非典”还要高一级的通过相互接触和血液、黏膜、飞沫传染的烈性病毒，在无任何药品可以治疗的情形下，隔断与病毒的接触和尽量让病源与人之间没有任何联系是唯一的选择，也是无药可治的情况下的最好选择。其实孔晴宇能果断选择这一决定，还有他昨晚与国内不断联系所及时获取的埃博拉知识和疫情有关。

“但最主要的是我对医院当时已经出现的实际情况和所面临的巨大风险做出的专业判断。”孔晴宇说，“虽然在当天周一的例会上我没有直说已经肯定我们的医院已连续出现埃博拉病毒感染者，但在我心里已经作了肯定。正是这份专业判断之后的肯定，所以让我第二天就正式在全院和中国医疗队面前做出果断决定。要知道，通常情况下，宣布这样的决定，是需要有病毒标本并经专业实验室测验结果报告出来后才可为的。可当时的情况已经十万火急，想想：我们不仅连续接收了三个高度疑似的患者，且其中两个人已死亡，死亡者中又有一个感染了家人，造成家人倒下一片，这不就是典型的埃博拉病毒传染的结果吗？再说，科纳克里虽然落后，但一旦发生严重的传染病毒感染瘟疫时，人家还是会拼命地往好医院跑，从总统到市民，个个都会这样做，而当时我们的医院不仅是首都科纳克里的医疗中心，还是埃博拉病毒传播地，这种危害性太严重和可怕了。何况医院里有我的 18 名队员，科纳克里及几内亚全国还有我数以万计的中国同胞。”

孔晴宇在 25 日所做出的决定比几内亚政府卫生部长雷米 · 拉马 27 日正式宣布在中几友好医院死去的那个商人为科纳克里第一例埃博拉早了两天，但就这短短的两天，用雷米 · 拉马部长后来的话来形容，是救了半个科纳克里。这话不无道理，因为埃博拉病毒的传染是神速的，如果孔晴宇不在 24 日、25 日及时布置医院采取有力措施，在中几友好医院这个拥有三百张病床的医院，几百位医务工作人员，会在毫无防备的情况下与埃博拉病毒携带者接触并相互传染，再有每天数百来医院看病的人与医院的人交叉感染，这些人又回去，或在家里、或在城里与其他人再交叉感染，其结果是什么？其结果一定是整个科纳克里市满街都是埃博拉的疑似感染者。

战争时，几分钟、几个小时就可能决定整个战役的成败；在不可抑制的病毒疫情袭击下，一天、半天的时间同样可以决定数以万计生命的存亡与否。中国人民有过悲痛的教训，当年“非典”期间，人民医院的惨剧便是一例。在那里被交叉感染的“非典”患者，一个个地倒下，一个家庭一个家庭的绝户……作为当时唯一可以到前线跟着吴仪部长、王岐山代市长等领导到处巡视疫情的作家，我的那部《北京保卫战》中有过详尽记载这一幕的内容。

孔晴宇功不可没！一年后的 2015 年 9 月 26 日，联合国授予孔晴宇他们的中国援助几内亚第 23 批医疗队“南南合作奖”，表彰他们在几内亚抗击埃博拉中做出的特别贡献并坚持长达六个月之久的卓越功勋。这个荣誉在中国援非医疗队及援助非洲抗击埃博拉战斗中的诸多队伍中也是独此一家。

这是后话。

/ 2 /

生死心理战——21 天

这里所说的“他与她”和“他和他”，是指的中几友好医院的中国医疗队员专家曹广和内镜专家吴素萍，以及该医院的几方医生盖斯姆与女护士长苏玛。

他们四人都是好朋友、好同事，几乎每天都在一起上下班，即使下班后曹广还总被盖斯姆拉出去喝酒聊天。这俩人的友情属于“哥们”式的，尽管一中一几两个国家、不同肤色，但盖斯姆可不是一般的非洲黑人，他在中国留学十年，是武汉同济医科大学的博士。作为中几医院的普外主任，盖斯姆属于几内亚极少数高端专家。年轻人性格开朗，不拘小节，中文又说得好，极有人缘，与中国医疗队员们关系更不一般。其性格与曹广相近，俩人又分别担任医院的普外科主任、副主任，所以 2012 年 8 月曹广到科纳克里的这所医院后，俩人亲如兄弟，常形影不离。

曹广在中国医疗队里，是“帅哥”一级的人物，加上医艺高人一等，自然很容易获得非洲大妈的喜欢。

黑人女护士长苏玛最喜欢他，经常在曹广面前念叨她女儿如何如何的漂亮、性感。曹广一听这，吓得双手高举地喊着“NO！”，“Spare my life”（饶命）。苏玛顿时双手叉腰，胸前抖着一双硕大的乳房，气急败坏地指着“逃亡”而去的曹广背影，说：“你不能看不起我女儿！她是颗黑珍珠，非洲最好的黑珍珠！”

有人告诉苏玛：“曹大夫是有妻子的已婚人士了。”

苏玛满不在乎地回应道:“这不是问题，我们这里的男人可以娶很多妻子，娶的越多，证明你越有地位。”

于是中国医疗队员们私下里常拿曹广大夫开玩笑:“为了搞好中几两国关系，你可不能得罪苏玛哟！”

只有这个时候，平时啥都不放在心上的曹广才会脸上一阵红一阵白。

吴素萍则不一样，她是属于那种稳重型的女性，只要她一站那儿，那些再捣蛋和调皮的病号，也会乖乖地听之顺之。别说是病号，就是那些同样爱调皮捣蛋的几方医生，只要“吴大夫”在场，他们一定会规矩得多。

“盖达先生，你今天的脸色看上去很不好哟！”就在 17 日上午，吴素萍与胃镜大夫盖达一起工作时，发现对方体力不佳、神经萎靡，便问。

“几小时之前，医院接诊了一个非常病重的患者，折腾了好几小时，所以今天感觉特别的疲劳……”盖达医生有气无力地回答。

“那今天你多歇歇，有事我来做。”吴素萍像往常一样，温馨地去帮助盖达戴好防护手套、整理整理衣服，关切道。

事后，中国医疗队和吴素萍才知道: 盖达说的接诊的那个使他非常疲劳的患者正是医院第一个、也是几内亚首都科纳克里出现的第一例埃博拉患者，而且那患者第二天就死亡，后又造成他家三个亲人死亡。更可怕的是，盖达不日也出现了发热、呕吐，并很快确诊是埃博拉感染。

与盖达大夫一直在一起工作的吴素萍大夫成了埃博拉“重大嫌疑人”！

与此同时，年轻的普外科主任盖斯姆大夫突然也“蔫”了！不仅如此，又开始转为发热、呕吐……

“盖斯姆，你今天怎么啦？无精打采的。”周一，即23日那天，在手术室里与盖斯姆一起工作的曹广，看着反应异常的“哥们”，问。

“没事。”盖斯姆轻描淡写地回了一句。这一天盖斯姆大夫比平时任何一天都显得无精打采。

“兄弟，千万别为一点小事烦心啊！机会以后有的是，我来帮你协调。明白吗？”曹广以为盖斯姆内心在为别人顶替他去北京培训实习的事还在生气，便如此安慰道。盖斯姆苦笑了一下，没有作声。

但到了周二，盖斯姆步盖达后尘，也倒下了，并且在两天后，与盖达一样，同时被确诊是埃博拉病毒感染者。

真是晴天霹雳！

今天是周二，我们全体队员没有上班，老大（所指医疗队队长孔晴宇）和罗丽去了交班。没想到上午又说普外科收了一个类似的患者，看来他们没有意识到问题的严重性之前，我们还是不要去医院了。目前病毒疫情还没有得到控制，是不是还要大流行也都不得而知……自己目前感觉还好，但晚上的体温到了36.9度，头也有点儿沉，哎，希望没事……

这是曹广在2014年3月25日晚写下的日记。

这一夜其实曹广没有睡好。第二天一早，他赶紧先测体温，再偷偷地观察了一下自己的粪便：有些发黑，但感觉好像不是血性。大夫出身的他，心里有些忐忑。“观察看看再说吧！”

这一天是几内亚官方公布埃博拉疫情的第三个日子。几内亚卫生部门向全世界宣布，截至3月26日，全国共发现疑似埃博拉感染者88例，死亡63例。死亡率高达72%。

死亡率如此之高！几内亚政府对如此严重而无法抑制与防治的埃博拉病毒传染疫情，束手无策，已经向世界卫生组织求助。与此同时，设在科纳克里城里唯一的一所可以检测埃博拉病毒标本的东卡医院忙得喘不过气。作为技术支持的法国利昂医疗机构迅速又向科纳克里派出一个流动化验站，帮助检测埃博拉。在当时，能够检测像埃博拉这样的特异的传染病毒，必须具有四级病毒检测实验室，而在世界上仅有几个国家有这种设备，法国是其中之一。我们中国在当时尚属这种四级病毒实验室的在建国。检测标本才能确诊是否是埃博拉，有了检测结果方可实施隔离与救治措施。然而，当疫情如疾风暴雨突然从天而降时，仅靠检测标本结果出来后再采取对应办法，恐怕早已失去太多遏制埃博拉传播的机会。

中国医疗队正是处在如此最危急的时刻。偏偏在此刻，自己队伍里有两名医生与埃博拉患者“亲密接触”过，怎么办？

一旦确诊，后果不堪设想。彼此又都是医生，谁都清楚结果。

曹广更知道自己现在该做什么和不该做什么。“不能让自己击垮自己！更不能让队友们担心！”怀着这样的心境，所以尽管当晚没有睡好，第二天一早，他仍然装出一副若无其事的样子，休息时照旧拿着乒乓球拍准备去打球。

但这回孔晴宇没有放任他：“老曹，你去哪儿呀？”

“噢，是老大啊，我去打球！”曹广回头一看是孔晴宇，回答道。平时队员们都称呼孔晴宇为“老大”，是一种纯粹的尊敬和亲昵。

“现在跟你说件事。”“老大”今天的神情很凝重，眼神也没有直视曹广，说:“你是专家，不用跟你绕圈了。现在我们 13 多亿中国人中，你离埃博拉最近，所以要对你你实施隔离……”

“没问题。行！”曹广似乎早已料到似的，应了一声后扭头朝乒乓室跑。

“哎哎，老曹你回来！”

“怎么啦？”

孔晴宇隔着曹广有两三米远，招招手，口气变了:“你不能乱跑了。现在就隔离！”

曹广一愣，立即又佯装轻松地说:“好、好，我服从、服从。”说着，又调皮地上前要去握“老大”的手。

“别、别，从现在开始，你可不要随便跟人握手什么的……”孔晴宇认真地道。

“这么无情？”曹广半真半假地盯着自己的老同事、老队友，还加中国医疗队的“老大”，想寻找答案。

孔晴宇忍不住笑了。他太了解自己的这位得力干将和老友的性格了。然而此时此刻，孔晴宇作为远离祖国万里之外的中国医疗队队长，他的责任重如泰山，绝对不希望自己的队员尤其是和自己一个安贞医院出来的同事有任何闪失。孔晴宇想起了两年前他带这支队伍离开北京时，曹广的妻子丁汶曾悄悄地跟他说过一句话:“孔头，曹广这人啥事不放心上，你给我对他管严点，我可把他交给你了！”是啊，18 个队员，他们的家人几乎都悄悄地跟孔晴宇说过类似的话。在几内亚的日子里，孔晴宇几乎每天都在心上扛着这 18 个家庭的重托和千斤担子。千小心、万注意，看，偏偏现在遇上了要命的埃博拉！偏偏又让曹广这家伙赶上了！想到这里，孔晴宇眼里有些发潮。

“哎，放心吧头，我回自己的房间！”倒是曹广用胳膊捅了捅孔晴宇的胳膊。已经远出十几米的他，回头又添一句：“再见，亲爱的老大——我没接触你，是用胳膊跟你招呼的。”

战友的身影消失了。孔晴宇站在原地良久。他感觉刚才曹广与自己分别的动作很有意思：没有握手。遇上埃博拉病毒传染时，人与人之间见面时显然不宜握手，但礼仪有时仍然不能少呀！怎么办？对啊，用胳膊对胳膊，不也是一种亲近友好的举止嘛！

孔晴宇觉得“战争”一旦来临，会让他们迅速学会平时一些学不到的东西。比如现在他们发明了另一种礼仪——用胳膊进行彼此的“埃博拉”见面礼。不曾想到，他们的这一发明在埃博拉病毒疫区广为流传，名噪一时。

我们再来说另一位需要马上隔离的中国医疗队女队员——吴素萍。

“吴素萍可不像曹广那么啥都不当回事的人，她又是一位女士，平时就极为胆小。我记得那一年外援回国探亲的途中，我们一起在巴黎机场转机，因为一同走的人先上了摆渡巴士，吴素萍晚了一步，当时我就看她脸色刷白。这么个胆小的人，现在我们要向她宣布因为怀疑她是严重的埃博拉病毒感染疑似者，那还不吓瘫她呀！我一想，不行，绝不能光我一个人去向她宣布，得找个人，找个女士，这样一旦吴素萍出现啥情况，好有人去扶她起来呀！”孔晴宇回忆当初的情景时，仍然让我感到有些惊心动魄。

但事情完全出乎意料。当孔晴宇带着队上全副武装的女干部刘晓丽一同去向吴素萍宣布隔离命令时，想象立马会瘫下或哭出来的吴素萍竟然极其平静地对孔晴宇说：“队长你放心，我一定服从隔离，马上就去。”说着，轻轻地转过优雅的身子，朝自己的宿舍走去，像什么事都没有发生似的。

望着队友纤弱但又无比坚强的身影渐渐远去，铁骨铮铮的孔晴宇在那一刻双眼湿润了……

接下去的日子并不好过。“每天、每时，我都在关注着他俩的身体情况，要求他们一天报告五次以上的体温测试结果。而俩人的体温报告在当时既是我们医疗队上最重要的报告，而且也是我驻几内亚大使馆向北京方面报告的重要情报，牵动着祖国人民对我们身处非洲大陆的数十支医疗队的关注与关心的每一根神经。我们真不敢有一丝马虎和闪失。”孔晴宇说，在曹广和吴素萍被隔离的日子里，一日三餐，几乎天天都是他和刘晓丽亲自给隔离者送餐。“我一是想让他们放松紧张情绪，二是监督他们是否按要求在保养身体、蓄存体力，这从医学角度讲也非常重要。没有坚强的身体，是不可能抵御像埃博拉病毒这类高强度病毒的侵袭的。”孔晴宇小心翼翼地扳着手指在观察、分析自己战友的每一个细微的变化，哪怕是说话的语气和腔调，更不用说直接决定是否确诊埃博拉病毒感染着的体温。

“那些日子，几内亚在熬煎，我们所在的医院在熬煎，我们两位被隔离的队友在熬煎，我们医疗队的全体队员也跟着在熬煎。”孔晴宇说。

这是与死神较量的煎熬，这是意志和情感的熬煎，非亲历者无法体验，无法想象。

曹广在到几内亚工作后就开始有了记日记的习惯，用他自己的话说，那一段“隔离日记”差点成了他的“遗书”。我们不妨选些内容，看看我们医疗队员用生命抗击“埃博拉”的真实心路——

2014 年 3 月 27 日

今天周四，自己感觉不错，昨天睡觉还好，早上体温 36.1 度。三餐都还有胃口，大小便正常。头稍微有点迷惑，似乎也是正常感觉，下午还打乒乓球，体力如常。不过下午收到坏消息，Gassimou，Gaolie 还有我们科里的护士被隔离观察，而且 Gassimou 还有不舒服，Gaolie 也被东卡医院留观。我也只好隔离观察。

中方人员已经接到通知严禁去往中几友好医院。如有突发高烧、头痛等疑似症状，请在采取严格防护措施的前提下将患者送往东卡医院进行排查，不要直接送去医疗队驻地。严格控制当地人进入中方人员生活驻地。关键是科纳克里那个死亡患者我曾经接触过，好在接触很少，这还让我感觉好点儿。今天晚上队委会开会，正式决定将我隔离观察，哎，在这里还要经历一次传染病，真是麻烦。好在今天我还没有什么不舒服，希望自己能安全渡过观察期。

当日，几内亚政府公布：全国确诊埃博拉 93 例，死亡 63 例。

2014 年 3 月 28 日

今天天气很好，也是我正式隔离观察的第一天。先回顾一下新闻：根据几内亚新闻网的最新消息，科纳克里地区确诊 4 例埃博拉感染患者，目前在东卡医院接受隔离治疗。当地记者联系了几内亚卫生部长雷米·拉马，他给出如下解释：这 4 例患者来自同一个家庭，他们的哥哥 3 月 18 日病逝。根据当地风俗，他们把他们哥哥带回老家村落安葬，村落的名字叫做 Dinguiraye。在葬礼结束后，其中一人表现出了一些埃博拉的症状。于是他来到科纳克里就诊，医生给他做了化验，结果为阳性，被确诊为埃博拉病毒感染者，第二天该患者死亡……哎呀，那个死亡的患者就是我查体的患者，好在只是翻动了一下他的眼皮，没有更多的接触。不过，之后跟 Gassimou 接触了好几天，病房也每天都去，所以在昨晚正式接到确诊通知后，我也要求安全隔离观察，队里也作了相关部署。首先改变帮厨制度，全部由其他五名队委担当，我的饭由队长送来。外出严格控制，周末外出购物限定地点。门诊看病暂停，医疗队作为疫区暂时关闭。医疗和生活物资严格管理，减少浪费及交叉感染。今天我给 Gaolie 打电话，他说他在吉贝医院，感觉乏力，Gassimou，Madamu Naite、Madamu 和 Camara 也在这里隔离观察，似乎还没有出现特别严重的症状，但都有乏力头痛等症状，还要继续观察。我今天感觉还好，头略痛，但似乎以前也会有这种感觉，体力，体温都没有问题。早上体温 36.6℃。既然隔离就好好休息，我把钥匙也交给了队长，买菜也暂定为车昊和老大两个人。上午我把家里好好擦了两遍，也是好久没擦地了，正好用消毒粉清洗一下。早上我吃的牛奶鸡蛋，老大还给我拿了一个大花卷，但我没吃，喂鸡了。下午走走路，看看盘，也挺无聊。休息吧，终于没人找我干活了，好好清闲几天……

几内亚新闻网最新消息：截至 3 月 27 日，几内亚共发现 103 例疑似病例，死亡 66 例。几内亚政府显然已经清楚，如此突发而高死亡的埃博拉病毒传染将给整个国家的人民生命安全带来巨大危险，但仅凭自身的能力无法控制疫情蔓延，后果不堪设想。

疫情显然势不可挡。

2014年3月29日

今天是周六。早上体温36.2℃，应该没什么大问题了。据说Gassimou他们几个的病情也有所缓解，但愿老天保佑吧。不过今天那个胃镜室大夫报告阳性，完了，我估计Gassimou也危险了，我也没准着上了。今天晚上体温36.9℃，头有点沉，但没什么其他不舒服。观察看看吧再。已经宣布吴老师和我一起隔离观察，看看吧。他们几个不知道能不能挺过去。

当日几内亚政府宣布，截至3月28日，全国共有111名疑似患者，死亡70例。

2014年3月30日

今天是周日。自己感觉良好，早上没有不适。饮食和大便都正常。据说Gassimou他们几个的症状也有所好转，看来问题不大了？那个胃镜室的医生已经转到东卡医院就诊，希望也没有事情。目前距离接触患者已经13天，希望没有事情。现在也没有什么自己可做的，等着就行了。下午高参还打了电话给我，问了一下我的情况，如实说吧，也应该没什么事情……

今天我吃的也还不错，中午大虾，菜花，豆角，米饭，晚上吃的炸鸡翅，扒尖椒，炒芹菜，馒头。今天吃了一块菠萝，一个苹果，两根香蕉，两个橙子。喝掉两瓶水。要说也不少了。这一天我在外面活动了两次，做做自己编的广播操，挺好。

2014年3月最后一天的31日，被隔离的曹广大夫感觉依然不错，日记中这样说：“大小便也都正常。希望没事吧。”但外面的情况则越来越不妙。疫情爆发以来，几内亚总统第一次在国家电视台（RTG）晚上8时30分的《新闻节目》中发表讲话，他对死难者表示哀悼，也对多个国际组织和国家给予几内亚的帮助表示了感谢，并宣布自埃博拉疫情爆发至当日，全几内亚共有116例患者，其中72人死亡。这说明，几内亚的疫情已十分严重，到了全国动员的地步。

这一天，曹广在手机里收到了中国驻几内亚使馆参赞高铁峰激动人心的短信：

亲爱的同志们，同胞们：大家好，天佑我中华儿女健康平安！同胞们，战友们，不怕！加油！在一起，在一起，我们同舟共济！在一起，在一起，我们坚持到底！在一起，在一起，我们共渡难关！在一起，在一起，我们奔向胜利！

亲爱的同志们，同胞们：一声声平安报来，一个个悬着的困乏的心慢慢平静下来，一股股暖流温暖全身。团结就是力量，大家可以更加从容地应对眼下的危难，坚持，不怕，我们的心在一起，共同期待胜利的曙光。人不经事不长大，年轻的小伙子们、姑娘们，磨难让大家更加坚强，艰苦的环境增进我们之间的感情……

看了高铁峰参赞选并不太“艺术”的文字，曹广微微一笑，但内心依然泛起阵阵激动之情。他感到并不独孤，他知道身后有伟大的祖国，有13亿亲人。需要说一句的是：当时曹广和吴素萍的体温“报告”，连国家卫生计生委的领导都是知道的。远在万里之外的祖国每天也都在关注这两位专家的身体，显然既是对他们俩人的关心，也是对整个突如其来的疫情的高度重视。中国吃过“非典”的亏，再不能吃比“非典”更厉害的埃博拉病毒侵袭的亏了。这一点曹广本人并不太清楚。

我们来看看此刻的他。曹广一想到自己的家，内心显然无法平静。两年前赴非洲时，家里人就不怎么赞成，但这是国家的任务，“国际主义义务”，最后还是同是当医生的老岳父开口后才把家里的“矛盾”给化解了。此次几内亚疫情爆发，曹广当然不能瞒着妻子丁汶。“你也是医生，该知道它的严重性。不过你无论如何不能透露给我父母，他们哪能扛得住嘛！”小两口在电话和短信里一直为如何向老人“保密”设计了好多细节。妻子丁汶是中医院的大夫，当年“非典”疫情时与曹广一起奋战在第一线，颇有经验。尽管如此，她仍然极其担心远在非洲的丈夫。

“不管有多困难，你必须第一时间、原原本本的把情况告诉我！听见没有？求求你了……”几次，“异常坚强的她”忍不住说着说着便哭泣起来，如此乞求丈夫。

“没事。我说没事就是没事嘛！”曹广嘴里说的依旧轻松，但眼里已经噙满了泪水。

“那种在生与死门槛上等待‘判决’的滋味，只有经历过的人才能知道。”事后，他这样对我说。

我们再来看他当时原汁原味的“日记”：

2014 年 4 月 2 日

今天早上起来感觉如常，身体还是挺轻松，测体温 36.2℃，不过一会儿就会升到36.4℃，等下午就都在36.7℃。每天都差不多。昨天愚人节，收到了坏消息，Gassimou和Gaolie全部中弹，但好像症状不是很严重，希望大家能有缓机。昨天姥姥他们肯定坐卧不安了，给丁汶打了好几个电话，也是担心得要命。我老娘就没敢告诉她，还让我注意别乱摸患者呢。呵呵，还好她不知道，要不然得给老娘急坏了。这段隔离的日子让我感触很多，昨天医院跟我们视频。医院以后如果能记着当年我为安贞医院担当了这么一件事，也就可以了。再多的要求又有什么用呢？好在我有心疼我的老婆，还有老姐和老娘，这就足够了。哥们儿的问候也不少，这就可以了。这件事也告诉我：对人，尤其是对那些努力工作的人，其实无论你对他多关注或者多不关注，他可能都不会在意，但他的心里会特别感激你的关注，至少我是这样。希望我自己能平安度过此难，这件事对我将来的处事也会大有帮助。还有今天最坏的消息就是我的搭档Gassimou昨天晚上突然死亡了，消息让我非常震惊。这个消息我不敢告诉自己家的人，不希望他们再担心了。生死由命吧……但Gassimou的死让我很疑虑，怎么他会这么快就没了呢？难道真是思想负担过重造成的？前几天听说他不吃东西，还拔针头，真的是故意的？不是疾病造成的精神症状？可我有些不相信，他是医生，但一个见惯生死的人，怎么会这么脆弱？希望我的好搭档能在安拉那里得到安息。唉，这个工作狂还有好多想法没有实现了，真替他惋惜。

盖斯姆的去世，对整个中几友好医院来说是个特别沉重的打击，对中方医疗队的冲击也是空前的，这是因为盖斯姆不仅平时人缘好，而且医术在几内亚也是一流的。像他这样又有中国留学背景的医学专家，非洲太需要了！盖斯姆与中国医疗队的关系自当不用说，有此人的存在，中国医疗队等于有了通往非洲人民和患者的一条坚实的桥梁，不用担心任何麻烦事。

“他是工作狂，平时不知道休息，不知道保护自己。2011年从中国留学回国后，就立志要为自己的同胞服务。在我们中几友好医院，他是几方中工作表现最让人敬佩的一个，有时一做手术，一天甚至几天不见他休息。这回不幸传染上了埃博拉，宣布隔离他后，盖斯姆一直不相信，也不愿意，情绪十分抵触，甚至有同事帮他注射，竟然被他拔掉针管。他说他相信自己不会被感染，最要命的是他已经感染后仍然坚持要上班给患者看病。盖斯姆很情绪化，平时也有这个毛病。可这回他遇上的是无法遏制的埃博拉病毒，他因此丧失了宝贵的年轻生命。”孔晴宇院长讲起盖斯姆时，非常动情与沉重。“我记得非常清楚。3月27日对盖斯姆隔离后，他就非常抵触，这一天一个上午都在跟医院的人吵吵嚷嚷。我最后一次见他是在这天中午。那时我正陪《人民日报》两个记者采访医院几方院长上卡马拉先生，这时已经被宣布隔离的盖斯姆突然破门而入，很情绪化的责问院长为什么不让他工作。我赶紧举手，示意我们现在有事，可否一会再说。盖斯姆平时对我和我们中国医疗队专家十分尊重。他看了我一眼，就退出去关上了门。我朝他挥了挥手。没想到这是我最后一次与盖斯姆挥手。4月1日下午2时47分盖斯姆被埃博拉病毒夺去了年轻的生命……”

“他不该走。安拉会在另一个世界保护他的……”医院内的许多病号都为盖斯姆的去世感到惋惜，纷纷为他祈祷。

次日，作为盖斯姆的好友，同处在生死门槛边的曹广向微信圈里的人发出一份长长的悼文——

今天我决定向大家汇报一件非常悲痛的消息，和我一起工作的医生 Dr Gassimou 还有我们科一名护士 Madamu Camara，因为在工作中感染埃博拉病毒，导致死亡。本人也因为曾经接触过患者，以及同 Gassimou 一起手术而目前在接受隔离观察。目前本人接触患者已经 18 天，和 Gassimou 最后一次手术接触 11 天。这件事情的发生，对我们普外科是一次毁灭性打击，这里的外科医生只有我，Gassimou 和另外一位年轻医生。现在一人去世，小大夫也因为病毒阳性目前在隔离治疗，目前情况尚可，希望没有生命危险。本人因为接触患者，并在其后一直与他们二人一起工作，感染危险性极高而队内隔离。好在目前本人尚无发病迹象。Gassimou 是一名非常努力的医生，他在中国留学十年，此次返回非洲工作还不到四年。他的汉语说的比较好，对中国有着很深的情谊，我们在工作中的合作也非常愉快。我们的普外科在手术量和住院患者数上，都比去年同期翻一番。吉贝（中几友好）医院开诊还不到两年普外科就遭此惨祸，真是令人心痛。Gassimou 是工作狂，自从他在吉贝医院工作，他一天休假也没有，即便周末，也会经常来探望患者，这和我在北京的状态一样。也正因为如此，我才非常喜欢他。他的这个习惯，估计也是在中国养成的。就在疫情爆发的前一个月，我还劝他休假一个月，因为这是他们黑人的习惯。但他就是不愿意休假，他说他要努力，他要多做手术，也希望我们医疗队在手术方面多多给他帮助。我们来了以后，帮助他完成了第一台甲状腺手术，第一台开腹胆囊手术。第一台结肠癌手术等，每当我们完成一台难度较大的手术，他都会高兴的来向我们道谢。看着他像孩子一样的真诚，我们也很感动。经过一年半的努力，我们的住院患者经常能达到 70% 左右，20张床位最多收到过18个患者，这对于我们三个来说，其实主要是他们两个具体管理患者，工作量还是很大的。这也是我目前还没发病的原因。那个患者他们天天都会有很多接触，病毒量肯定远远超过我，这才使他们两人都发病，而且都是病毒阳性。Gassimou还有很多的理想没有实现，他希望自己还有机会回中国学习，他希望自己多挣钱让自己的老婆孩子生活得更好，他希望自己手术技术再上一层，他希望以后能出国行医。哎，可惜这些愿望都没法实现了。为他惋惜。也为自己失去这样一个同事感到伤心。小盖，走好。他喜欢中国人管他叫小盖。这是我当医生以来第一次看见自己的战友因公牺牲。他们的死让我感触很多。在非洲工作，居然会有另外一种危险。我作为一名医疗队员，真正能体会到前辈们援非的艰辛。当然由于我是当事者，心理上的压力更是巨大。病毒带走了我的两名同事，还有一名在留观期间，我真的能幸免吗？希望自己命大吧！

几内亚的埃博拉疫情继续蔓延，且防控形势越来越严峻。周边国家甚至宣布关闭与几内亚的陆路边境和停飞航班。更多国家先后也宣布了禁止自己的公民到几内亚旅游，据传美国等国家也在考虑限制公民到几内亚旅游的通知……总之，几内亚成了一个恐怖之地，谁也不想在此刻接近它。

截至4月2日，几内亚全境感染埃博拉病毒137例，86人死亡。

4月3日的疫情依然在往上蹿动，疑似人数和死亡人数每天都在增长。到4月4日，首都科纳克里的感染人数发生了质的变化，并且死亡人数也有大的上升。值得关注的是，几内亚邻国利比里亚也已经出现了7名埃博拉死亡者，另一个邻国马里也报告说发现3

例疑似埃博拉病毒感染者。

“几内亚必须举国行动起来！”“几内亚必须对这场致命的瘟疫负起责任！”非洲兄弟们开始紧张，甚至愤怒起来了，并且矛头指向埃博拉病毒发源地。公平地说，不是几内亚不努力，而是它实在太穷，太落后，一个国家找不出几十个医生，而且像中几友好医院这样的一流医院，在埃博拉病毒袭击的第一时间里，如盖斯姆等一批最优秀的几籍医疗专家，他们都是冲锋在第一线，而且多半牺牲在拯救同胞的岗位上，其精神令人敬佩。他们中间多数还都是到中国学习过的留学生。在这场意外的病毒侵袭中，死得悲壮，死得惋惜！

在邻国和国际社会的强大压力下，几内亚政府确实也没少下力气。一方面他们在国际社会的支持下，加大预防的宣传力度，落实各项措施，要求本国民众避免加工和食用野生动物，疫区居民减少流动；无论何种原因引起的死亡，死者遗体一律就地处理；保持镇定，不信谣，不传谣，配合政府和国际组织做好疾病控制。首都科纳克里市还号召市民自 4 月 5 日至 6 月 5 日的两个月内，每逢周六举行全市卫生大扫除，清除垃圾，减少疾病传播，想通过“人民战争”来遏制疫情。几内亚机场也安装了体温检测仪，所有旅客出发时须填写健康表。检测体温超过 38 度的旅客将被带到隔离诊室；旅客与病毒感染者有过接触的，接受抽血检测；检测为阳性的，将被送往东卡医院隔离。所有这些做法，让人联想起当年中国“非典”时期我们所采取的一幕幕情景。而这，其实就是孔晴宇他们中国医疗队一直在帮助当地卫生机构和政府部门所出的点子与招数。“当年在‘非典’时我们就这么做，管用。”中国专家们的建议，给了几内亚同行最有效的经验。

然而，此刻的埃博拉病毒如同一个无法无天的吃人的幽灵一样，借着人类束手无策的机会，张着巨大的喷血之嘴，丑陋无比地每一天都在寻找可能的机会，从几内亚开始向外扩移，并且形成越来越强大而神秘莫测之势，等着向人类发起更大规模的绝杀机会……

世界开始因它颤抖。

就在这“山雨欲来风满楼”的时刻，身处暴风骤雨中心的中几友好医院的两位在生死门槛等待“判决”的中国医生，迎来了他们生与死的分界岭——21 天隔离观察期的最后时间。

“明天、明天，他们就到隔离 21 天的期限了！”孔晴宇的脸上终于露出了久未出现的笑意。

“明天就是 21 天了！这是他的第二个生命诞生日，我们要给他过生日！”北京，曹广家，妻子丁汶这一天是最兴高采烈的一个。她特意从街上买了一个超大蛋糕。拿回家后，儿子奇怪地问：“妈，今天是什么日子？我的生日还没到，你的生日好像也不是呀？为什么买这么大的生日蛋糕嘛？”丁汶一下抱住儿子，在他颊上狂吻了一口，说：“今天是你爸爸的生日！我们一起为他庆祝！”

“不对呀，爸爸的生日不是今天！”儿子摇头。

丁汶又捧起儿子的脸，认真地告诉他：“你爸爸在非洲差点被可恨的埃博拉夺走生命……但现在他已经没事了，明天他就可以从隔离室出来了！所以今晚我们全家要为他庆祝获得新生！”

“妈——你别吓唬我啊！”12 岁的儿子一听这些，突然大哭起来：“学校的同学们都说，埃博拉是魔鬼，谁得了谁就要死的呀！爸爸是得了埃博拉呀？啊，爸爸现在咋样了？快让我跟爸爸说话，让我跟他说话……”

“好儿子，你爸爸已经没事了！”任凭妈妈如何解释，儿子抢过手机，一定要立即跟远在万里之外的爸爸通话。

久别的父子俩终于远隔重洋通上了话——

“爸爸，你咋样了？你还好吗？你咋不告诉我你得了……”儿子一边哭一边说。

“没事没事，爸爸挺好的，啥都没事！你听，我不是很好吗？别哭了，别哭了！你不是常说爸爸是到非洲履行国际主义去了，像白求恩一样伟大吗？爸爸现在有点像白求恩了！你应该高兴，应该在同学面前显摆显摆！”

“嗯。爸爸你早点回家啊！”儿子许久才止住哭泣，并告诉爸爸：“我和妈妈，还有姥姥、姥爷、爷爷、奶奶……全家都在给你点蜡烛，祝你生日快乐！”

“谢谢儿子……”

“祝你生日快乐，祝你生日快乐……”在电脑视频里，曹广清晰地看到全家人聚在大蛋糕前，一起为他歌唱生日祝福歌。那一幕，让曹广泪流满面，泣不成声。

“谢谢，谢谢你们，谢谢……”

下面是他解除隔离当天的日记：

2014 年 4 月 7 日

今天对我来说是一个崭新的开始，对我来说是一个好日子。到今天为止，我距离接触那名患者已经满 21 天，最长隔离观察期已到。这 21 天，本人没有发热，身体也无特殊不适，看来那个患者对我的威胁已经差不多没有了。今天的心情也因为第一个 21 天结束而感到非常愉快。自己真的已经躲过一劫，天空都显得格外晴。坏消息又来了，昨天病情通报上，我们吉贝医院那名隔离的放射科医生去世了，这是我们医院第三名医护人员因此死亡。而且都和同一位患者有关。他可能是在为患者做检查时感染了病毒。哎，人的生命要说也真是脆弱。这个患者病毒据我所知至少已经造成算他共8人死亡，多么可怕的病毒。安拉保佑他们吧！在这21天里，我失去了两名和我朝夕相处的同事，每当想起他们，还是让我感到难过，甚至至今依然不愿相信这是真的。前几天还在一起工作说笑，今天就已经阴阳两隔，而夺取他们生命的地方就是我们的工作岗位，那个让我们为它不断努力进取的地方。这是不是有点太不公平了呢？今天距我和 Gassimou 最后一次合作手术已经14天，再过一周，他对我的威胁也会最终消失。我不愿意把自己的战友说成是自己的威胁，但事实却就是这样，真的叫人无可奈何！小盖（盖斯姆——笔者注）不知道现在在哪，但我相信他无论在哪，都会同样惦记我这个中国朋友，也会希望我能安全躲过这次灾难。这些是我今天发的微博，也是我今天的感受。今天还和（安贞医院的）伍院长、魏院长等报告了我的情况，毕竟最大的风险已经过去。今天是周一，依然在清明节假期。这个清明节也注定成为我另一个回忆。昨天晚上，我和另外一名因接触患病医生而隔离的队员，一起给已经逝去的同事烧些自制的纸钱。虽然我并不信这个东西，但也可以表达我们对自己同事和朋友的慰藉，同时也祈求那些还在隔离观察的本院医护们不要再出意外。

队友能平安无事地从隔离室健康地走出来，这对援助几内亚的中国医疗队来说，无疑是一个伟大胜利。孔晴宇和另外16位队员，以最高的礼仪迎接他们的队友曹广和吴素萍，其实所谓的“最高礼仪”，就是孔晴宇要求的“所有队员必须穿上最漂亮的新衣服”，除此无非就是一顿外加了几个菜的美餐和给予近在咫尺、却又如久别重逢的曹广和吴素萍两位“难友”一个个热烈的拥抱——这时刻的拥抱，不仅意味着他们彼此不再担心有埃博拉“疑似”的危险，而更多的是证明他们又一起站在了同一条与埃博拉决战的火线上……

“生的伟大，死的光荣。”不知谁在此时大声念起了毛泽东同志的一句经典的话，于是在整个中国医疗队的小会议室里，一片“生的伟大，死的光荣”的口号声。那声音似乎在向全世界宣告：中国医疗队不惧埃博拉，他们会永远以友好的中国人民名义，与兄弟的非洲人民站在一起，直到击退埃博拉！

也许我们每天生活在平静而舒逸的日子里，无法想象出当时远在非洲疫情风口的孔晴宇他们对生活和生命的理解，也想象不出曹广和吴素萍他们那种被死神拥抱了几十天后又平安回到现实的心境是怎么样的，但孔晴宇他们对生命的体会是切肤和刻骨铭心的。

“难友”从死神那里庆幸地回来，可还有一个以往日每天同样战斗、生活在一起的中几友好医院的几籍医生却活生生地被埃博拉夺走了宝贵生命……

“与盖斯姆同样被夺去生命的神经内科主任西业卡也是一位特别优秀的医生。他担任我们中几友好医院的工会负责人，能言善辩，思维敏捷。西业卡特别爱喝中国绿茶，经常到我这里‘蹭’点绿茶去。他在我们的延边医学院留学过，说一口中国东北口音的普通话，对我们中国的人情世故也了然于心，所以中国医疗队员们特别喜欢他。西业卡本人并没有直接接触医院接治的一号、二号、三号埃博拉病毒患者，但他在医院连续几位医生感染后全身心投入他们的抢救，结果也不幸被感染上了病毒。他是在盖斯姆去世后的第十天突发严重症状，五天后便死亡，他是又一位眼睁睁地从我们面前离开的几内亚好医生、我们一条战壕里的战友。西业卡也才45岁，得病前他还有些不好意思地问我有没有绿茶了。还没等我给他送去茶叶，他就再没有跟我有机会聊上几句，一起品一杯飘香的绿茶……”孔晴宇不无感慨地回忆起这些他所熟悉的一个个中几友好医院的几方籍医生，脸上充满着伤感。

是的，我知道这个中几友好医院在第一例埃博拉病毒感染者出现之后，有6名医院的医务工作者献出了宝贵生命……而这，仅仅是几内亚爆发埃博拉病毒疫情所带来的灾难的开始，即使像中几友好医院，残酷的战斗同样也是刚刚拉开序幕……

按照预定的计划，中国援非医疗队分期分批从国内三甲医院中抽调各个医院相关人员组成并且不能出现“空档”。也就是说，不管被援助国发生了什么情况，除了政府与政府之间另有“紧急协商”，按常规后继一个中国医疗队必须及时来接班。

接替孔晴宇他们的新一支援助几内亚的医疗队是北京友谊医院的医生和专家们，领队的是该院副院长王振常。

采访王振常时，他的开场白就带着几分“悲壮”，说：“如果说孔晴宇他们的团队在几内亚与埃博拉是一场遭遇战，打得很意外，也很惨烈。那么我们北京友谊医院派出的医疗队则在几内亚与埃博拉进行了一场肉搏战、持久战……”

王振常他们的医疗队是2014年8月16日到的几内亚的。那个时候，整个西非完全处于一片混乱状态，埃博拉疫情已经失控，全世界都因埃博拉和超高死亡率而惊恐。

“其实在我们出国前一个来月时，就已经听到非洲那边的中国人、中资企业都在往回撤。因此，我们友谊医院这个援非医疗队由原来动员大家‘不怕苦’，变成了激励队员们要‘不怕死’了！”王振常说。

是啊，一字之差，完全是两种结局与命运。再苦，也是咬咬牙就能够过去了。死就完全不一样了。虽然人都固有一死，但真轮到让谁去经历“死”，情况就不是那么简单了。更何况，此次远足非洲去为他国他人之死，何其唐突与意外！

这就是中国和中国人民对非洲兄弟与非洲国家的那份特殊友谊了。

越是在最困难的时候，中国和中国人民一定是与非洲和非洲兄弟站在一起的。尽管埃博拉疫情前所未有的严重与高死亡率，但是中国援助了非洲几十年的医疗队不能中断，绝对不能中断，尤其是在此刻——埃博拉疯狂袭击的 2014 年夏季。

“原来我们医疗队计划派出 19 个队员，后来作了临时调整，先去了 10 个，加配其他部门的 3 名应急专家随队前往。其余九人则是在 10 月 24 日到几内亚首都科纳克里与我们汇合的。”王振常介绍：“出发之前，我们全队每个队员都写了遗书，是做好了死的准备的。”

医疗队所有的人员都是第一次到几内亚。队员林海有这样一段文字描写：

“几内亚地处赤道附近、大西洋的东岸，几乎从未有过台风、地震，也鲜有其他的自然灾害，地理位置和自然环境都十分优越，但由于经济不发达、城市缺乏规划和有效管理。在科纳克里，我们体会不到国家首都的感觉。市里基本建设差，交通状况很不好。但是，这里的人生活虽然贫困，却有着难以理解的幸福感。大多数人似乎整天也没啥工作，聚集在街边无所事事，也感受不到一点点的压力，脸上洋溢着不知从何而来的喜悦。这是几内亚给我最初的感受。”

“谁没有家人亲人嘛！在我们到了几内亚后，没几天就到中秋节了。队员们白天忙碌一整天后，晚上大伙围在一起，躺在地上，遥望明月，一边聊、一边说，聊着聊着，说着说着，全都哭了起来。这份思念祖国、思念故乡、思念亲人之苦，只有身临埃博拉死亡边缘的其境方能真切体味。想起那一幕，我今天依然会眼睛发湿……”王振常忍不住拭泪。

友谊医疗的医疗队员们可谓是真正的“中国友谊使者”。面对越来越猖獗的埃博拉，非洲本地人节节败退，别国人员纷纷后撤，唯有王振常他们这些中国医疗队员们必须还得向前冲。“我们不像后来去的应急医疗队那样，根本不能穿防服，就只有普通的口罩、手套。几内亚全是黑人，他们爱跟你拥抱，我们不能表现出不热情、不友好，这就很麻烦，很危险，但你丝毫不能退缩嘛！所以，我们可以说是用身体作为盾牌在跟埃博拉决战的！”王振常介绍道：“我们到那里的任务，除了日常的医疗之外，还负责为中资企业人员看病，为国家提供埃博拉病毒传染疫情分析。这些任务都很艰巨。在埃博拉爆发期，总统府的安全都成问题。最直接的工作是为中资企业和中方人员看病治病，这是我们的主要任务之一。自己的同胞，在那里有的是帮助几内亚建设，有的是在做生意。不管从事哪一种工作的人，都是我们同胞，他们的生命安危全由我们来负责。这个任务极其繁重，也相当艰巨复杂。比如我们要负责的那个叫凯乐塔水电站工地上，中方人员就达 500 多人。工人们本来在那里干活很辛苦，现在又轮到了埃博拉病毒疫情袭击，还有其他多种热带传染病，他们有病有灾，我们不帮他们还能有活路吗？为了这些同胞，我们要开五六个小时的汽车路程才能到达，一到就得跟工人和当地非洲黑人混在一起，你不清楚谁可能是埃博拉的病毒感的染者，因此去一次，就可能是一次赴汤蹈火，但我们全队人员没有一个后退的……”王振常的每一段叙述，都一往情深。

“我们自己人病了，发高烧了，一下子也不能诊断到底是普通热烧还是埃博拉病毒传染时，我们的心、我们的魂，都不知丢到了多少回……”王振常一次次痛苦地低下头颅，声音低得抽丝似的，但却如阵阵洪钟般在我胸膛振荡。

“可我们在那里整整一年半时间里，何止仅仅做这些。”他说：“大伙儿一定记着自己的身份：我们是中国医疗队，是北京友谊医院派出的中国友谊使者。我们既然来到了非洲，我们就该为非洲人民做力所能及的事，播下友谊的种子。所以，只要有空隙时间，只要有可能，我们就出去当地儿童并捐款为当地学校、为百姓服务。看到上学的孩子缺衣少学习用品，我们就捐款为他们添置衣物书包，还给孩子们盖了一个食堂。我们医疗队的党员同志还捐款去慰问那些不幸被埃博拉病毒传染而身亡的中几友好医院的几方医务人员的家属，其中有孔院长他们面前提到的盖斯姆妻子。当时盖斯姆的妻子刚刚生下盖思姆的遗腹子，见我们如此真诚的帮助她一家，感动得热泪盈眶，盖斯姆的妻子连声叫‘中国医生好’‘中国好’！”

友谊医院派出在几内亚的这支医疗队，在几乎无援的条件下，在几内亚埃博拉疫情最严重的日子里，孤军作战，为当地培训抗击埃博拉专业防护人员 1600 多人，而这 1600 多人后来在几内亚抗击埃博拉的整个疫情战斗中，做出了不可磨灭的特殊贡献。

“这是我们最引以为自豪的。”王振常的脸上有了笑容。他说：“在了 2014 年下半年和 2015 年整个一年中，我们这支医疗队在当地是非常出名了。只要我们每到一处，那里的百姓，不管男女老少，都像待亲人一样对我们。用他们的话说，只要看到穿中国五星红旗背心的人来了，他们就觉得自己的生命有了希望、有了保障，他们称我们中国医疗队是他们的‘保护神’！”

转眼一年半过去了，中国医疗队在几内亚的日子让19位北京友谊医院的医务人员格外感到难舍。与埃博拉的一场生死持久战，不仅没有吓倒他们，反而与这个国家、那片土地发生了特殊感情——

想想刚来时这里埃博拉疫情正烈，现在虽未消灭但已渐趋尾声。我们已没有了初来时的惶惶不安，习惯了在疫区坦然的生活。没有了初来几内亚的陌生与新奇，渐渐的习惯了援非的生活。这里依旧的落后脏乱，但我们却开始欣赏当地人们的乐观与无忧。一片小小的空地，甚至是在车辆穿梭的街头，年轻人们也能忘我地追逐他们喜爱的足球；一点音乐的节奏，就会有人扭动起来，哪怕是烈日下、大街旁，也无法阻挡他们内心对生活的激情。这里人对中国人大都很友好，路上常有黑人用蹩脚的中文“你好，你好”的打招呼，也经常会见到我们就竖起大指说：“中国，好！”在这里生活能充分的感受到身为中国人的骄傲，市中心最大的建筑议会大厦“人民宫”是中国20世纪60年代援建的；几内亚国家电视台“RTG”是中国援建的；中国承建的几内亚最大的水电站——凯乐塔水电站近期已经竣工发电，这完全改变了几内亚电力供应的格局；还有更多的难以胜数的道路、港口等基础设施都是中国建设的……

队里的才子林海又拿起笔，如此描述道。

队长王振常则有更多的感慨与自豪：他的医疗队一直坚持到世

界卫生组织于 2015 年 12 月 23 日宣布西非埃博拉病疫情解除之日。“这可不容易啊！没有一个医疗队是经历这么长时间的，我们是唯一一支跟埃博拉打了一年半持久战的医疗队，独一无二。几内亚总统亲自邀请我们医疗队员到‘人民宫’给我们授荣誉勋章，这也是前所未有的。”

是的，历史应当记下这个医疗队。

但，我们应该知道，有关抗击埃博拉的故事才刚刚开始，王振常他们用肉盾牌与埃博拉厮杀正酣时，邻国塞拉利昂的疫情简直不可收拾！最惨烈的是塞拉利昂的医务人员此刻几乎全军覆灭，而这中间的一半医生里，多数是到中国留过学的优秀医生……

/ 3 /

盛产美女的非洲角

这事本与塞拉利昂无关。塞拉利昂本国自己的事——有关疾病等灾难已经够折腾的了，比如艾滋病、疟疾、霍乱等，常随时侵袭和祸及这个全球“十大最穷国家”之一的这个西非国家。估计任何一个富裕的、中等的和并不太穷的国家一听到“艾滋病”“疟疾”“霍乱”这三种绝杀人类的瘟疫早就已经吓晕了，然而在非洲角的那些国家，这样的疫情就像我们常见的肺癌、高血压、糖尿病那么普通。采访中国医疗队的队员告诉我，他们去之前不会相信一个国家的首都、人口达百万人之多的城市，竟然没有一条像样的柏油马路，晚上大街上没有照明灯，自然也不会有交通警察什么的。

不过，他们的首都大街上有开着坦克的武装军人，拿着冲锋枪的反政府武装，举着大刀横行霸道的暴徒……当然还有很多朝你笑嘻嘻招手的妓女，但你敢亲热去吗？小心艾滋病！

如此一个国家，在全世界却蛮出名。我想恐怕与下面三件事有关：

第一件事是这个国家曾经是欧洲老牌资本主义国家贩卖黑奴的主要来源地，也就是说，世界上著名的黑奴交易是从这里开始的。

不错，这个地处非洲西部，北、东北与几内亚接壤，东南与利比里亚交界，西、西南濒临大西洋，海岸线长约 485 公里，国土面积 7.2 万平方公里的小国家，却在 1000 多年前就是黑人的家园。据说，在 2500 年前就有人类在这片土地上居住。关于人为什么变

“黑”了的提问，似乎没有科学的结论，多数说法是因为环境的影响。非洲那儿热光太厉害，太阳把人晒黑了，遗传下来，一代又一代，最后就变成了彻底的黑人。这是我们普遍认为的古老传说。但塞拉利昂确实是黑人的古老家园，所以这里的黑人美女其实在世界也很出名。我曾到南苏丹去过，发现那里的年轻黑肤女人，真的是太美了，完美的美，身材、五官，绝对的标致，但她们的家里什么都没有，穷得只有几根草秆，但她们就是美，绝对的美，简直有些不可思议。

塞拉利昂和其他邻国比如几内亚等都是靠着大西洋，自然环境也非常原始的那种绝美，如果不是战乱和热带病盛行，这是真正意义上的天堂。

黑人兄弟姐妹们在此自由自在地生活了 1000 多年后，15 世纪中期，喜欢航海的葡萄牙人不请自来，他们在弗里敦河口北岸建起了要塞，一直到 19 世纪中期。那个时候的葡萄牙人主要在这里进行的是人贩子生意，即奴隶贸易，并且十分活跃，成为欧洲奴隶的主要来源地。后来英国人在此得势，贩卖奴隶的潮势更加疯狂。美洲发现后，黑奴开始流入到这些新兴国家美利坚、巴西、阿根廷等。这是后话。1787 年，在废奴主义者的压力下，弗里敦慢慢建起了一个“奴隶集市”，后渐渐变成了一个城市，以供那些原先准备贩卖到伦敦去的奴隶生活。“首都”就这么建起来的。英国人一直统治到 1961 年 4 月 27 日，塞拉利昂宣布独立。

塞拉利昂，这词在最初占领这块领土的葡萄牙人语言中，是“狮子山”的意思，而首都弗里敦在英语里叫“自由城”。

第二件事是塞拉利昂有个反叛武装闹腾了几十年，在非洲极其出名，联合国曾多次干预，却未见效果。领头者叫桑科，出生于塞拉利昂的吉米部落。说起来简直难以想象，这位叫桑科的奴隶后代，1956 年参加了英国皇家西非部队，到英国接受过无线电报话员训练。出道前只是一位名不见经传的陆军下士，还干过婚纱摄影。但在 1991 年 3 月，这位擅长摄影的前陆军下士福迪 · 桑科，打着“反对独裁”和“民主改革”的旗号，领导“革命联合阵线”（以下简称“联阵”）扯旗造反后，竟然一举成为可以左右这个国家甚至让非洲许多国家的领导者。联合国对此人也十分头痛，常常无奈，并吃过大亏。桑科能够得逞，在于塞拉利昂历届政府内部的腐败和无能，人民对接二连三的军事政变厌烦有关，加上他的超级残忍。就像多数前殖民地非洲国家一样，塞拉利昂自 1961 年从前英国殖民统治下取得独立之后，无论在政治上和经济上都走了一条极其不平坦的道路。邻国利比里亚有太多内战的“高手”，他们为桑科领导的叛乱提供了便捷的武器来源和边境地域的“自由地”。所以桑科在“胜利”时，可以攻到首都，享受正式的副总统待遇，其多位手下被聘任为政府部长；不顺时，退到利比里亚边境，甚至过境当受保护的高级“难民”。一旦时机到了，他又重返自己的国家，进行又一次的疯狂“战斗”，致使同胞血流成河，政权摇摇欲坠。关键是，桑科这人太残忍，福迪 · 桑科以嗜杀、残忍著称于世。他所领导的“联阵”称得上是世界上最残暴的一支部队：毒打、屠杀成了他们的家常便饭，最令人发指的是，娃娃军经常使用肢解、挖心等名目繁多的酷刑折磨与他们为敌的人，还美其名曰“从心理上威慑敌人”。桑科组建的这支“少年军”以残忍著称，也确实在善良和落后的黑人家园制造过不少“战无不胜”的历史奇迹。2000 年，桑科及其领导的“联阵”再次在世人面前大出了一把“风头”。当年 5 月，桑科的队伍公开与联合国叫板，绑架了 500 多名联合国驻塞维和部队士兵并将其扣为人质，全世界为此一片哗然。数百名联合国维和士兵被绑架，这在联合国维和史上绝无仅有。桑科的举动终于惹怒了国际社会，讨伐之声也随之而起。有意思的是，在其“联阵”队伍绑架维和士兵的同时，头目桑科本人却神秘失踪了。正当联合国为人质事件绞尽脑汁时，秘密潜伏在首都弗里敦的桑科，十分意外地被当地平民抓获并交给了塞拉利昂政府。桑科的被捕终于使人质事件有了转机，他的弟子们最终释放了所扣押的全部联合国维和士兵，条件是桑科获释放。但联合国没有退步，安理会一致通过决议，决定设立联合国塞拉利昂问题特别法庭，以审理在塞拉利昂内战中严重违反国际人道主义法和塞有关法律的犯罪分子，而桑科首当其冲。2003 年 3 月，桑科被移交给联塞特别法庭审讯，等待他的是 17 项反人类罪指控。没想到，还没受审，这个让塞拉利昂人恨之入骨的暴君竟先走一步。2002 年年底联塞特别法庭成立后，桑科被移交该法庭受审。2002 年 10 月，桑科突然发生严重中风。从那以后，他的健康每况愈下。在 2003 年 3 月受审时，坐在轮椅上出庭的桑科已经无法回答法官的提问。桑科曾以健康原因向联塞特别法庭提出推迟审判的请求，但遭到拒绝。不料几天后，桑科便结束了他罪恶的一生。虽然桑科以一死逃脱了最后的判决，但人们仍然认为联塞特别法庭对他的审判是“向动荡不安的非洲大陆发出的一个明确信号”，那就是：“所有的叛乱武装领导人都将受到法律的制裁。”其后，没了领导人的“联阵”在各方的联合打击下逐渐解体，塞拉利昂终于迎来了和平的曙光。

第三件事使塞拉利昂名声大震，是因为好莱坞拍了部巨片，叫《血钻》出了名。

别看塞拉利昂是个小国，但它的资源和矿产极其丰富。尤其是钻石，储量达 2300 万克拉，而且质量上优，难得有哪种钻石与此相比。然而因为钻石的缘故，使这个落后贫穷的非洲小国，深深地陷入了以抢夺和霸占钻石为目的战争时起彼伏，从未间断过。桑科崛起和存在那么长时间，其原因之一就是他带领的队伍占领了拥有大量钻石的边远山区密森地带。从 1994 年起年，桑科的反政府武装“联阵”不断向塞国东南部地区的各大矿业公司扩充，并通过武装袭击或抓捕这些矿业公司中的外国人为人质，迫使一些主要矿业公司停产甚至关闭，进而使政府的钛矿石、铝矾土和钻石等开采与出口工作陷于瘫痪，而叛军则通过非法出口钻石大获其利。作为支持战争的最重要财源的钻石资源，一直成为塞拉利昂国内战争的争夺目标。交战双方强征大批青少年服役，把他们培养成毫无血性的杀人机器。尤其是反政府的“联阵”一方，往往把大量无辜的平民当作其施暴的对象，动辄割断人们的肢体，其肆意摧残儿童、幼女的暴行更是罄竹难书。据称，因为争夺钻石而引发的战争，使得塞拉利昂死了至少五万多平民。电影《血钻》就是根据这个国家的钻石争夺战为内容的一部好莱坞大片，在世界各地广受观众欢迎。边远、落后又充满原始美和非洲美的塞拉利昂，一夜之间受到了那些具有冒险精神的旅游者们青睐。

本人没机会去这个国家，但却很想真实地了解一下“血钻”之乡到底如何？否则也无法想象中国援助非洲抗击埃博拉病毒的战斗有多艰巨！说来也巧，就在这个时候，我在网上读到了一位西安的网民朋友“清风云端”先生写的一篇不短的“网文”，叫作“塞拉利昂——我心中的痛”。看照片，“清风云端”先生是位与我年龄相仿的老帅哥，他的这篇图文并茂的博文，我以为写得好，关键是真实。另一个原因是他所经历的“塞拉利昂之旅”恰巧是在埃博拉疫情在塞拉利昂全面爆发之前，这种真实相比之下不受外界干扰，是纯属个人的直接感受，因此它可以让我们看到一个离我们很遥远的非洲国家的真实的风土人情。

先让我们一起随“清风云端”先生的文字，去“血钻”之乡的塞拉利昂走一趟。

2014年，西安的“清风云端”先生：

我是今年4月9日从南宁飞抵北京，在北京机场与翻译和工程师汇合。机场里匆匆吃过晚饭，随后带着翻译和工程师一行三人登机去西部非洲塞拉利昂考察几个矿点。

从北京乘法航大约飞10个小时到法国巴黎戴高乐机场，在那里等待8个多小时转机再次乘上另一架法航并经停利比里亚首都蒙罗维亚机场，到达西非大西洋彼岸塞拉首都弗里敦。整个航程大约2万公里，等回北京那就刚好绕地球一圈了，花费时间大约32个小时……在弗里敦机场接机的是我朋友内蒙古的小杨，他叔叔是大使馆的参赞。有着内蒙人淳朴憨厚的性子和做事认真踏实劲头的小杨来塞国8个月了。见面后他问我怎么安排，我大声告诉他：再次踏上黑非洲大地先尽情玩两天，领略一下异国风情，然后再工作。

“好嘞！”随小杨走出机场，我到了一个满世界黑的地方，那老黑老黑的人影，在我面前走来走去，我就感觉自己显得那么老白老白的了，恍若梦境一般。

坐上当地人开的中巴来到码头。小杨告诉我：去弗里敦市区要坐快艇摆渡，我们的车在对面码头停着。乘船需要20分钟到达对岸。上船每人需要45美金，这是不是有点贵啊，要知道一美金兑换5000利昂呢，1元人民币也可兑换700多利昂。塞国可是全球最贫困国家之一，280元人民币坐20分钟快艇摆渡，到哪里说理去。想想来咱都是坐飞机的主，你不出血谁出血？何况又是第一次那么近距离接触大西洋，心里还真有点小激动不是！

离开码头坐上接我们的车，大约40分钟到了住的地方——北京城乡集团购置的坐落在大洋边上的滨图玛尼宾馆。我住的是单间，另两个住标间，怎么？两个人住标间还要再加30美元，为什么？标间不是可以住两个人吗？现在标间变成了180美金一天！还好，有WiFi。听说中国大使馆正在改建，目前使馆人员现在也暂时住在这里，我们跟他们住在一起，办事也方便，住着更加安全些。赵彦博大使还是我们西安人。

对了，前头忘了说在非洲出海关一定要有里面认识的人，否则海关的人会把你的行李全打开，不停地翻，拖延时间，其实就是叫你给他好处费。小杨认识里面的人，给了5万利昂，不到70元人民币嘛。

到了宾馆已晚上。进入房间一看：哦，还不错，是很漂亮的海景房，落地的飘窗，全透明的玻璃，外跨还连着一个好大的观景台。站在阳台放眼望去，宾馆底下大洋边一座座亮灯的五彩别墅，像彩贝一样镶嵌在大洋岸边，在暮色里显得五彩斑斓。海水被夜色染黑，呈现出一片墨色，天空与海交融在一起，分不清天海之别。远处大洋里货轮灯火阑珊，那或明或暗的灯光，好像是在告诉你，那才是天与海的分界，好一幅美景。

小杨告诉我这里是弗里敦的富人区，岸边直接就是深海，我们明天去的海滩离这有30公里。我问这里岸滩怎么没有什么防护措施如岸堤，他说这个国家海岸线上从来就没有什么台风之类的东东。

我明白了：在这个西非最贫困的国家，老天爷竟然也在可怜和眷顾他们。

第二天，我们到了海滩。哇！眼前立刻被一幅原始的未被人为污染的银色沙滩所震撼！看：海边棵棵椰树自由的生长着，椰树上散开的树叶俯视着眼前银色的沙滩和碧蓝的海水，就像低头微笑看着自己孩子的长者。座座小毛草屋散漫的分布着，如星罗棋布般，粒粒银沙镶嵌在蓝色的大海和绿色的椰树之间。原来它们才是这海的主人。相比之下，海南东郊椰林的毛草顶屋、北海银滩的白沙，那实在都不算什么了。望着眼前的这一切，我不禁犹然产生一种投入大海怀抱的感觉。站在滩头，微微海风吹过，带来丝丝潮意，眺望大洋彼岸的美国大西洋城纽约——其实是那么的遥不可及。

有人说洋是海的延伸，可照我说洋是海的大爷。其实它们都是蓝色的，涛声、浪花、波浪说到底都是没有什么差异的。

离开海滩我们来到距二道河海滩大约 5 公里处一家知名的意大利人开的海鲜餐厅，他们的海鲜都是用木炭烤的，原汁原味，口感美佳，也因此广受外来人喜爱，老板是老两口，都 70 多岁了。我的口号就是：先享受后吃苦，死了也不怨。这里的海鲜大螃蟹、大龙虾，那真是超级的大，令人吃惊，反正我是没有见过那么大的。对了插一句：龙虾和螃蟹都是 20 美元一只我看比国内便宜多了。

从意大利餐厅回宾馆的路上，我们开车在首都费里敦市区到处转了转，想知道塞拉到底有多贫困，所以专门去的是贫民区。一路开车看去，低矮破旧的毛草店铺，主要卖点服装，面包、瓶装水、水果等生活日用品。街头乱哄哄的，好多人上衣也不穿，包括有个别女的，马路坑坑洼洼，商品也好多是中国产的伪劣品。声明一下：这些伪劣商品可不是我们同胞贩过去的，而是塞拉利昂人自己跑中国进的货，便宜呗。我都无法想象，他们是如何是这些东西从万里之外的中国义乌等小商品市场弄到这儿的。

……在塞拉首都弗里敦玩了两天后，也该开始工作了！

非洲这地方怪，土地不在国家手中，而在大大小小酋长手里，去矿点都要先拜访这些人。拜访是要带礼物的。当然我们见的也不是什么大酋长，也就是村长级的。每个村长级的，下面还有七八个村民小组长级的最小酋长，村民小组住的寨子和村长住的寨子相隔都比较远。在国内时，我们就买好了十来个足球（非洲人喜欢足球）和碳素材质做的打气筒（轻、携带方便），还买了国产三四百块钱的手机好几个装了一个大箱。为了安全起见，我们要到当地旅游公司租用两辆车，小杨和翻译去办理，我和工程师在住地等。这时我就看见使馆的二秘开车要出去，我就叫了他（我这人能拉扯见面熟一片，哈），问能不能带我俩去趟黎巴嫩人开的超市，人家说带我们去没问题，就是回来得靠自己了，他去的地方和我们不是一个方向。我说我有办法回来。就这样，我们到了超市买了一些面包、火腿肠和糖果（非洲人特别喜欢糖果）。知道我在超市看见啥了？美女！收银台坐了个好漂亮的黑美女，真的好漂亮！知道非洲女人为什么身材那么好吗？那是因为非洲人把什么都顶在头上，要顶在头上那就必须挺胸、收腹、提臀，这些女同志都是知道的。本来想合张影，可看了看她身后的两个黑大汉，加之我们又是个“哑巴”，怕误解就算了，好遗憾的。插一曲：前天在意大利餐厅，我叫翻译给一个服务员说想照个相，她说什么现在忙，需要她服务的话，晚上可来找她，我叫翻译告诉她就怕晚上一关灯找不见了（黑到一块了）。小样的我来这里是当傻瓜？我心里这么想。言归正传。回来的时候，我们在路边招了一辆出租车，好家伙，里面已经有三个人，是硬要上来的。我向司机看了下我住的酒店册子，就“ok”了一声，车子摇摇晃晃地上路了。路上有人一会上、一会下的，最多时连司机车上共有7个人。我算对非洲的国家首都有体验了！

到了酒店门口，也不知道出租车要给多少钱，只好打开包包。那出租车司机一看我的钱包是满了，也不客气直接拿了十万利昂“拜拜”了。

语言不通，后悔哦！

此处“清风云端”先生晒一张照片，说：

在非洲老婆是可以娶好多的，只要你养得起，和我照相的这个人是塞拉里昂的官员，他父亲是个省级大酋长，有8个老婆，20几个孩子，他是老十二，今年28岁。

其实，我在采访中也不止一次听到有人说，非洲，尤其是塞拉利昂，黑肤美女满地都是，“她们长得特别标致，不仅五官精致，鼻子削尖的那种美，眼睛绝对的大和水灵，嘴唇性感。胸大，个头高挑，臀圆润且超级的大，如果不是肤色的原因，堪称世界绝美佳人！”一位多年在那边工作的中铁公司职员绘声绘色地如此说。“当地的这些美女特别喜欢跟我们中国男人好，在她们眼里，中国男人比较含蓄，会治家，会挣钱，对老婆好，而且在她们眼里印度人、中国人，都是‘白人’，这是她们喜欢中国男人的重要方面。”

“有跟中国男人结婚的吗？”

“有啊！我们单位的一名项目经理娶了位黑人美女做老婆。浙江温州人到那边做生意的人娶黑人老婆的也不少，我身边能数得出十个八个。”

嗬，这可是我没有料到的。“能生活到一起吗？”

“怎么不能？他们都成家立业了，而且有的孩子都十来岁了！不过也确实有的时候够呛，主要是文化差异。非洲黑人美女，美是不用说的，但就是比较笨些，连土豆都不会切，更不用说给你做饭做家务了。但她们会经常带你出去参加舞会，那个时候我们中国男人就差很多了，人家那个跳舞水平简直是世界一流啊！”

原来咱中国人也有“低水平”的呀！

我笑。因为跟我说这事的老兄还有一句话：非洲美女不一定嫁你的，1000 元人民币也可以搞定。他这话听起来有些不正经，但在那个遥远的穷地方，有人说，那是另一种“扶贫”。似乎听起来仍然有些反动。然而世界上的生活本来就是不平等的，对那些非洲不发达国家人民来说，现在的中国人相对是富了。

“清风云端”先生带着开采矿藏的任务，深入实地周游塞拉利昂的亲历，便是一例。他继续的行程让我们对这个国家和非洲大陆的风土人情有了更深的了解。

一大早租的两辆车和塞国国土部的一个官员来到酒店官员全程陪同，起监督和与地方国土以及酋长的沟通，他就相当于我们手里的“红头文件”……简单用过早餐后，就向南方省的博城和东方省的凯内马（大家请记住这个凯内马，我以后要着重说）出发了。

博城是南方省的省城，离弗里敦 200 多公里；凯内马是东方省的省城，离博城 100 多公里，离利比里亚也就 100 多公里。

我们是先向博城的方向走，大约要走一半路程就要拐到去矿区的土路。车行驶在路上，就像走在我们的国道上，路况相当不错，道路两旁望不到尽头的棕榈树和路边走着头上顶着什么都有的黑妹妹，真是一幅幅非洲特有的乡村风光，我耳边仿佛响起了美国黑人演唱的乡村歌曲。

一路上车不多，走着走着，猛然我发现了新大陆，咦！这些黑兄弟的车怎么回事，他们真是把车用到了极致，你看这带篷卡车货都装的基本满了，还钻进去那么多人，车厢后板外也就是后保险杠上还站着3个人，特别是驾驶室门两侧一边站了个人。有意思的是5人坐的小卧车，真是又开眼了，里面直接挤了八九个人。车顶还堆满了货物，连后雨刷器上、四个车门把手上也挂满了大大小小塑料袋装的东西。嚇，这就是非洲特有的一景哦！

在要拐向土路的地方我们接上了事先联系好的博城市国土官员。车继续在崎岖不平小路上走着，路两旁的植物也有了变化，棕榈树也渐渐被灌木林、茅草和荆枝条包裹，丛林和村寨越来越近了……隔五六公里就有一个小寨子。每当我们经过时，路边的人们从小到幼童、大到老人都会抬头微笑举手……“嗨”“嗨”地和我们打招呼。司机通过翻译告诉我，他们国家的人非常友善、热情。这一点我印象深刻。越向深处去路也越加狭窄，也就只够一个车身位了。这的寨子，都是以毛草房居多，人们的精神状态也变得有气无力，或躺或坐，来回走动的人很少，打招呼的声音也弱了许多。司机告知我们，这里是他们国家最贫穷的地方之一。

再向前，就到了村级酋长住的寨子。由随我们来的两个国土官员请酋长和一些长者到他们的议事堂。所谓议事堂，也就是一个带有毛草顶的大篷放了一些非常原始的长凳。接下来大家坐了一圈，先由部里的官员介绍了我们，说我们是来帮助他们来的，是友善的等等。酋长听到这些马上起身和我们握手、拥抱。我们便把见面礼给了他。50万利昂（也就相当于100美元）两个足球和打气筒外加一部手机，我也不知道这里没电也没有信号手机有何用。只见那个酋长给四五个长者每人两张 5000 的利昂，其他的都自己留下了。得了好处的酋长，顿时面带笑脸地安排他的代言人领我们去要看的矿点。这当儿，我们的身边又围上来好多看热闹的小孩和大人，我又拿出糖果发了发。

和酋长告别后，我们一行人在酋长的代表引导下来到我们要考察地的所在寨子，拜见村民小组长级小酋长。握手、碰肩（再没敢拥抱）和 5 万利昂（相当于 10 美元）后就要徒步进丛林了。这里也是和其他寨子一样又是一大堆人围着、跟着。我看这样不行，怎么工作啊，还得打发了，排队发糖果一人几个，我们看他们除了女的男的其他的乱哄哄也分不清谁是谁，就像老外看我们，也只好叫排队。所有寨子都是一样，大人们从不向前索要，除了手里抱着婴儿的，他们知道这些应该给孩子。在这里，我所带的糖果全发光了。我们从寨子后边进入丛林，翻过两座像馒头状的山到了第一个点。经过拍照、取样（要带回去的样品），交给雇的黑人拿上。然后再要去下一个点。我一问向导后才知道去那里还要翻三座山。怎么办？继续前行吧，否则不等于白来嘛！同行人不想走了，又担心我不认路，上去后回不来。我说没事，有些地方我会作记号的，回得来，放心。我和他们分手后，先找了根树棍，用它打草惊蛇……开始找着记号走也比较顺利。大家知道我的记号是什么吗？烟头！我把它们放在醒目的大石头上和岔路上，要知道我抽烟挺厉害的，一天 3 包。可走着走着感觉不对劲了：记号呢？再看看岔路也分不清到底走哪条了（丛林中哪有什么路啊，也就是些人走的印记而已）？抬头看看太阳当头照，再看看周边灌木枝比我还高，想用太阳和周边环境作为参考方向是行不通了，只好坐在地下抽了支烟，淡定一下。不是咱还有高科技？于是赶紧打开包拿出 GPRS 定位。记得我们停车方向是东向南一点，向南多少度呢？立即后悔起来：临离开车子时忽视了没定位，那样 GPRS 就能引导我找到车了。现在后悔有啥用？为准确起见，我又拿出指南针核对了一下。OK，没问题走吧，走了一段又下了一道坡，这时远远看见了我们来时的那辆车的车顶……顿时心情那个好啊，别提了！下了坡，眼前是一片沼泽地，上山时向导就说了要远离沼泽不要在上面走，可我看看如果绕着走又不知道要走到哪里去了，好不容易看见车了，又想想现在是旱季没那么可怕吧。[插曲：塞国 5 ～ 10 月是雨季，11 月至来年的 4 月是旱季。旱季基本没雨，雨季全季要下 4000 毫升（4 米）。] 4 月是最旱的时候，荆枝条、茅草和灌木枝这时刺人也最厉害。抱着侥幸我来到沼泽旁边，小心翼翼用树棍探探还行，硬硬的。不瞒大家说，当时我走在上面两腿是发软的（主要是心理作用），弯着腰腿颤颤地用手里树棍探路、移动。终于离岸边还有七八米了，这时看看沼泽面上也没什么变化，思想也放松了，把树棍一扔，想着就到了。谁知刚走两步，“扑通”！脚下瞬间一歪，两腿膝盖以下掉入沼泽……着实吓了我一大跳！我马上在趴下的同时，本能地把 T 恤衫扒了下来，上身趴在 T 恤上，喘了两口大气，慢慢地爬到了岸上。那个沼泽里的黑稀泥臭哦，我估计这稀泥都呕了几百上千年了。到了车旁，两个黑人司机都笑我，此刻的我根本不像人样了，我脚上的鞋、袜子，还有那两个半截的布裤腿，便永远留在了非洲的这片沼泽地了。还好，损失不大。呵呵。

回来就向东方省凯内马市凯拉洪区前行。路过村级酋长家门口时，我们下车和酋长告别。这时是当地时间下午 4 点多的样子，发现家家门口开始做饭了，可中午时没见他们做饭呀！问过当地同来的国土官员才知道，这丛林里的寨子太贫穷了，大多数人一辈子都没有出去过，粮食根本不够吃，所以就做这一顿，其他时间就爬上树采些香蕉、芒果之类的吃。还有，绝大多数村寨都缺水，电就更别想了。在来的路上我就看见当地人打水都要去好几公里远的地方，据说那水源还是联合国什么组织援建给打的井，供几个寨子共用。出水口就像我们以前农村那样机械手压式的。当时我就想：既然那么缺水，雨季时又下那么多的雨，为什么不修一些水窖之类的储水池，在雨季里把水存起来呢？

这里的寨子都基本处于半原始状态，这里的人也不知道外面世界的事，孩子也受不到教育，就像我在丛林路边看到的一个男人砍了四棵有碗口粗的，每棵三米来长的树，绑在一起顶在头上运回去。他后边牵了一头牛，我想他为什么不叫牛驮呢？司机告诉我：这里的牛比人值钱。唉！我听后心里很是凄凉。怀着好奇心，我拿了两瓶矿泉水（我们买的水都是从法国进口的，小杨说当地产的最好不要喝），走进一家做饭的地方，把水给了主妇，她马上站起来用英语说了两声谢谢。我看了一下，在大门口地下用三块石头支了个锅，锅下点着砍来的灌木枝，锅就像我们家里电饭煲锅里的胆那样的东西，大约有 28 公分大吧，里面熬的我看像粟米一样的大半锅糊糊。四五个小孩围坐在锅旁，看到这我马上叫工程师拿几个面包过来，给了她家小孩一人一个。当时我没敢拍照，怕对他们不礼貌。由于他们营养严重不良，加上缺衣少药，塞拉利昂人平均寿命不到 50 岁。刚给这一家几个面包，突然见我身后围来一大群小孩，而且不少大人们也站在远处看着我。很无奈，我的面包已经发光，便只好摇摇头，摊摊手，表示什么都没了。心想：外国人也不好当啊，特别是不会说当地话的“哑巴”外国人。但我也发现，当我用肢体语言和他们交流时，他们竟然都比较乐观。这也许是非洲兄弟姐妹们能够在如此艰苦的环境里活下去的精神动力吧！

……

离开村寨一路行进，我们现在所在的位置距凯内马有200公里，中途住一宿。两个司机也挺高兴，每人得了100美元。在国外很多国家两个男人或两个女人一般是不住在一起的。如果是一男一女住在一起那是不会加钱的。上了公路到镇子不远看见一个加油站，车一到加油机跟前，我又大开眼界，嚯！纯天然手工操作，没办法也得加啊！

加好油后我们继续朝着利比里亚方向的凯内玛市凯拉洪区前行。塞拉利昂与利比里亚、几内亚都相互接壤。当时我们也知道几内亚爆发了埃博拉，在弗里敦时看到一张当地的英文报纸上说埃博拉病因找到了，是人吃蝙蝠造成的，还有一张好大的蝙蝠照片，就像中国当时“非典”吃果子狸似的，并且说几内亚埃博拉好像得到了控制。塞拉利昂和利比里亚还没有一例，当时都觉得那东西离我们远着呢，心里压根就没这事。塞拉利昂全国也很坦然，没有加强任何防范，这就给埃博拉在这个国家爆发埋下了致命的隐患。车下了公路也是一路颠簸着到了丛林寨子中酋长家的门口。得知今天寨子里有葬礼，酋长自然也去参加，所以要葬礼结束后才能见我们。非洲葬礼我是知道的，死者放场地中间的木架上，一群人围绕着又蹦又跳又喊了阵子，最后还要直接触摸死者……

我们一停车，一大堆孩子又把我围了起来。这时，一个小女孩引起了我的注意，看上去也就两三岁的样子，肚脐上长一个好大的包，好像是有什么病。她贼亮的小眼睛可怜巴巴地望着我，我就从车上拿了瓶水（我车上也就剩两瓶了）给了她。可我刚一转身，她的水就叫一个女的大人抢跑了，我只好把最后一瓶再给她。这时那个女人又来了，我眼睁睁地看着她又从那小女孩手中抢走了水瓶，打开就喝了起来。我怒了，说你谁啊？那么霸道，一声大吼，那女人无奈地把水还给了那女孩。小女孩不会开瓶盖，我走过去帮她打开，放到她嘴边叫她喝……当时我的内心很是感慨，非洲的女孩子多可怜、多苦命啊！

又有一帮孩子围着我不停地在说着、笑闹着。因为我听不懂他们在说什么，心想音乐不是无国界嘛，不如搞点音乐出来，我嘴里嘿嘿了两声，没想到一下子就互动起来了。黑人天生对乐感有天赋，你看那一双双小手把节奏拍的多有感觉啊！有一个大点的孩子走到我跟前，嘴里用英语说着“中国”“中国”，两只胳膊有趣地摆动着，我不明白是什么。黑司机过来翻译道：李小龙、成龙！哦，是说中国的武术啊！我高兴地笑了。看着这些可爱又可怜的孩子，我想应该为他们做点什么，可糖果、水又都没了。这时，我看见有一个黑小伙头上顶一大桶东西从我面前走过，还带有香味，我感觉是吃的东西。我给司机做了一个动作，司机就把小伙叫了过来，一看桶里就是吃的，是不知道用什么面做的像饼饼一样的东西，每个有鸡蛋糕那么大。我问卖不卖，他点点头。我身上还有不到 10 万利昂（不到人民币 120 元），也不知他的一桶要多少钱。我把 10 万利昂放在他面前，让他自己拿。小伙子看了看，拿了一半。这时，我突然发现现身边一下“胡啦啦”地怎么就聚了百十个小孩子啊！也不知从哪跑出来的。刚才买的那点东西不够呀！于是我又比划着告诉那小伙子：我把剩下的钱都给你，能再去拿一桶吗？他马上明白，飞奔朝酋长家门口跑去。我终于明白了为什么他有东西用桶装。顺便说一句：那个霸道女人原来是酋长的老婆。好吃的东西拿来后，孩子们的脸上都有了笑容。他们自觉排起队。两个司机，一个发、一个维持秩序。站在一旁的我，看着这些穿着破烂衣衫、饥饿不堪的小孩，心里酸酸的……我帮不了他们什么，只能给他们一点点暂时的欢乐和笑容。

“清风云端”先生是2014年4月25日从塞拉利昂弗里敦机场回北京的。他的这份“游记”，真切而自然，是作为一名普通中国公民看到和感受到的塞拉利昂。我们可以从他的文字中清晰地感觉到“朴实”“自然”“落后”“贫穷”“饥饿”与“不平等”，是这个非洲国家的基本景况。如此异常落后和贫穷、弱小而无助的国家，既要经受长期的内战之苦，还要受像埃博拉这样绝杀人类的疫情袭击，可怜的塞拉利昂，你不该承受这般苦难啊！

但可憎的埃博拉，在2014年的夏季，它越过几内亚的丛林，张着巨型的血盆大口，肆无忌惮，又漫无边际地向这个邻国疯狂地侵袭而来，而且仅仅过了数十天时间，埃博拉病毒的感染人数与死亡者皆超过了病毒源头几内亚。至2014年12月10日，世界卫生组织发布的疫情报告显示，当时的埃博拉病毒感染主要集中在几内亚、塞拉利昂和利比里亚。这三国中，几内亚已经远远地被两个邻国甩在后面。当时塞拉利昂的感染者为7786例，利比里亚是7719例。6928死亡者中绝大多数是塞拉利昂和利比里亚人。在这早前一个月的11月初，联合国开发计划署的报告指出：“埃博拉疫情使塞拉利昂丧失了自内战结束12年后所取得的经济成果。”这份报告还警告说，塞拉利昂正面临食物和外汇短缺的困境，而货币贬值将加剧经济复苏的挑战。

“这里的大米价格在上涨，酒吧被关闭，街上行人越来越少，戴口罩和手套的人越来越多，我家附近市场里的食品正在减少。”塞拉利昂疾病控制和预防中心工作人员巴姆在接受《纽约时报》的记者采访时这样说。

而另一位前政府青年与教育部部长兰萨纳先生则在一个新闻记者会上竟然一边抽泣一边说：“我的家人和亲属中已经有九人死了，房子里不再有人住，空空的……从来没有这样令人害怕过。”

然而问题是，埃博拉的疫情看起来似乎才刚刚开始，也似乎没有尽头。正如美国疾病控制与预防中心主任托马斯·弗里登在考察塞拉利昂后警告说，这里的疫情正走向“失控”，全世界需要为此紧急行动。托马斯有理由这样警告世界，是因为他的同胞中已经有三位医务人员感染上了埃博拉病毒，他们正在运往回国的途中，可这样的“回国之旅”，又让整个美国感到极其紧张……

已经有人在纽约街头拉起了“该死的塞拉利昂，我们不想让那里的人到美国”此类的抗议横幅。

塞拉利昂，你该怎么办？

/ 4 /

哭泣的塞拉利昂

据说，从几内亚传到塞拉利昂的第一例埃博拉病毒患者是 2014 年 5 月 26 日这一天。

感染者是一位刚流产并发着高烧的年轻女性，她被送到塞拉利昂东部的凯内马（Kenema）政府医院。当时医生怀疑她感染了当地一种流行的拉沙热（Lassa fever）病。由于之前邻国几内亚在几个月里一直吵吵着流行埃博拉病毒，所以这个医院的医生也给这位女性患者测试了一下她是否携带埃博拉病毒，结果呈阳性。由此，这位女患者成为了塞拉利昂有医疗记载的第一例埃博拉病毒感染确诊病例。专家们后来对这位女患者发病史进行了追索。调查发现，她病发前在家乡出席了一位治疗埃博拉患者的医师的葬礼，与她一起出席葬礼的人中竟然先后有 13 人感染了埃博拉病毒。

专家断定：塞拉利昂的埃博拉疫情是从这支“根”上引发的，而且它一发而不止，差点把这个弱小的国家给灭了。

“这里的热带传染病太多了，所以如果不是形成疯狂的后果，一般不太会引起整个社会的重视。埃博拉最初袭击塞拉利昂时，他们确实也没有在意。”中国驻塞大使赵彦博虽然是位老外交官，但到塞拉利昂履职才几个月，几内亚就爆发了埃博拉疫情。“老实说，开始我们也没有太在意。因为在 2010 年，这个国家还爆发过一次霍乱，死了 300 多人。谁也没有料到邻国的埃博拉能比三年多前的那场霍乱更可怕。”

赵彦博大使在5月份与塞国卫生部长见面时曾经提醒过对方，应当注意加强针对几内亚疫情的边境管控。那位女部长友好地回应他：中国朋友的善意，我们一定放在心上。但事实上，整个塞拉利昂对邻国爆发的埃博拉疫情最初基本上没有重视起来。“我们的人民处在非常饥饿之中，解决他们明天的吃饭问题，是我们政府官员每天最要紧的头等大事……”当地的官员有句口头禅。

也许正是谁也没有在意或认识埃博拉的绝杀人类的超强能力，所以最初在塞拉利昂东部爆发的疫区，有时还被认为仅仅是一些看不起病的贫民的呻吟，“无须放在眼里”。更可怕的还有另外一种情况，那便是塞拉利昂为何成为几内亚之后传播埃博拉最严重的国家的根本原因是：他们的一些医生认为自己可以治疗埃博拉。

这个护士叫穆巴鲁·方妮（Mbal Fonnie），她是塞拉利昂东部城市凯内马城医院首席护士。方妮确实是位非常出色的护士，她照顾过出血热病比世界上任何其他人都要多，因为这个城市是有名的沙拉热病多发地，而方妮护士过去就在这方面比谁都要强。但这一次她失败了，彻底的失败了，不仅连自己的生命一起搭上，还害了的几千条生命。其实，方妮本人并没有不道德的地方，她也是一位无辜者和埃博拉的受害者、牺牲品。她的错，在于她过于自信，以为送进医院来的发热者还是以前的沙拉热病患者，因此当那位怀孕的妇女住进医院后，方妮带领护士们来到病房，按照以前护理沙拉热患者一样的方法照顾患者，结果方妮传染上了埃博拉，她很快死了。死后，方妮的葬礼很隆重，她的护士同事仍然不知道方妮患的埃博拉病毒感染。她们几乎全体出席了方妮的葬礼，并按照传统习惯，在方妮的尸体上不停地抚摸，这是葬礼的一种必要仪式，结果整个医院、整个护士队伍的多半人死掉了。7月29日，当首都第一例埃博拉感染者出现在中塞友好医院的前一天，爆发埃博拉病毒的塞拉利昂东部城市的凯内马医院德高望重的塞拉利昂首席埃博拉专家舍克 · 汗医生，在拯救一百多位埃博拉感染者后，他自己不幸也被感染而身亡……消息传出，凯内马举城恐慌。因为人们发现：埃博拉病毒才不管你是穷人还是富人，你是官员还是平民，只要是人类，只要有机会，它都会毫不留情地追杀你，直至消灭。

接近七月底的一天，凯内马城里又一位年轻的女子感染上了。她是当地的富家子女，感觉连续发烧不对劲的她，立即意识到可能染上了传说中极其可怕的埃博拉时，吓出一身冷汗：“身体坏了”，“要死了”——所有比她早一两天发热的人都死了，于是这个女子感觉情况不妙，便极度紧张。“再被送进当地的医院也是死路一条。”怎么办？找最好的医院去！塞拉利昂最好的医院在哪？肯定是首都弗里敦。弗里敦的医院哪家最好？塞中友好医院最好！那里有中国医生。中国医生顶好！那个女患者在生命最危急的时刻，调动一切可能的力量，打听到了上面这一切。

“到了！上帝保佑我……” 2014 年 7 月底的一天。这位患者在无任何防御的情况下，自己闯进了首都，闯进了首都最好的医院，闯进了中国医生与塞拉利昂医生并肩战斗与工作的中塞友好医院（塞方称“塞中友好医院”）。

这一天，我驻塞拉利昂大使赵彦博原计划回国休假，前一两天已经同夫人一起订票打包准备出发了。31 日当晚，他在官邸宴请塞国外交部长，作临别时的一次小聚。突然使馆来电话让赵彦博大使接。

“什么？埃博拉来啦？多少人与患者接触？”听电话的赵彦博大使大吃一惊，忙问。

“共 17 人，我们中国医疗队的有 7 人，其中一位 22 岁的山东护士，她是新来的，是她最初接收那个患者的，而且她……”

“你不要再说了！”赵彦博大使一听情况万分危急，立即打断对方的话，命令道：“你马上通知医院，所有与那位患者接触的人，全部隔离，立即隔离！”

“那……塞方还有 10 人接触的怎么办？”

“当然一起隔离嘛！”

“是。我们马上去执行大使的命令。”

“怎么回事大使先生？”塞国的外交部长一看大使的脸色不对劲，问。

“可恶的埃博拉进入你们的首都了！而且已经极可能传染到我们的中塞医院，现在初步了解了一下，共有十几个人接触了患者，怎个了得啊！”赵彦博大使搓手不停，心急如焚。

“啊，我立即回去向总统报告！”塞国外交部长说着，转身就出了使馆。

在这之前，塞拉利昂已经有几十例埃博拉感染患者，但因为都在几内亚的交界接壤处。加之自 5 月份后，疫情爆发地几内亚有传来疫情稳定和平息的消息，所以邻国的塞拉利昂政府就没有在意埃博拉对他们国家的影响。如今首都突然冒出疫情，且在一夜之间，连续从中塞友好医院传出十几名疑似患者外，又有几十名发热疑似者。总统府这回紧张了，总统科罗马当晚就宣布全国进入“公共卫生紧急状态”。同时，他通过总统政府网站发布了告塞拉利昂全国人民书，要求所有人民“采取更积极的手段来对付埃博拉病毒的爆发”。原打算到华盛顿出席“美国——非洲首脑会议”的科罗马总统同时改变行程，专程飞往埃博拉病毒爆发地、邻国的几内亚，与几内亚的总统孔塞商讨阻止病毒扩散的进一步措施。总统告全国人民书中特别强调了他将部署部队前去支持卫生部门和专业人员，“对所有发病中心”及“发现有患者的地点和家庭都将采取隔离措施。”同时还宣布，“所有的公开集会都将受到限制，将搜查住房以发现被感染者。议员将被召回，高级官员将被要求取消所有海外旅行，除非是必需的”，而且这些措施最初的实施时期为 60 天～ 90 天。

“那是因为就在我们的中塞友好医院出现埃博拉患者的最初时间里，首都甚至是总统的卫队里也都出现了感染的患者。总统着急了，措施才这么严厉！”赵彦博大使说。据他了解，这是塞拉利昂政府过去十年中从来没有采取过如此严厉的“国家行动”。

从弗里敦中塞友好医院出现的第一例患者到她传染一批医务人员的那一刻起，其实就是塞拉利昂甚至整个西非爆发埃博拉疫情的转折点。随后的埃博拉病毒传染速度与局面大有势不可挡、全球危急之态势！

几天时间内，塞拉利昂迅速成为全球埃博拉最严重的国家。

塞拉利昂弗里敦，卫生工作者正从街头一具疑似因感染埃博拉病毒而死亡的尸体上收集样本。塞拉利昂的埋尸队本周进行了罢工，将尸体抛在该国首都的街头。又一名塞拉利昂医生因埃博拉病逝，成为第 5 个死于埃博拉的塞拉利昂医生。医疗援助团体“无国界医生组织”高级协调员表示，埃博拉在塞拉利昂肆虐，多个村落惨遭灭村，全球埃博拉死亡人数恐高过官方数字。

光看看当时非洲和世界各大媒体上有关塞拉利昂的埃博拉疫情报导，也会令人毛骨悚然。而我们的中国医疗队却身处疫情的最中心，其情其境，确实“怎个了得！”

赵彦博大使的一封封“特急”电报通过大使馆直发北京的中国外交部。而这些重要的埃博拉疫情报告，也即时到了中南海、国防部、卫生计生委、公安部等。由国家卫生计生委印发的《我国防控和治疗埃博拉方案》也迅速被发往各省自治区直辖市。时间：2014年7月31日。

一天也没有耽误。半天也不敢耽误。全世界都在密切和紧张地关注着西非国家特别是塞拉利昂、利比里亚的埃博拉疫情——那里的疫情似乎已经完全失控，传染和死亡的数量每天都在以成百上千人的数量上升，且丝毫没有减速的趋势。

中国是世界上人口最多的国家，如今每年1亿多人次出入境，尤其到非洲务工和做生意的人，足足有千万人次吧！这千万人中能保证没有一两例带着西非的埃博拉病毒？2003年害得中国人差点全国皆哭的“非典”疫情，我等谁不记忆犹新？那也是香港的一位老兄将病毒传染到了广州，然而再有人把它带到了北京，由此引发了一场空前的疫情……中国人民和中国政府再不会让这样的瘟神进入国境，害我国民。但可恶的埃博拉病毒，远比“非典”厉害，死亡率和传播途径皆超级，它的任性非一般措施能抵御。

苍天有眼，此疫走向让全世界各国都在惊慌失措中关注其变化。

“要想一切可能，确保我医疗队员的生命安全！确保我在非的所有公民的生命安全！同时要力所能及地帮助当地防治埃博拉。”赵彦博大使接到国内的指令是两个“确保”，一个“力所能及地帮助”。

“那些日子里，我们的使馆简直忙翻了天。”赵彦博大使说，自己内心是最喜欢搞经济和金融，阴差阳错当了外交官。2014年年初才到了西非的塞拉利昂。“刚去赴任时，下飞机后就是摆渡，天黑，又加上是黑人兄弟帮忙摆渡，折腾了几个小时才从机场到了大使馆，就像逃难似的，哪有半点赴任的大使样！我妻子一路上不敢吱一声，到了使馆她哭着对我说：亏你个大使呢，还不如邻居拉犁的老伯！这就是塞拉利昂。但它又是我们中国的好伙伴，在国际舞台上，跟我们从来说一不二。从 1971 年建交几十年来，两国的友谊是全天候的。对这样的非洲兄弟，在他们遇到困难时，我国都是责无旁贷。面对埃博拉疫情，我们同样如此。”

赵彦博大使是个颜值不低且有激情的外交官，但初闻埃博拉就在中国医疗队的身边爆发时，他的脸色倏然大变……

“弗里敦遇到的埃博拉袭击和爆发疫情，几乎是在完全不设防的同一时间内，更何况就发生在中国医疗队工作的地方，而且接收首例埃博拉的医务人员就是我们的一位才来非洲几天的新队员。那女医生 22 岁，啥都不太懂。患者来了，她也不知道啥是埃博拉，看对方又发烧，又呕吐的，就照着发热普通患者去照顾、帮助办理入院手续，测量体温等等。那患者呕吐时，我们的那位医生就在患者旁边，还帮助去处理污秽物，这不等于跟埃博拉病魔打交道了好一段时间嘛！医生自己又不知道接收的患者是埃博拉患者，她干完活又回到中国医疗队员中间、回到医院的医务人员中间，如此一个又一个交叉接触，你说不是要命吗？”赵彦博大使说，当初有人向他汇报这种情况后，“我的头一下嗡的要炸了！怎个了得嘛！”

可不是。那只有在高倍度的显微镜里才能见到的埃博拉病毒，其形就怪怪的，像一团拖着长尾巴的毛线。然而它的本领则巨大无比，可以在进入血液初期就会从根本上关闭一个人的人体警报系统，从而使你的免疫系统门户大开，摧毁所有的抵抗能力。就在这时，埃博拉病毒则在疯狂地进行自我复制，进入你的血液中开始群魔乱舞，最终使你全身的细胞开始死亡及爆裂，最后导致你全身出血、多器官并发衰竭而亡。整个时间也就几小时或几天时间。无任何现成的药物可以阻止其进攻和袭击人体，故凡属埃博拉进入到的人的生命体内，等待的基本就是死亡。

“怎个了得！”赵彦博大使的惊叹绝非故作。中塞友好医院当时的情况确实令人深度担忧。

22 岁的山东女医生前一天才到医院。人生地不熟，在对埃博拉毫无设防的情况下，便与患者“亲密接触”。有人帮她回忆：患者来后，这位山东女医生只穿着一般的工作服，连口罩都没认真戴好，而患者在诊断现场突然又吐又呕，弄得满地污秽。勤快的女医生则赶紧弓腰低身，去帮助患者清理脏物，其时间和接触程度无法深想……

埃博拉在当时的塞拉利昂首都，其实也是个陌生的病，“遥远的传说”而已。所以这位从东部城市逃到中塞友好医院的女患者来到医院时，一起与我山东籍医疗队出诊的还有几位塞方医生和护士。他们对患者的初诊结果是“肠梗阻”，之后便为患者办了入院手续。但在凌晨两三点时，这位女患者突然死亡。

一个生命如此无声无息地消失，这落后的非洲太习以为常了。所以，当时在中塞友好医院值班的人员也并没有当回事。可第二天上午，医院里突然来了一帮全副武装的警察和军人，说那个已经死去的女患者是逃离而来的埃博拉患者。这一下把全医院的人吓坏了：天啊！恶魔到咱首都啦！

医院立即一片混乱，有人想跑，有人在哭。“所有人必须留在医院，一个都不能离开这儿！”持枪警察和军人堵住所有出入口，不许任何人再随便进出。不一会儿，又有一批全副武装的“收尸队”人员赶来，他们粗鲁而小心谨慎将那个已经变成“魔鬼”的女患者尸体装入白色尸包内，扔进封闭的专车，随后车子拖着一声尖厉的喇叭声，消失在旷野上。

“我们怎么办？啊，我们这些人都跟患者接触过呀！”收尸车走后，被禁闭在医院里的人顿时像困兽一样不知所措，紧张而慌乱。

“保持秩序！万不可乱！”

“所有与患者接触过的人全部隔离！立即执行！”

赵彦博大使不愧是见过世面的人，在这突发危急事件出来后，第一反应就是尽快想办法“切断”与病毒源接触过的人群。他的命令在第一时间传达到了中塞友好医疗的中方人员中间，同时又通过中方医疗队取得塞方医院负责人的一致意见。

此刻的医院门墙紧闭，不得随便进出。

“隔离！”“与埃博拉患者接触过的所有人员全部隔离！”

“一、二、三……，共十七人哪！”一数，中塞方医务人员共有十七人需要立即隔离。按照世界卫生组织给出的埃博拉病毒传染预防措施建议中的要求，凡是与病毒传染者有过接触的人，一般需要三周的隔离观察期，也就是说，必须经过 21 天的观察检测结果未见异常时方可解除传染危险。

“21 天？”“天天等着上帝的判决是死是活？”有人一听就恶心呕吐，甚至出现虚脱。

“必须保证隔离的人有个健康的身体，否则最先击倒他们的并不一定是埃博拉，而是自己的心理因素……”那时刻，驻塞大使馆就是我援非前线的指挥部，大使赵彦博则是指挥部里的最高指挥官，他的话就是命令。

“说起来容易，做起来就复杂了。”赵彦博大使说：

“隔离后的当天，我就到医院去看，那一幕现在回忆起来仍然充满惊险感：我们的七个人连同十个塞方人员，共十七人，每人一间房子，像关禁闭似的，与外面隔着门。我跟自己的医疗队员说话只能隔着铁门，远远的对话。老实说当时都不知道说啥好，我能做的就是把使馆的电话号码告诉他们，告诉他们随时可以与我和使馆联系。那个时候我感觉虽然我们的医疗队员们没有当着我的面哭泣，但在离开的那一刻，他们的眼神告诉我，其实他们心里都十分紧张。这不是坚强不坚强的问题，谁遇到了这种要命的事，谁都会异常紧张。要知道，就在这个当口，塞拉利昂的总统卫队里也有人感染上了埃博拉。你想想看：当时的塞拉利昂是个什么样？谈虎色变！谁要是染上了埃博拉，谁等于就被宣布很快就会‘死亡’，你说怕不怕？”

塞拉利昂的总统也开始害怕，整个塞拉利昂都处在害怕之中。中国驻这个国家的大使馆不可能独享其静。

“我们在塞拉利昂的中国人平时有四五千人，几十家企业。这些同胞一旦染上了埃博拉便是大事，他们说不准会有谁把病毒带回到了祖国就那麻烦就更大了。我们使馆的责任就是要确保这些同胞同样一个不能染上埃博拉。但谁能保证做得到这些？”赵彦博大使摇了摇头，紧皱眉头，说：“当时我们遇到的最大麻烦是通往外面的航线都断航了，就是这些想回国的同胞根本搭不上飞机。最后我们打听到比利时的航空公司还有进出塞拉利昂的，于是就赶紧帮助同胞买票或联系包机，结果都失败了。那时一张机票就是一条命，命能买得到吗？所以当时可谓‘一票百人求’。既然在当地买不到票，我们就请国内帮着订票，还真成了！最后150多名同胞就是这样回到了祖国……”

赵彦博大使告诉我：他在几十年的外交生涯里，2014 年埃博拉在塞拉利昂爆发的日子里，是他一生中最紧张、最心惊肉跳的“要命日子”：“光向国内发的电报就达 300 多份，尽是疫情报告和建议。”

我知道这些“电报”多半进了中南海，为中央决策部署将埃博拉疫情阻击在我国境外和帮助非洲兄弟抗击疫情起了不可估量的贡献。

“感谢苍天！我们的那几个隔离的医疗队员在 21 天后全部安全地回到了大伙中间，还有塞方隔离人员，都从死神那儿走了回来。真是不幸中的万幸。”8 月 21 日那天，赵彦博大使带着使馆的一大帮人，买了鲜花和许多营养品，专程到医院将中方的七名隔离人员和塞方的十人一并接了出来。

“那场景实在难忘，我们彼此都流下了热泪。”赵彦博大使动情地说着。

在埃博拉大爆发的那些日子里，首都第一批集体与病毒感染者“亲密接触”的十七人无一被病毒纠缠上而重新健康地回到人们中间，这是唯一的一个例外。难怪后来许多塞拉利昂人常常会这么说：“有中国人在，就能有好运。”

这话确实后来被一次次证实。不过，在中国援非抗击埃博拉医疗队正式到来之前的塞拉利昂并没有那么好运，这个弱小的穷国，差不多继 7 月底、8 月初在中塞友好医院连续出现数例外死亡和感染病例后，整个首都弗里敦和从南到北、从东到西的国家境域内，所受的埃博拉侵袭与危害，席卷每一个城市与乡村，人们谈虎色变，甚至出现了个别村庄集体追杀埃博拉患者和城市街头乱扔、乱烧埃博拉尸体的情形。总统卫队里出现埃博拉感染者后，总统府内部也曾几度惊慌与不安，据说总统亲自下令从全国调十名最好的医生进驻，结果只有三名。

“至 8 月底，塞拉利昂近一半治疗埃博拉的专业医生在战斗的第一线死亡，三分之二的医务人员受感染。”世界卫生组织在 2014 年 9 月底的报告上这样说。

“乞求你、乞求你们了，如果再得不到援助，我的国家就要彻底完蛋了！”身材高大魁梧的塞拉利昂总统科罗马先生在会见世界卫生组织总干事东方女性陈冯富珍时这样说。

“总统先生真的这么信任我？”那一刻，陈冯富珍很是感动。

“当然，总干事是世界有名的流行性疾病的防控专业人士，你来帮助我们，我的国家就有救！你知道，我的国家一直被内战所困扰，加上流行性疾病不断，百姓生灵涂炭，苦不堪言……如今这埃博拉又无忌惮，上帝对塞拉利昂不公啊！”科罗马是位社会保险学专业出身的总统，他的期待更多的是国家民生安全和社会发展，在会见陈冯富珍之前，已对这位世卫组织的总干事的背景作了详细了解。当他得知在 2003 年香港“非典”大流行时，就是这位看上去不怎么起眼的东方女性执掌帅印，稳定和抵御了“非典”袭击香港的战斗，顿时满怀敬意。

陈冯富珍受感动的是像科罗马这位如此热爱自己国家和人民的非洲国家的总统。她重重地点点头:“义不容辞！尽力而为！”

数日前，也就是 2014 年 8 月 1 日这一天，陈冯富珍总干事携世卫组织数十位官员飞抵几内亚首都科纳克里，与几内亚、塞拉利昂、利比里亚和科特迪瓦 4 国首脑举行了紧急会谈，并在会上当即启动了 1 亿美元的实施埃博拉病疫强化响应方案。她在当日的会上声称，在爆发现埃博拉病毒近 40 年的历史中，当前西非埃博拉疫情在感染病例数量和死亡人数及受影响地区范围三方面衡量均为历史最大规模。陈冯富珍警告说，如果疫情继续恶化，其造成的死亡、严重干扰社会经济等后果将是灾难性的。她继而说，伴着前所未有的疫情而来的是前所未有的挑战，如缺乏对疫情准确详尽的评估、医护人员严重不足、部分医疗设施甚至缺乏基本水电供应等。“而最可怕的是，随着全球人口的流动频繁，疫情很难固定在西非一个地区……那是最可怕的后果。”她的这一警告让全世界感到紧张。

美国随即派了三四千人的全副武装的军人开赴几内亚，以确保他们在那里的医务人员的安全；法国和英国等派出最先进的医疗设备与人员再度进驻曾经是他们殖民地的地方；在日本，连一些邪教组织都在声称要“以求天意”，到西非那里“豪取”“最高级人体生化武器”……云云百态，足见埃博拉病毒的厉害和它的除病毒疫情之外的其他国际性危害之险情。而这，仅仅是普通世界公民所不能见的，人们所见的是自己的生命会不会受到侵袭与危险。

身处疫情中心的塞拉利昂人，当时他们的感受是：你不知道何人何时会突然倒下，倒下后只有两种选择：上医院是死，强制性的打针与隔离而死；逃离人群躲起来自然死，因为一旦被人知道你患上了埃博拉就有可能在群魔乱舞的棍棒中死去。开始时，政府动员所有的疑似患者上医院治疗，后来医院并不真正欢迎患者了，因为他们的医生几乎都被感染上埃博拉病毒并多数死亡，而且被感染的医生再感染患者和亲友与家人，再去感染与他们接触的其他社会上的人，整个塞拉利昂的疫情爆发链就是这样联结起来的，像滚雪球那样越滚越大，直至失控……

阴沉的云笼着星期天，

每时每刻都是我捱的无眠。

最亲爱的人啊，包裹着我的重重阴影，

已是无际无边。

纵是那雪般洁白的点点香花，

也再难唤醒你。

在那个地方，

黑色的死亡之车已经带走了你。

天使们也不会有意为我还回你……

2014年的夏季，在非洲，在塞拉利昂，无论是首都弗里敦的酒吧里，还是乡村斯里本的草棚内，人们都在哼唱着这首匈牙利犹太钢琴家查理斯于1933年创作的《黑色星期天》。这首被称为“世界最悲歌曲”和“自杀之歌”，后来经黑人女歌唱家Billie Holiday演唱后风靡世界，甚至创造过在匈牙利的布达佩斯因人们唱它而出现了百人以上的连续自杀现象。一度，这首歌在欧洲被禁止演唱。直到作曲者鲁兰斯·查理斯自杀后才算给这首歌的命运画了个句号。现在——2014年的7～9月，这首歌在Billie Holiday祖先居住的塞拉利昂又一次成为牵动万众人心的悲情之源。据说在弗里敦街头，就有过一对青年恋人因为惧怕彼此患上埃博拉而唱着《黑色星期天》之歌，在一个阳光明媚的星期天，双双割腕自尽于家中。在他们的葬礼之后，又有几位年轻人相继自杀。

“黑色星期天”的忧郁旋律，如魔鬼般的声音回荡在西非大地上，让很多村庄与街道变成了葬礼的场所。这种情形在塞拉利昂尤为严重和触目惊心。

2014年9月16日的早晨，一轮红日刚刚露出大西洋海岸线，便被厚厚的一片乌云所笼罩，并且严严实实地锁在天际之上。而乌云之下的塞拉利昂则在疫魔的折磨下迎来又一个不平凡的日子与纪录：

整个西非已超过两万人感染艾博拉，其中塞拉利昂独占 7749 人；共有 4663 死亡，塞拉利昂约占 2000 之多，“而实际的死亡人数将超过这个数字。”世卫组织的人说。

令人担忧的不仅仅是疫情本身。中国国际广播电台驻西非记者张威伟报导：在这场与“死神较量”的战场上，一些愚蠢的人认为，埃博拉是西方人制造的阴谋，因此在一些村庄发生了这样的事情：一个埃博拉医疗宣讲团队竟然被当地的村民绑架后用刀子割喉而死，其中三名是记者。“他们的尸体是在厕所里被发现的。”张记者还透露：埃博拉痊愈者的血液目前在黑市上疯狂交易，“因为它具有抗疫能力”。

“痊愈者又被杀害的事也已出现……”总统科罗马听说这样的事后，哭了。那些日子，哭的何止是科罗马总统，整个塞拉利昂都在哭泣。

/ 5 /

去遥远的地方拯救世界

“WHO”这是世界卫生组织的简写名称。70 年前的一次国际卫生大会通过的《世界卫生组织组织法》，宣布了这一全球最大的政府间卫生组织的正式成立。至 2015 年，它已经有 194 个成员国。虽然作为联合国下属的一个专业机构，但因为它“行善积德”，而特别受世界各国的尊重和敬意。

2014 年 8 月 8 日，这个组织在日内瓦向全世界发布了一道通告：在西非爆发的埃博拉疫情正式确定为“国际突发公共卫生事件”，而抗击埃博拉则成为“世界性联合行动”。

承担国际义务，是一个国家的国际责任。中国政府在第一时间履行着自己的国际义务。国家主席习近平在 8 月 10 日便就埃博拉疫情专电分别向几内亚、塞拉利昂和利 比里亚三国总统表示慰问。这在中华人民共和国历史上也是第一次因为一个疫情而向几国元首发出慰问电。这并非是中国所做的第一个“第一”，紧接其后的是中国政府实实在在真金白银，支援深陷疫情灾难的塞拉利昂等国家的人民（前后共计 7.5 亿元人民）。而这仅仅是整个中国援非抗击埃博拉的开始……

有开始便有后续。这后续是因中国人民对兄弟般的非洲人民友谊的情分和整个疫情越发严重的两股力量推助下，形成了一场中国史无前例的援非大行动——一队队中华儿女离别亲人，去遥远的地方拯救世界。

自然，这个行动的最高决策者是我们的国家主席习近平。普通人并不清楚，习近平主席在国家卫生计生委等部门呈上的最初的“西非埃博拉疫情”报告上就做出了重要批示，可以有无数种解释，但最可以联想到的就是中国领导人心系13亿多中国人的安全和遥远的非洲兄弟的生命。一个天平上的两头，都是中国国家主席习近平心头所系的分量。2003年的那场突如其来的“非典”疫情袭击，每一个中国人记忆犹新，因为这个教训实在惨痛。那时，赴任浙江省省委书记不久的习近平有多少个日日夜夜在西子湖畔关注全国疫情动向，布置浙江防疫措施……当年，也仅仅是从香港和广东进入的一两例感染者，结果将整个中国拖入了差点断送了我们国人几十年辛辛苦苦干出来的伟大成果。而如今虽说埃博拉远在西非，但谁敢掉以轻心呢？更何况，仅广东沿海一带，每天就有数以万计的黑人兄弟在那儿打工做生意。还有义乌，一个市场上每天往返于此的非洲生意人就有几百个，假如他们中间有一个两个、十个八个埃博拉感染者怎么办？

非洲兄弟受难逢灾时，咱中国人什么时候不是两肋插刀、倾情倾力帮助？不说当年非洲兄弟们如何将我们抬进联合国，就是全球化的今天，我们强大而快速的中国经济列车，也少不了广阔富饶的非洲大地上的非洲兄弟。

关心了遥远的非洲兄弟国家，不就是关心了我们自己吗？大国领袖的胸怀必须高瞻远瞩、海阔天空，又须炽热感情。

更何况，此刻的中南海，还收到了一封来自世卫组织总干事长陈冯富珍署名的亲笔信，希望中国履行负责任的大国义务，全力支援西非抗击埃博拉疫情。“中国是我的祖国，非洲兄弟姐妹们经受的疫情灾难，如同我的祖国兄弟姐妹经受的痛苦一样，我请求自己的祖国伸出温暖而有力之手，帮助非洲，也帮助我……”陈冯富珍在自己人面前如此情真意切。

“如果再不出手，英国等国的医疗机构想接手我们的医疗机构为其所用……”岂有此理！来自在塞拉利昂我驻该国的大使赵颜博的“报告”更让中国领人下决心：必须立即出手，支援非洲兄弟！

9月12日，习近平主席签发命令：中国组织赴非抗击埃博拉医疗队，调动我最好的流行病专家、防控专家和我军传染病医务人员，自带设施，三天准备，16日出发，17日抵达非洲……

这是中国历史上从未有过的医疗远征支援队伍，去万里之遥的非洲大地拯救我们患难的兄弟姐妹。

三天？！三天能干什么？但最高层的命令就是这么说的，必须在三天之内完成一切准备，完成准备完胜的一场在遥远地方展开的特殊战斗。

此间，遥远的地方正处在疫情的水深火热之中，每一天都有成千上百人死于埃博拉的侵袭之中！分分秒秒牵动着远在东方的中国朋友！

何谓“完胜”？习近平主席的批示上有三个字格外醒目：我们的赴非洲抗埃博拉医疗队伍必须是“零感染”……

天，这是何等的要求！

在拥抱死神之中，你必须完全脱身，凯旋归来；

在枪林弹雨、腥风血雨的搏杀中，你不能以受伤和丧失生命的代价取胜，你必须躲过子弹和血雨，完整无损地归来；

在甚至连空气都被污染的地方，你一边全力以赴地抢救那些生命垂危的患者而同时又必须不受任何感染地完成任务。

总之，我们去多少人、那里的任务和困难无论有多少，病毒传染有多疯狂，所有人都必须完好无损地回到祖国、回到亲人身边。这就是习近平主席的命令。

这道命令饱含着领袖对中国援非抗击埃博拉医疗队的高度关怀、无限信任和期待。

这命令又似乎极其、极其的难以执行……但，“必须不折不扣地执行好习主席的命令！”国家卫生计生委从各医疗机构抽调的医务专家们如此下达指令。中央军委向整装待发的我军唯一的传染病专科医院的官兵们如此下达命令。

就三天，三天时间必须完成所有出发前的准备……

既然必须做到“零感染”，就必须实现最科学的医疗程序和万无一失的预防措施。而遭受埃博拉突袭的人类，至今全世界仍无药可治，何来“最科学”的医疗程序？既然是去拯救死亡线上的埃博拉患者生命，亲近、接触甚至同受埃博拉袭击是不可避免的，那何来“万无一失”可讲？

李六亿和她团队接受的任务，就是确保我赴非抗击埃博拉人员的“零感染”完胜战斗与回国的目标。这几乎是不可思议的任务，但任务就这样落在李六亿这位文静有加的感染管理学科的女专家身上。

采访她时所看到的第一眼，很难叫人相信如此千斤重任竟会压在这么一个文静的女子肩上。

李六亿，湖南衡阳人，博士，现任北京大学第一医院感染管控处处长、国家感染疾病管理控制专业专家。“我是国内第一批从事医院感染管理学科的专家，1985 年毕业后一直跟随自己的导师。1995 年到了北京大学第一医院，之后长期出任中国医院协会医院感染管理专业委员会主任委员。这支队伍平时很少有非专业人士知道，但可以说是一支坚强的管理和防控医院内部感染的专家队伍，有一百多个专家，组成了我国的一支高水平的感染管控队伍。我们常说自己是‘幕后英雄’，确实做的也是这份工作。在世界上曾经发生过多起医院内部爆发感染的事件，比如2003年北京大学人民医院‘非典’爆发连续性的大面积感染就是一例，它的危害性非常严重。所以，管理控制医院内部感染是一门重要的学科。像埃博拉这样罕见、难治的传染病毒之所以疯狂地危害人类生命，其中突出的一点，就是在医院内部在未知情的情况下管控失灵而造成的。所以说，从2003年‘非典’之后，我国十分重视这一块的学科建设与研究，我的团队就是负责这样的工作，平时我们各在自己的医院，但一旦有新的学科研究和实际病案时，就汇合一股力量，进行实际上的管控和措施推广。我们的队伍有103位专家组成，平时在一条战线上研究与工作，一有情况，便集中攻关，又定期交流，学术水平与国际同步。因此当国家有任务时，只要相关部门一声令下，我们就会立即形成防控成果与方法……”

万没有想到她是位形似纤弱、内心却格外强大的女专家，更没有想到的是从她口中让我知道了我们国家竟然还有一支专业超众、训练有素的流行性感染防控专家队伍！

“对埃博拉病毒防控，你们也能做到及时准确、万无一失？”这是我最想知道的。时下全世界还没有任何先进的经验与对付疫情的药物，况且我们又不是非洲热带国家，防控这类病毒传染并非我们的所长。

“当然，既然是防控，首要的就是必须做到及时准确、万无一失。”李六亿博士非常肯定地点点头。

我笑了，想起她的名字。“你是不是生来就是为全中国人民服务的？或者说父母心里就是这样期望你的？”

她笑了。美丽地笑了：“许多人对我的名字感兴趣，也都这样问过。”李六亿回答。“我出生的时候，全国人民差不多在六亿左右嘛，父母求省事，或者像你说的那样，希望我为全中国人民服务吧！”

哈哈……我们大笑了一阵。李六亿说自己是湖南人，我坚持认为她应该是江浙人：秀气，文雅，学者气浓，加几分大家闺秀气质。一谈专业，纹丝不漏——是个标准而高水平的医病防控管理专家。

有这样的一批专家存在，真乃国之幸。

“就给我们两天时间……必须把所有赴非洲参加抗击埃博拉病毒的全部医疗防控措施与治疗规范制定出来，而且确保我们的人‘零感染’！”她说。

“这都是两天内赶出来的吗？”刚进门时，李博士就给我看过一本有几十页纸厚的抗击埃博拉医疗《实用手册》，那里面有十几个分类、几十个环节、几百道程序，而且是图文并茂……

“就是两天内完成的。”李六亿肯定道。“这就叫养兵千日，用兵一时。我们的防控管理专家队伍，平时受国家卫生计生委管理，又各自在自己的单位岗位上，一旦相应的任务下达，整个团队就立即行动。我记得那天是周末接到的任务，是国家卫生计生委医政医管局打电话通知我的，要我们立即到1208房间报到。这是间普通办公室，但它又是我们整个援助非洲埃博拉行动的‘总后勤部’——所有医疗队走之前和走之后的专业技术措施保障都是在这间房间里制定并发布的……”

“1208”房间，在2014年的9月中旬的那些日子里，它每天都开着长明灯，昼夜有人在奋战和工作着。领队的就是李六亿，在一旁督战的是国家卫生计生委医政医管局副局长郭燕红。

两年前的 2014 年 9 月 12 日正是周五。“周末接到上面的通知后，我马上把自己的两位青年助手叫到家里，当天就把初稿弄了出来。第二天我赶到 1208 室，进去一看那里已经有十几位专家在等我。他们都是委里通知来审查和帮我完善《实用手册》的专家。”李六亿说。“随后我们一章一章、一条一条、一段段文字进行推敲、过关。来的都是防控方面的专家，即使如此，我们还是要求每一个细节、每一道环节上必须有三个专家认可把关审定后方通过。可谓严之又严。”

“你们如何做到万无一失，百分之百的准确率呢？”我好奇地问。

“你问到了要害。”李六亿说。“事实上我们谁都没有经历过埃博拉病毒传染治疗的临床现场，更不用说经验了。而且当时在我们接受任务时，非洲那边已经传来了美国医务人员被感染的消息，这更加让我们内心多了一份紧张感。好在毕竟我们中国感染防控经历了 2003 年‘非典’之后，特别加强了这方面的学科建设和实际防控能力培养，所以尽管埃博拉病毒传染远在万里之外，仍然并不影响我们以自己的专业为拯救万里之外的非洲兄弟姐妹们的生命的专业能力。”

“不过，也确实遇上不少难题，比如‘个人防护用品穿脱流程’这一节，这是非常关键性的一章。根据我们的经验，能不能保证在临床一线的医务人员‘零感染’，医务人员个人防护用品的穿脱流程在很大程度起着关键性的作用。也就是说，你当医生的，每天在跟埃博拉病毒感染者接触，你个人的防护是关键，否则就极可能被感染。怎么办呢？我们就在一间小小的房间里，十几人不断地比划着，先是练穿，看每一次穿的程序有没有问题，主要是找问题，再完善措施和程序。再练脱的每一道流程。以我们的经验，严重的病毒感染疫情，医务人员脱防护服的程序远比穿防护服要重要得多，因为穿时的防护服一般并没有感染上病毒，而脱前的防护服通常是接触过感染区或已经黏上了病毒，所以脱仔细、脱时不出任何问题是确保‘零感染’的关键程序。为了这一章内容的制定规范和科学性，我和团队的同志不知练了多少遍穿脱流程，直到再也找不出任何毛病为止。”

“大姐，是不是太复杂了些呀？”这电话是李六亿很要好的她团队成员之一的庄英杰博士。庄英杰是被派到前线的一名防控专家。临上飞机时，他拿到了李六亿他们赶出来的抗埃博拉《实用手册》，翻着翻着，忍不住给李六亿打来电话。

李六亿一听是“兄弟”庄英杰，便严肃地告诉他：一点也不复杂，你是我们的防控专家队伍的人，你更要严格按委里决定的流程去做，否则就是失责。更何况，这个《实用手册》汇聚了一百多个专家的经验与智慧，它不会有错，必须严格执行，所有的人员都要执行，你也不例外。

“明白大姐。”庄英杰不再争执了。

“当时我松了一口气。”李六亿说：“如果前线不能按我们制定的流程执行，万一有人稍稍大意一下，怎么能保证‘零感染’呢？若不能做到‘零感染’，那意味着我们整个援助非洲抗击埃博拉战斗就可能带来不可预测的后果！谁也扛不住这份责任呀！”

“听说参加前方抗击埃博拉战斗的医疗队员们，后来上千人在几万次与病毒感染者接触过程中没有一个人感染的主要原因就是你们制定的这个防控流程《实用手册》要求得高，而且比西方几个国家都做得好，所以才实现了这一‘零感染’目标的。”采访参战医务人员中，不止一人向我介绍并要求转达向李六亿他们的感谢之意。

李六亿笑了，欣慰的笑。“应该是这样。这也是我们的职责所在、专业所在、使命所在。”她说，后来有一次到委里开会，见了从前线回国的庄英杰。他立即把她叫到一边，感激万分地说：“大姐，我能回来，完完全全是靠你的这个《实用手册》，否则今天就不会再见到你了。”

庄英杰向李六亿讲起他在前线有一天临床现场遇上特殊情况，如果不是因为严格按防护服的流程执行，感染将绝不可能避免。

李六亿听完庄英杰讲完惊心动魄的那一幕后，双手按在胸口，轻轻地自言自语了一句：谢天谢地，我们没白费心思。

以李六亿为首的团队在我援助非洲抗击埃博拉医疗队出发前所做的医务准备工作，为整个战役的完胜回国打下了坚定基础。“直到后来所有的队伍全部‘零感染’回国，我才彻底地放下了一颗悬着的心……”李六亿最后这样感叹地对我说。

我忍不住握住她的手，代表所有参战的中国医疗队、也代表全国人民感谢这位“幕后英雄”和她的团队。

要出发了！他们都是“祖国的一声令响”，便背起行囊，去那个从未去过的遥远的地方拯救世界的英雄战士、中华好儿女。

钱军，中国疾病预防控制中心传染病研究所研究员，首批支援非洲抗击埃博拉疫情移动实验室检测队队长，44 岁。他和他的队员们是要将中国仅有的两台生物安全三级实验室（简称“移动 P3”）设备之一运往非洲并开展埃博拉病毒检测工作。“移动 P3”是个什么东西？看过照片才知道，原来它是个像三节集装箱那么大小的“家伙”组成的三台独立方舱组合体，分为主舱、辆舱和中控指挥舱，其内部设备包括了复杂的生物安全柜、高压污物灭菌器、高效充气过滤器等精密设备。实验室按照人流、物流、气流、水流等四大体控制理念，实现对废水、废气、废物的无害化处理等真空条件下的病毒检测设备装置，具有世界医疗高端水平的医疗装备，我国仅有两台。现在要将其中一台运至非洲，参与抗击埃博拉战斗，这也足以证明我国为非洲兄弟国家所尽力量。

然而，如此庞大的物体，要运达万里之遥的地方并确保能正常展开检测病毒工作，这绝非在国内那么简单、方便。“我们自主的‘移动 P3’代表着我国的传染病防控检测最高水平，更重要的是也决定我们派出的抗击埃博拉医疗队能否成为主战场上的生力军。国家荣誉显然要靠这‘家伙’体现！”钱军心里清楚，当国家决定动用“移动 P3”时就想到了这一层。还有一层意思是:“移动 P3”同样关联到我们的医务人员能不能在与埃博拉“亲密接触”时实现“零感染”的重要一环。作为“移动 P3”检测队队长，钱军接到命令后的第一时间便来到了京西某地那个停放“移动 P3”的仓库，像临行前抚摸自己的“战马”一样，钱军内心对“移动 P3”说：伙计，咱这回远行，你得争气！必须争气呵！

“争气？要我争气，还得你们配合！”“移动 P3”说话了？！钱军心一惊，它提醒我什么呢？

咱土生土长于中国，现在要到遥远的非洲作战，水土不服咋办？所有操作我的人员能不能也在国内那样得心应手，不出差错？“移动 P3”又在说话了！

钱军一惊：可不是。兵马未动，粮草先行。这“草”是世界级水平、我国最好的“草”儿。如果到了那边“水土不服”麻烦就大了。怎么办？必须做出征前的最后训练，直到考核合格为止。

于是两天时间内，检测队员被拉到这个偏僻的神秘地方，与即将远行的“战马”一起陪训。

“你来回答：使用什么成分的消毒液，现有浓度能不能保证杀灭病毒？”

“还有你，请回答以下问题：直接用手打开采备管，还是使用镊子，哪种方法更保险？”

“还有，手套戴几层才能保障安全，两层行不行？三层呢？”

提问一千个，答案一千个。一千个提问，一千个答案，都必须准确无误。

钱军面对自己的队员，有的是老伙计了，有的则是第一次见面，但在这样的提问和回答面前，他铁板一块，“狠”得像只狼——队员鲁军就这么说他。

“我们面对的是埃博拉这样从未见过面的强大敌人，而且至今对它所知甚少，更何况它一直在不断变异。没有足够的准备，就无法确保自身的安全，更不用谈‘零感染’了。不达到‘零感染’的目标，就是出色完成了一百例、一千例病毒检测，也等于交了一份不合格的考卷。因此必须严之又严！”钱军的嗓门比平时提高了几个分贝，他如此警告队友。

他哪是钱军，是铁军！队员们恨死他了！另一个“队友”在出发前也不顺利：“移动 P3”过于庞大，中国竟然找不到自己的一架飞机可以载它而行。要命！这可怎么办？军委一声命令：租用俄罗斯朋友的大型运输机“安 124”过来。

尚未出国门，“国际考试”的难题就摆在钱军他们面前。

“同志们，现在我宣布：中国第一支援助非洲抗击埃博拉移动实验检测队出征！”2014 年 9 月 16 日，国家卫生计生委和中央军委有关方面负责人向钱军等 27 位援非抗击埃博拉医疗队员发出命令。

“首战用我，用我必胜！保证完成任务，敬礼——！”在钱军带头下，检测队员们向祖国誓言道。

转瞬，一架东方航空公司空客 330 包机从北京首都机场腾空而起，飞向遥远的非洲……

此刻的机舱内，看上去有些空荡。只见缩在一个座位上的钱军悄悄地在一边擦着额上的汗滴，一边拿着手机不停地用手指比划着。那手机的屏板上一次又一次地出现下面的这些文字：

请放心，我会把队员们一个不落地平安带回祖国！

钱军在给自己队员的家属发短信。最后他给自己的女儿发去一条短信：

宝贝女儿，爸爸带着队伍到遥远的地方去拯救世界，无上光荣，责任重大，谢谢你和你妈妈的支持。我和队友们一定胜利凯旋。

发完所有短信后，钱军发现自己的眼角上有些湿润，一摸，原来是泪呵！他轻轻地自嘲一声：没出息！

“钱队长，你是发烧了吧？”突然，有人在钱军的耳边轻轻一声，却让钱军“噌”地跳了起来。

“是老柏啊！”

被称为“老柏”的长者拍拍钱军的肩膀，示意他坐下。“你是发烧了！”老柏名长青，是首批援非埃博拉检测人员中年龄最大的一位，这年 52 岁。

“没事。可能这几天累的……”钱军不想因为自己的一点身体不舒服而影响初征的队友。

“那不行！”柏长青做了一个果断的手势，道：“你是队长，绝不能有任何闪失。更何况，我们此次的决战对象是异常凶狠又狡猾的埃博拉，感染上它的第一个反应就是发烧、发热……”

钱军笑了：“老柏你也别谈虎色变嘛！我们还在中国自己的领空，离埃博拉十万八千里呢！”

“可你清楚，首先被感染上这种强性传染病毒的一定是体质较差的人，所以我必须马上给你消热治疗……”柏长青说着已经把一杯温水和几片药粒放到了钱军的手边。“马上喝了它。”

钱军看看柏长青，接过药片和温水，一饮而尽。然后颇为感激地说：“老柏，有你在，我会放心许多。”

“但愿我这老兵在关键时刻能顶得上！”柏长青谦和道。

52 岁，检测队中最年长的一个。钱军清楚，柏长青同志完全可以不参加这支远征队伍，何况他是三甲医院的一个有 60 张病床的呼吸与危重症医学科主任，担子很重的大医院重症病房负责人。但柏长青属于自己报名坚决要求去援非抗击埃博拉的队员。他的理由是：要实现“零感染”，就必须在万一的情况下有人能够帮助出意外的队员治疗，我是重症病房主任，我年龄大些，经验丰富一点，遇事会比年轻人处理稳当些。

领导犹豫了半天，最后认为柏长青的意见和建议有道理，于是他便成了远征队伍中少许的两三位“50 后”队员。

同一架飞机上的后勤组组长田成刚加入钱军这支队伍纯属是必然中的一个“例外”：在接到上级通知他参加援非抗埃博拉检测队并担任后勤组组长的当天，田成刚是去八宝山的路上，那时的他一手抱着刚刚去世的孩子，一手是接领导打来要他去非洲的电话。显然有关部门和领导们都不知道田成刚痛失儿子的事。

“这个时候领导点名让我去非洲，一方面对我的信任，另一方面说明我家里的不幸他们都不知道。于是我征求爱人的意见，她也是做科研工作的，知道我去非洲是参加抗击埃博拉，她说我们失去了儿子非常悲痛，非洲国家现在每天都有几十、几百个家庭在痛失孩子，你要去，我支持你。于是我从八宝山回来就参加了出发前的准备。当日有几个领导听说我家里的事后，来劝说不让我去。我把爱人的话对他们重复了一遍，领导就再没说话。我就这样参加了钱军的这支队伍……”

钱军事先根本不知道自己的队伍里还有这样的人和事，他感动地拍拍田成刚的肩膀，连声道：“好汉！真正的中国好汉！”

与钱军等差不多时间飞向非洲的中国医疗队包机还有几架。他们分别前往几内亚和利比里亚，以及塞拉利昂。

李进带领的解放军302医院31位专家组成的医疗队最庞大、实力也最强，其中5名博士，6名硕士，5个科室主任、副主任。他们既是302医院的顶梁柱，也是我军、我国传染病领域的骨干。

“报告首长，我们一定不辱使命，完成好任务，为祖国争光，为我军争光。我保证：一定把所有的兄弟姐妹平安带回。如果有一个回不来，我将留在非洲与他做伴！”出征前的壮行宴上，李进当着总后勤部首长和医院领导及医疗队员的家属们的面如此说。

“屁话！谁要你留在非洲？包括你，所有人必须一个不少在任务完成时给我全部回来！这是我给你的命令！”医院领导立即训斥李进。

“是！”李进挺起胸膛接受“军令状”。

那一刻，许多将军、官兵和家属都流下了热泪。

流热泪的何止这一行人。

在沈阳，军区 202 医院血液净化科护士蔡宇接到援非命令后，望着身边的丈夫与儿子，彻夜未眠，眼泪如注地往下流……最后，她把留了多年的长发一剪铰下，小心翼翼地装进一只盒里，继而推醒丈夫，边哭边交代“后事”：“家里的钱给我父母留一部分，他们把我养大不易，我还没有来得及好好孝敬他们……孩子要中考了，不能分心，你不要让他惦念我。以后你若再想找个伴，得等孩子考上大学后行吗？”

“傻话。我和儿子等你回来！”丈夫说。

“我……怕回不来了。”

“谁说的。回得来！我们等你回来，你一定要回来！”

丈夫和儿子都来安慰蔡宇。最后倒是蔡宇破涕为笑，说：“看来我要真不回来的话你们爷儿俩不知咋过日子呢！”

去了，真能回来吗？其实，所有中国检测队员和医疗队员，在此刻，没有一个能料及到了非洲后等待自己的命运是什么。

“零感染”？平安归来？

在那遥远的地方，真的能拯救世界？真的能保全自己的生命不被那万恶无比的埃博拉病毒吞灭？

所有的问号都是未知的。埃博拉病毒之所以疯狂得肆无忌惮，就是因为它给予人类的皆是未知。

中国援非抗击埃博拉的医疗队、检测队同样对埃博拉病毒皆为未知……一切等待较量后的结果。

/ 6 /

“国际大考”

非洲在当今国际舞台上扮演着极其重要的角色。非洲几百年来一直受到外强列国霸权者的侵袭。今天的非洲仍然留着许多西方殖民主义国家的色彩。

在中国援非抗击埃博拉医疗队去之前这种情况已经出现，甚至像赵颜博大使向国内发出的紧急电文所指的那样：某些国家以“救世主”自居，先后派遣了不少医疗部队甚至是军队，当然名义上也是“人道”支援，但有一个目的是非常清楚的：借机研究神秘的“生物战”的另一种可能。

本来非洲兄弟碰上了灾难，各国援助符合人道，也在联合国要求之下的合法与正义的行动，有力出力、有钱出钱，很自然的事。但某些霸道国为了强化他们的地位和霸主“尊严”，在援助的外衣下仍然不忘欺弱压软。当全世界包括中国在内的许多国家声明派出自己的援助非洲抗击埃博拉医疗队伍后，某些霸权国家自然充分想借非埃博拉疫情展示一下它在非洲的“埃博拉形象”——你们只能干一些基本的治疗和群防工作，检测病毒和科研工作由我们来完成，理由是：你们的医学水平和医学设备还做不到检测这样的病毒和阻止疫情的能力。于此相应地出现了某些国家在当地制定出抗击埃博拉的“分工”：我干什么，你只能干什么……奇怪得很，中国援非医疗几十年，过去在困难时许多非洲国家的城市与乡村只有中国医疗队的身影，而现在，某些霸权国家突然出现，并立即拿出“领导者”与主宰者的架式，甚至出现某国向中方提出他们要进驻中塞医院等无理要求，让我医务人员退之一边，并服从他们的指挥。

看起来这种“负责任”的“人道”，其实同样是赤裸裸的霸道。简单的一句话是：唯他们是，而他人、他国不行。

几十年与非洲人民友好的中国，第一时间派出自己最优秀的医务人员和拿出像“移动 P3”这般仅有两台之一的世界最先进的设备，远涉重洋支援非洲兄弟，可见我中国真挚之心。

整建制的如此大规模的医疗队远征，在共和国历史上是第一次，它意味着很多想象不到的事：比如一路行程，要飞越数十个国家；如“移动 P3”等庞大的设备，空运本身就是一个巨大的难题，沿途国家能否配合也是问题。在路经友好的某邻国时就遇上尴尬：对方不让载我医疗队和医疗装备的飞机进他们的机场进行补给。“那个时候，我们是从中国大陆飞过他们那里，根本还没有接触非洲的埃博拉疫区，但人家就是不让我们靠近他们的机场中心区，理由是怕传染。最后通过各种途径游说，才同意我们暂时停机加水加油，但又一连提出了几个‘不’：人不能下机，飞机不能靠近他们的飞机……你听了又气又好笑。”钱军说。

而这毕竟是少有的奇葩之事。

远行万里之外的他乡异国，遇上的困难和想象不到的事多得很。钱军他们所知的目的地是塞拉利昂，是当时的埃博拉疫情最严重的国家。

北京启程那天，世界卫生组织公布的埃博拉疫情，塞拉利昂已经位居“榜首”。“时不时可以在首都街头看到被扔的埃博拉病患者的尸体……”有报道称。

“我们甚至还在沙滩上看到一位疑似埃博拉感染者，他浑浊的眼里满是求助和对生的渴望，痛苦地蜷缩着身子，挣扎了几下，不动了，嘴巴里塞满了沙子……”队员曹玉玺在到塞拉利昂的第一天的日记里有这样一段描述。

“17日，我们到达首都弗里敦，开始大家以为既然是首都，一定至少还有些能走的路，能观光的大街吧！哪知下飞机后，竟然还要摆渡半天、走很长的一段路方能到达目的地。触目惊心的是，一路上我们真的看到了半截身子倒在污水沟里的埃博拉病死者……”钱军说。

那样的情景会是什么样？观者恐惧，听者照样毛骨悚然。但中国医疗队碰到的问题远不止这些。

从机场到中塞医院若从摆渡走水路，摇摇晃晃，恶心难受自然难免。可医疗队和检测队带的装备有几十吨重，摆渡根本不可能，必须绕道而行。

“一下飞机我就傻眼了！绕道走要200多公里远，几十吨货物拿什么运呀？整个塞拉利昂处在疫情慌乱之中，即使平时也找不到像样的运输车辆，加上9月雨季，总之一踏到塞国，困难比想象的不知大多少倍！”后勤组长田成刚的第一只脚踏到非洲大地时，嗓门就开始冒火。

“先别急。我联系中企看看情况……”赵彦博大使立即安抚，并随即开动所有资源。

俗说话，出门靠朋友，出国可靠的当然找自己国家的大使馆。很快——其实也费了不少劲，赵彦博大使动员了一家中企，派来7辆车子帮助中国医疗队搬运物资装备。即使如此，田成刚仍然不得不征求队长钱军的意见：是不是我们一起先把物资装备搬运过去？

还用说！没有物资装备，我们人去了也没有用啊！钱军说完，先把自己身上的背包一卸，然后朝队员们一挥手：“哥们姐们，一起帮老田把这些物资搬到车上、运到目的地！”

“好嘞！”

没有一个人偷懒。偷懒者就不会到非洲来。不过，“拼命三郎”真到了非洲也恐怕累垮腰肩。刚到非洲陆地的头三天就把医疗队员们累得半死，加上看到的、闻到的，以及满身出的臭汗，一场“下马威”，差不多耗去了中国好男人、好女子大半身的蓄力。

“从下飞机到最后一辆货卸完，整整四天三夜，我总共睡了不超过七个小时，而且都在机场眯盹，连酒店的钥匙都没拿出口袋……”田成刚说。

太累了。老田应该好好睡一觉。钱军他们轻轻地给他拉上房门。

“等等我！”突然，田成刚从床上跳起，追上钱军他们：“队长，要歇着的是你们这些医疗专家！建房搭棚的事由我们后勤组来完成，你们放心好了！绝对按计划超前建完所有检测和医疗设施！”

钱军看着眼前这位全队的军人“后勤部长”，感动了：“好，相信你！”

关于田成刚他们如何把一件件物资、一桩桩事情安排妥当、设备安装到位，让队员们的吃喝拉撒等事情样样搞定、安心中间的复杂性，在此不一一累述。总之，“中国速度”又一次在非洲大地显现发威。

问题并非是中国人善于“表现”，而是这一切皆因埃博拉病毒疫情所逼啊。

先是塞拉利昂的新任公共卫生部长弗法纳先生来参观中国“移运 P3”安装，问这问那，最后的话是：“这先进玩艺儿到底什么时候能够用起来？”

钱军说:“我们以最快速度。”

部长眨眨眼，期待地说:“你明天最好就能用起来！”

钱军张大眼睛:“？”

部长:“我的国家现在每天都有成百上千疑似者等待‘判决’”。

钱军点点头:“明白”。

总统科罗马又来了。非常欣赏地看着中国的新鲜玩艺儿，赞叹不止。

“一天能检测多少例？”总统最关切的是这个。

“正常情形下应该可以 20 多例。”钱军回答。

“太少，希望更多些。”总统认真地看着中国朋友，并且更加认真地:“希望更多更多些，我的人民正在经受死神最严重的侵袭击……你们是我们最值得信任的朋友。”

钱军重重地点头说:“我们一定会尽全力！”

总统满意地转身而去。留下中国检测队队长钱军长长的凝视目光——他知道，这些天，整个塞拉利昂都沉浸在巨大的疫情悲伤与压抑之中：或是传来总统身边的人也患上了埃博拉，或是首都的感染者超过了千人，或是三天“闭门日”还未结束又传来一医院爆发十几位医务人员同时感染……还有更严重的，比如在《科学》杂志上发表埃博拉研究文章的九名专家，无一例外都倒下了，其中一位是塞拉利昂的首席专家。

钱军的心沉重起来，这是他在国内预先想到的所有问题之外的问题。“老田，能不能提前一天或半天完工呢？”这话憋了半天，钱军才勉勉强强跟田成刚开口道。

“行！争取明天就好！”田成刚一边捶着累弯的腰，一边抹着不知是汗滴还是雨滴，冲钱军说。

9 月 23 日，也就是检测队、医疗队离开祖国、入塞的第六天，在时断时续的电力供应中，一个 400 平方米的固定实验室和 1000 多平方米的工作用房改造完成。检测所用的实验准备间、样本保存间、核酸检测实验间、污染物消毒间、器材储备间和工作区设施监控室等一应俱全，所有从遥远的祖国大陆运抵塞国的其他医疗设备、物资各就各位，并一一清点入单。

中国检测队员们有些摩拳擦掌，可内心又有些紧张不安：毕竟这是头一回检测埃博拉病毒，谁也没有经历过，关键是我们对这个超级病毒一无所知，更何况我们的“移动 P3”远道而来，是否也水土不服？是否对神秘嚣张的埃博拉检测有效？还有我们的队员对如此毒性、恶性、坏性的超级家伙心理上存不存畏惧？这都是问题。这都必须经过考试才能过关。

“大家心理是不是比较紧张？”一个高大英俊的帅哥出现在检测队员面前。同事们都认识他，此人叫高福，中国检测队里的学术权威，中国最杰出的细胞研究科学家，“院士”的头衔就代表了一切。一台“移动 P3”、一个高福院士，谁都能估量此次对非抗击埃博拉的援助力量之大，几乎是在亮“家底”，足见诚意和重视。

“怎么样，若心里有点虚的话，我上？”高福从来就是乐观派，啥事到他那儿“皆不是问题”。他问中国疾控中心一起抽调过来的年轻专家曹玉玺，这位“首战”骨干是高福精心挑选的，并决定带赵翔和王力华两位检测员一同执行这一天的任务。毕竟，在国内、在一路上的各种新闻和传闻中，埃博拉已经被说得神乎其神，恐怖之恐怖，好像谁遇上它就是末日。医疗队员也是人，是人就有恐惧心理。中国队员也不例外。高福深知此理。

“哪能劳您院士大驾嘛！放心吧，我们行！”曹玉玺带着两位助手，毫不含糊地回答。

“行，是咱中国的好男儿！”高福的脸上立即绽开了花。随即，他又绑紧面孔：“人家今天送来五份‘阳性’标本，是来考咱们的，这算是初试，及格不及格，你们可知道其分量啊！”

“明白。保证完成任务！”

“好，去吧！”高福一挥手，像给学生布置完作业后一样，潇洒地拍拍站在一旁的钱军，说：“走，我们到办公室等结果。”

在规定的时间里，曹玉玺他们带着结果从实验室出来。

“怎么样？与标本一致？”钱军有些迫不及待想知道结果，因为这将关系到整个中国检测队和医疗队能否按预期展开援助工作，当然更重要的一层还涉及我们中国的国家形象。

“不知……”从来干脆利索、毫不犹豫的曹玉玺，这回拿着检测“结果”，站在队长和院士面前竟然有些结巴起来。

“怎么回事？”钱军急了。

“说吧。是什么情况？”高福关心的是我们的检测与人家送来的标本结果是否一致。

“四个标本一致，一个不太一样……是弱阳性，而且很弱，不像是。”曹玉玺尽管把结果说得很明白，但话中有些犹豫不定。

高福：“整个测试程序没有错？”

“绝对没有错。”曹玉玺坚决地。

“这到底是怎么回事？”队长钱军显得紧张地看看刚刚从实验室出来的队友，又看看紧锁眉睫的高福院士，扔下一句话便急匆匆地走了：“我去打探一下情况。”

“先别急！我先看看结果报告，你们一会儿到我办公室……”高福从曹玉玺手中拿过五份标本检测结果，回到了他的办公室。

曹玉玺等收拾干净后再来到高福的办公室时，院士正在五份标本的检测结果报告书上“刷刷”地签着自己的名字，一边口中道：“我们的结果没有错，就是四阳一阴！”

“对对，就是四个阳性，一个阴性！”几乎在同一时间，钱军兴冲冲地来到高福办公室，说：“刚才我让队员鲁会军跟提供给我们标本的南非拉卡实验室联系了一下，在那里找到了一位中国留学生，请那个留学生打听清了情况，你们知道怎么啦？”

曹玉玺早就憋不住了：“钱队，快说到底什么情况？”

“本来就是四个阳性、一个阴性。”钱军说出实情。

“奶奶的，真是在考我们呢！”曹玉玺的脸一下“噌”地涨红了。“这不是存心嘛！”

高福院士笑眯眯地拍拍曹玉玺的肩膀：“息怒。”然后平静地对队友们说：“其实这也很正常。在西方国家，一些人从来就很怀疑我们中国人能做跟他们一样的事，更不相信我们能做超过他们的事。我在跟他们打交道的十几年里，太明白清楚这一点了。不过我们中国人呢，就是有那么股精神，一股不服气的精神，就是不信邪，不信世界上别人能做到的事，我们就做不到。这不，埃博拉病毒在我们中国没有遇见过，但我坚信我们一样能研究出战胜这一病毒进攻的关键点，同时也能在疫情爆发地拯救非洲兄弟姐妹的生命！”

“高院士，你实在是‘高’！说得太好了！”钱军和检测队员们的情绪一下被胜利激奋起来。

“这样算不算我们的初试合格了？”曹玉玺关心的是这个。

“那当然。”高福院士肯定地说：“一会儿，我就可以对外正式宣布：我们中国实验室检测队已具备了检测埃博拉病毒核酸阳性样本的能力了！”

“好！也就是说：我们可以正式上岗了？！”曹玉玺一下蹦了起来。

“高院士是这个意思吗？”钱军也异常高兴地双眼盯着高福。

“是这样。”高福院士重重地朝钱军点头，又朝欢欣鼓舞的曹玉玺等说：“大家先回去好好睡一觉，真正的大考还在后面呢！”

“那也不怕！咱们中国人哪，做人有骨气，办事要大气，待人要和气，抬头有精气，浑身是正气，立足世界上，扬眉又吐气……”哎，瞧他曹玉玺，学唱着歌手阿权的腔调，哼着《咱们中国人》的歌曲，满是来劲哩！

中国检测队的全体人员都在欢笑。这确实值得庆贺，因为这既是中国援助非洲抗击埃博拉医疗队的关键医学手段，同时也证明了中国自制的“移动 P3”实验室的国际水平。当时在埃博拉疫情区除了正面“交战”各自能力外，同时相关国家其实也在较量各自的医学科技装备。美国、英国、法国的“P3”实验室在中国医疗队未抵达之前的一些日子里，趾高气扬，十分傲慢。

现在，中国“移动 P3”来了，他们自然先要看看热闹，也不乏别有用心者在期待看到出在中国人身上的一些“洋相”什么的，因为西方世界的某些人从骨子里不太瞧得起中国人和中国人所创造的任何科学技术。

其实从某种意义上看，这也是公平的，毕竟是我们人类共同面对可憎的埃博拉病毒，意气用事不符合常理。

较量总是硬碰硬的，实战检验也绝对不能丝毫马虎。

9 月 28 日，埃博拉病毒的实毒检测在中国“ P3”实验室正式开始。这是真正的实战——埃博拉的病毒妖魔就放在检测队员面前，要求识别和识破它！必须百分之百的准确，否则将影响另一个百分之百的生命！

早晨，八名检测队员按照规定穿戴上厚厚的防护服，庄严地排列成一列，接受队长钱军和专家组组长高福院士的命令。

“不再重复了，大家已经对检测的规范倒背如流，现在需要的是稳定心境，沉着操作，滴水不漏……”高福院士一向把最复杂的科学道理用最简单朴素的语言传递给自己的同事。

“我们的口号是……”队长钱军则是另一种风格，他追求的是队员的战斗精神和意志。现在，他是战斗出征前的指挥员。

“来之能战，战之必胜！”鲁会军、曹玉玺等八名检测队员铿锵回应。

“投入战斗！”钱军下达正式命令。

“是！”

神情严肃、斗志高昂的检测队员们迈着整齐而有力的步伐，走进“P3”实验室，从此拉开了与恶魔正面厮杀的战幕。

2014 年 9 月 28 日，中国首个援助非洲的埃博拉病毒检测队实毒检测于当日 10 时 30 分正式开始。

半个小时后，灭活样本。即由检测人员通过用物理或化学手段杀死病毒的过程，灭活本身不会损害病毒体内有用抗原，以为后续实验所用。

“移动 P3”实验室从外形看，有点像我们电视里看到的“空间站”一样，只不过它是停落在地面上的由三个不同封闭体连接为一体的设备，其内器材名目繁多，可计千数种类之上，俨然是一个科学实验场所。里面虽然各种器材井井有条，各就其位，但仍然无法与像建在地面之上的其他建筑物那样，想怎么大就建那么大，想要多高就盖多高一样，“移动 P3”是一种可车载移动的实验室，空间十分有限，且严密封闭，检测人员在内十分辛苦，甚至连挪动脚步也需谨慎细微，有时在原地一站就是几十分钟。更何况，埃博拉病毒检测非同寻常，仅检测人员所穿戴的防护服装和随身防护配套器材就达数十斤。关键是，每一位检测人员在工作过程中必须高度警惕和全神贯注，神经极度紧张加之每个程序皆在极端严密和规范下进行，意志、耐力、态度、技术、责任等，皆在这里获得彻底的考测与检验。自然，在已知和可以想象得出所有的恐怖与残忍，埃博拉病毒的实毒检测更需要异常的心理准备。而中国检测队还有另一个考验：你是唯一的一个发展中国家，你的“ P3”能不能站在死神的门槛评判任何一位埃博拉疑似者的生与死——可怜的非洲兄弟姐妹将生命交代给了检测人员，你的一声“YES”或“ NO”，将决定他们是走出死神门槛，还是被推进恶魔门内。但同样，当一个病毒标在“ P3”实验室暴露的那一刻，中国的检测人员毫无疑问也在接受一场生死的抉择……

一个、两个、三个……五个、十个……

病毒样本在一个又一个经过检测人员的手。突然，“敌情”异常!

“P3”内气氛倏然紧张。只见鲁会军的双手剧烈地颤动着：他手中的镊子在夹出病毒样本时竟然从盒内拉出一段长长的异物……

什么东西?

不清楚。

室外的监视屏前，队长钱军的眼睛一下贴前十几厘米，问实验室内指挥战斗的副队长孙宇。

是一根带针头的输液管。“前线”报告。

天，这绝对是最危险和易传染的病毒体!

要不要中止实验？副队长孙宇紧急请示。

此刻的钱军肩头一下压上一座山：继续实验，极有可能让队员意外被病毒感染，如果撤离战场，意味着首战败北。怎么办？

或许只有三秒钟的时间，或许连三秒钟都不到，但这一刻，“P3”内外的有所中国检测队员们的心悬在了空中，等待队长钱军的最后决定……

钱军神色严峻，双眉紧锁，旋即，他轻轻地摇摇了头，然后重重地吐出四个字：沉着稳住，继续实验。

是！沉着稳住，继续实验。

只见实验台上的鲁会军长吸一口气后，稳住身子重心，然后缓缓移动右臂——夹镊子的这手如此小心翼翼地将输液管一点点地从病毒样品盒中抽出针头，再轻轻投入装有消毒废液瓶内，直至密封置妥。

我用了上述不足50个文字来描述，其实在实验室现场的鲁会军他们那里，就是一场与病毒恶魔惊心动魄的超级肉搏，稍微不慎，就有可能被埃博拉病毒击中致命，而且这种恶果是连环性的，像触雷一般。

“好样的！他们胜利啦！”钱军在屏幕前看得真切，当他看到鲁会军稳稳地操作完这一套程序后，似乎再也支撑不住地将双手紧紧捏住操作台的台沿足足有两分钟之久的情形时，热泪和欢呼几乎同时迸发而出。

当日下午四时左右，埃博拉病毒实毒标本的核酸检测开始。

四小时后，病毒检测结果出炉：24个样本，17个阳性，其余被排除。也就是说，塞拉利昂有关方面送至中国检测中心的24个埃博拉疑似病例中，有17人被确诊为埃博拉病毒感染者。

这是中国援非抗击埃博拉医疗检测队用自己的“ P3”仪器第一次检测出的埃博拉病毒，其意义非同寻常，它不仅让我们的从未接触过埃博拉病毒的中国医疗队和中国“P3”技术设备通过了一次“国际大考”，而更重要的是给疫情危急的西非国家带来了巨大振奋！谁都知道，当一种传染性病毒突袭人类并造成不可逆转的死亡现象时，阻止病毒继续侵袭、及时治疗那些感染的患者是最紧迫的事，然而要做到有效、及时地拯救那些垂危的生命，关键是要弄清楚其到底是否真的感染上了病毒，方可采取针对性的治疗。在西非，像埃博拉这样的病毒感染，其本身很不容易分清到底是否与一般的发烧、疟疾等其他热带病有什么差异。第一时间及时、准确地诊断出是不是埃博拉病毒感染，不仅对挽救患者本人至关重要，还同时可以防控他人受其意外感染。所以，当西非数个国家出现埃博拉的疯狂侵袭时，检测疑似患者是否真正感染上埃博拉病毒是最紧迫的事。因此从某种意义上讲，在当时，谁掌握了检测埃博拉病毒的技术与能力，谁就是主宰这场与魔鬼争夺命运存亡的主角。

埃博拉疫情，催生的不仅仅是拯救了多少非洲兄弟生命的事儿，还有比这更重要、更长远的问题。

中国作为与非洲国家保持长期友好关系的国家，中国的医务人员、中国的医用试剂、中国的医疗“P3”检测实验室，帮助这些疫情国家在关键时刻，及时准确地提供了患者的病情诊断，拯救的既是那些挣扎在死亡线上的患者，也拯救了处在风雨飘荡中的国家和民族的命运。

这一天，鲁会军、孙洋、卢义、邓永强、杨帆、曹玉玺、张晓光、苏浩翔这八位中国医疗检测人员的名字，牢牢地镌刻在中国和世界疾病控制事业的历史丰碑上。

我知道，后来的中国“P3”实验室，为西非埃博拉病毒疫情的几个国家都进行了成果卓著的检测结果，其检测数量和检测结果，都在同行中名列前茅，深得世界卫生组织高度评价。而最根本还在于及时有效地拯救了那些数以万计的埃博拉病毒感染者的生命，同时也帮助了更多其他病患者的精确治疗。而这又是什么呢？

非洲人告诉我：这是“if everyone cared”——

我们于树上遥望天际
错把恒星当卫星
我从未梦想我拥有你
当今夜你和我在这里
咏颂着阿门，我充满了活力
如人皆有情，就没人哭泣
如人皆有爱，就没人说谎
如人皆分享，就没傲慢无礼
我们将见证没人死去
我们躺在繁星之下
有自己非常渺小的认识
如有人像你我一样的相爱相依
可想世界会怎样一番情景

我听人说，当中国“P3”实验室启动并获得成果时，塞拉利昂总统科罗马得知此讯后，兴奋地命令他的“大内”特意打开几瓶法国红葡萄酒，又让放了上面这首名曲，自己亲自哼起它。总统沙哑的嗓音，正与此曲吻合，最动情的是身处国家危亡之际的科罗马总统在哼唱这首歌曲时异常动情，那闪光的晶莹在他黑白相间的眼睛里格外引人注目。

据说当时整个总统府被深深地感染了，于是这一句“如有人像你我一样的相爱相依，可想世界会怎么一番情景”优美的词曲在弗里敦城内久久回荡，一直传到中国大使馆、传到中塞友好医院……

/ 7 /

院士高福出事！

在中国检测队中有一位最重要的人物，就是高福。他是院士，中国传染病研究的“国器”级人物。他怎么会出事！他能出什么事嘛！他出了事还了得！

偏偏，他高福这回真的出事了！出在远离祖国和家乡的非洲那个地方，出在他从事和研究的病毒对手的战场上……

这事说出来有些尴尬，但不说就有违于客观真实，否则去遥远的非洲拯救世界也就不显得那么惊心动魄了。高福先生是我认识的众多院士中最年轻的一位，而且也是特别喜欢的一位。言喜欢是因为他属于中国院士中的“另类”。过去的几十年里，我曾至少采访过包括钱学森、王淦昌、袁隆平等几十位院士。他们都是德高望重的优雅老帅。但高福不一样，绝对的洒脱“酷哥”型，绝对诗人气质，如果他从文，一定是位天马行空的大诗人。我由衷欣喜地从高福身上看好中国新一代院士的能量与精神。

他在非洲“出事”的一年多后，我到高福做研究工作的所在单位中科院的办公室采访他。

院士的办公室、一个科学院院士的办公室是啥样，在进他办公室之前我有过不少设想，想到最多的是：特别阔大，放满各种实验仪器，以及堆积如山的资料和起码五六个助手围着他转……可一进高福的那间十几平方米面积的狭小办公室，看着凌乱不堪的现场，我忍俊不禁地笑了：竟然还有比我办公室更乱的地方啊！又心头自语：我喜欢此人。未见本人，为何就喜欢了？我自语自答：肯定也是个不拘小节之人。

果不其然，几分钟后，大院士出现在我面前的那一刻，就证明了我的判断：他高高的个头，帅帅的样儿，一说话就是机枪似的连续不停，并且是个彻底的外向型专家，完全新一代的院士，与我早年采访过的钱学森、王淦昌等老一代院士相比，高福院士就是现在年轻人特别喜欢的那种“高富帅”院士。

又一次从一个人的名字那里找到了相对应的命运：高福、高福，你真的实在是又高又有福啊！

一听我如此奉承，院士哈哈大笑——竟然还是个笑点极多的人。那天从一开始，我们俩就聊得十分开心。当时我想，在这样的人身上，即使世界到了末日，那些恶魔也会退舍三分。

高福根本不顾你找他是干什么的，一上来便滔滔不绝地对你讲他小时候和家庭以及自己在学术上的那些看起来似乎与我采访的主题没什么关系，但到最后却发现——全都相关！

高福其实在他的“命”里并非“福星高照”。

院士的出身普通至极，父亲是木匠，母亲是家庭妇女，但就这个普通的中国家庭，出了三个博士，而且有两个是在牛津大学毕业的。高福 6 个兄弟姐妹中 4 个上了大学。

“我的家族，农民为主，并不富裕。到这一代，家庭条件很一般，负担也重。但父亲很重视孩子的读书，我是家里长子，弟弟小我不少，可父亲在我上大学时说：你只管上学，家里的事你别管，所以我们家 6 个兄弟姐妹都成了学霸，其中 4 个上了大学……”高福说。

大学之前的高福，虽然长得帅，但缺乏“斗争精神”，中学老师对他的评语上写道：要能跟坏人坏事做斗争。

以为能当院士的一定在上大学专选北大、清华是一种误导。高福说他和两个弟弟最初上的都是农业大学。高福上的就是山西农大，而且还是兽医专业。

“学兽医没有什么不好，那至少是生命科学的一部分嘛！”当院士后的高福如此高谈阔论没有人敢在他面前说“不”。

“大一时我就开始对微生物感兴趣，别人听课时睡觉，我却在纸上乱写乱画，画的尽是微生物……后来考上了北京农业大学（后更名中国农业大学），之后考到了牛津大学，全是微生物，当然后来就是高级微生物理论了，且是跨学科的。”

后来高福又到哈佛深造，从此公共卫生领域最重要的病毒研究成了他的主攻方向，而从微生物入手，以研究和击破病毒对人类的进攻，让病毒学专家的他常常“激情澎湃”“热血沸腾”——他如此评价自己，与我对话时的状态也证明了他属于具有“诗人气质”的科学家。

“人生是规划出来的，又必须时刻准备离开某一既定的道路。”院士说。听起来这是一句相互矛盾的话，但听他解释后方恍然大悟：“暂时‘离开’，是为了更远更高的目标，人生选择不能一条道走到黑。那不是科学的选择，今天的人类，万千物类和学科间，已经相互依存，各得其所，又彼此引证与促进……”

他用自己的成长过程引导我们一条真理道路：“我牛津博士毕业后，证明我拿到了世界著名的学位，但这并不证明我就是世界一流的科学家，于是我继续寻找世界一流的导师，我便到了哈佛。这就是一个新台阶，我的重新选择，让我的论文成为了权威杂志的封面文章。之后我又回到牛津，当了三年老师。2004 年回国，出任中国科学院微生物研究所所长。2011 年就任中国疾控中心副主任。2013 年当院士……”

高福成为院士，似乎没有一点儿让人意外的事，完全是自然而然的归宿，像他这样特有本事的人，我还见过一位叫陈章良的家伙，他们都属于特别厉害的新一代科学家，后者是农业专家，现为中国科协副主席。高福的科学研究方向是消灭与对付世界上那些形形色色的种种病毒，这可不是一般的科学方向，是“人体风暴”的战略与战术。何谓“人体风暴”？我在“百度”上一搜索，差点吓死：尽是美女们的裸体姿态!

高福知后必定大笑我“邪知”。

“我讲的人体风暴，是指存在于我们人体中的细胞因子风暴。简单而言，就是我们人的生物机体内的细胞免疫能力系统。埃博拉病毒病实际上就是在我们人的机体中形成的一个特殊的‘人体风暴’。平时，我们人是有很强的抵御外来病毒侵袭的能力，因为我们有自身的‘细胞因子’反应，但埃博拉病毒与众不同，它的攻击能力特强，就像网络世界里的一位‘超级黑客’，似乎有些所向披靡，令人防不胜防。因此当它一旦攻击我们人类时，我们就不适应了，原本固有的免疫细胞因子反应出现混乱，反应过度，变成了‘细胞因子风暴’最后机体自己死了。这是我从病毒原理的角度认识埃博拉的第一点。第二点，从西非几个国家的埃博拉患者的死亡情形看，埃博拉病毒的感染有个规律，就是人体接触造成的后果居多，非洲人喜欢搂搂抱抱，尤其是一个传统的风俗习惯很让人忧虑：那里的人一旦死亡后，亲属与好友都要在死者下葬前抚摸尸体，甚至对尸体进行清洗……这个过程，病毒的传染是最危险和最严重的。其三，其实人类发现埃博拉病毒已经有三十多年时间了，它并不是一个新冒出来的病毒，但这一次危险性特别严重，患者死亡率超高，则证明此次出现了‘超级毒王’，也就是说，这回西非埃博拉病毒是存在我们人类不曾有特别武器可以阻止与消灭它的超级传播者。加之非洲国家消极预防、没有疫苗、没有治疗，造成特别严重的疫情也在预料之中。但这种情况出现后，我的内心其实是平静的，因为任何一种病毒，即使是强大和奇异得我们人类无法想象得出，可怕到令我窒息，在我看来它依然是我们人类完全可以战胜的病毒而已。针对埃博拉，我自己很快有了对付它的方向，那就是：早诊断、早隔离、早治疗。然而遗憾的是西非有几个国家没有采取这些措施，其结果也是在想象之中……”

到底是院士，而且是姓“高”的中国院士。高，实在是高！我心底里很敬佩他。

“不过，这回的埃博拉确实有些厉害。”高福说：“有个苏格兰的患者，好了 9 个月，后来又出现了病毒复发，她是参加在西非埃博拉治疗的女护士。这证明，这回的埃博拉病毒又有了新的变异：从急性病毒，又转为慢性病毒。最近又有病例证明，一年多后，发现了埃博拉病毒竟然还潜藏于男子的精液里……这说明，我们人类对这个病毒的研究和了解远不够，也让我们专业人员感觉肩负的责任重大！”

“诗人气质”的院士这一刻脸色有些凝重。毕竟，他是科学家——我心头说。

“可当国家决定援非医疗队要去埃博拉疫区，而且由我担任业务主责任时，我没半点犹豫，去呗！这是我的强项，我又有院士的头衔！再说，院士也是一个‘战斗员’呀！战火之中，院士就该像战士一样冲锋在前，且应该在与敌人拼刺刀的最前沿……”

“埃博拉很吓人，你身为大院士，就没有一点儿怕？”我希望高福说出心里话。

“醉卧沙场君莫笑，古来征战几人回？”他竟然用一句古诗回应道。“我要再怕它，那它埃博拉就真可以横行整个世界了！”

他真的是诗人！豪情满怀，豪气冲天！

诗人自有诗人的性格，院士更有院士的性格。院士出征，中国援非医疗队员们的底气倍增。

“有高院士在，咱还怕啥！”上飞机离开北京的那一刻，中国援非医疗队员们心里不免有些紧张和恐慌，但上了飞机就听高福院士的“空中课堂”，顿时轻松许多，“尤其是他那通俗简洁的语言，生动形象的比喻，身体力行的胆识，科学严谨的作风，让我们从心底敬佩院士……”队员倪大新概括评价的这几点，高福甚为满意。

“踏上塞拉利昂土地的那一刻起，我们就进入了战斗的状态，除了睡觉，几乎没有一分钟是在闲着。其实睡觉时还常常在想着如何与这个国家的卫生部门和医疗机构进行合作抗击埃博拉事宜。”高福从抽屉里拿出一个紫皮笔记本，随手翻开内页，上面密密麻麻写满了字。“从出发那一天起，我就开始记日记，从西非回国后，有媒体听说我有这东西，就好心帮助整理出一些内容，以‘院士日记’的方式去报纸上发表了。”院士很愤青地说。

厚厚一本，沉甸甸的“院士日记”，记载了一位援助非洲抗击埃博拉病毒战斗的中国院士的特殊日子，令人好奇。

在最近一系列紧张的准备与没完没了的会议之后，今天终于出发去弗里敦——塞拉利昂。没有写日记的习惯，但这件事太重大，太有意义了！决定从今天起开始记“流水账”……

院士日记的开篇语这样写道。

“你是那一天出事的？”我问。

高福的眼神一下溜得圆圆的，盯着我不放，意思是：我出事？出什么事？谁说我出事了？

哈哈哈……我笑。笑后告诉他：“你不是去后没几天就在那边发高烧了吗？”

“噢——这事！”高福满不在乎地说：“是高烧。他们开始吓得以为我感染上了埃博拉……”

“当时你真发高烧了？”

“是。还是好几天居高不下，确实把队里的人吓坏了，虽然他们没怎么告诉我他们是如何紧张的，但可以想象得出来。谁让我是院士嘛！”

高福好像从来没有把自己在塞拉利昂发高烧的事放在心上，可我在采访其他同去塞拉利昂的中国医疗队成员时，他们说当时高福院士发高烧的事还真把中国医疗队吓得喘不过气来，其实何止是近在高福身边的援非医疗队，据说高福发烧着实还牵动了中南海的神经……

这也难怪。中国医疗队临出发前，习近平主席就有话在前：我们出去的队员和专家，必须实现“零感染”。这是命令，也是党中央对中国医疗队的高度关怀，更是一条红色底线。为何这么说，大家清楚：埃博拉太厉害，中国已经有过 2003 年“非典”袭击的惨痛教训，绝不允许有一个比“非典”病毒更厉害的埃博拉病毒传染到国门里来！绝不允许！再说得直白些：要阻止埃博拉进入中国并不是做不到的事，但要让进入埃博拉传染区的中国医疗队“零感染”其实是比登天还要难的事。假如感染上了怎么办?假如感染上了又治不好怎么办?

谁对此问题想过了吗?我问驻塞国的赵彦博大使,赵彦博大使涨红了脸没有回答出来。我问中国防控中心的高级官员,他们也含糊其辞地说不出一个清晰的答案。我只能问高福。

高福这样回答:“我们去一线的人,每个人都做了回不来的准备。但确实我们谁也没有真正想过假如自己感染上了埃博拉后会怎么办。作为病毒专家,我可以向你说句实话:我坚定地相信,即使我们中国医疗队员中谁感染上了埃博拉,我和队友们一定会把他从死亡线上抢救过来……”

“这是你事后的信心?还是初心?”我无比怀疑。

高福却肯定地回答:“当然是初心。”

“信心何来?”

“我是病毒专业的院士。在离开祖国的出发前,我就已经分析清楚了埃博拉的病毒传染特点与途径,而且我在飞机上就向同行的中国医疗队友们亮出了我的主张与观点。”高福说。

“在我看来,这仅仅是认识阶段,而真正的埃博拉防治恐怕并非那么简单,比如院士你到塞拉利昂后的感受是否与出发前有所不同?”我仍抱怀疑,尽管他是院士。在人类与传染病毒的每一场大较量中,专家失手和死亡的例子并非少数。

“确实如此。”院士这回点头了,很诚恳地说:“你说得对。任何科学仅仅建立在认识之上是脆弱的,只有被实践证明了的经验才是可靠和管用的。这回西非的埃博拉卷土重来且形成对人类严重打击的势如破竹的势态,事实上远比我们一般的、常规的认识病毒传染要复杂得多、严峻得多,关键是这回变异了的埃博拉病毒,具有超级强度的进攻能力。稍有失慎，就会酿成大祸。在我们去之前的中塞友好医院连续出现塞国埃博拉防治专家连续死亡的教训就是一个强有力的说明……”

我打断高院士的话，直截了当且非常具有要害性地问他：“你就一定认为我们中国专家比他们当地的专家能力强吗？还有我们有‘秘密武器’？”

“从一般意义上讲，我们国家的医疗能力和水平要比塞国的强。他们的专家基本上是从我们国家的学校和医疗机构学习毕业回去的，就是说我们两国的医疗专家的水平可以用师徒关系来比喻。但有一点不能忽视，因为他们回到自己的国家后，几乎天天要跟热带感染病毒打交道，实战经验并不比我们差，某些方面甚至还优于或超过我们的经验。只是他们受到一些本国传统习惯的影响和不能根本上摆脱本国的传统文化，比如不像我们特别重视和注意在任何时候与病毒感染者之间保持距离。在飞机上给队员们上课时，我也特别提醒大家到埃博拉传染区后，最要时刻记在心头的就是要使自己的任何时候都与感染者保持必需的距离。这是最能保护自己的措施……”

“可我读了你到塞拉利昂之后的最初十几天的日记，感觉似乎你天天与塞方人员接触，尽管他们都是些官员和专业人员，但你也并不清楚他们中间可能就是埃博拉的感染者呀！你不是犯了一个教导别人不要犯的大错而自己偏偏又犯了的错误吗？”

“你的话很戳人心呵！”院士大笑，然后又严肃道：“真是这样。虽然我是专家、是院士，但我更是中国人，是一个满怀对非洲人民感情的中国医疗队员。一到那里，我的心跟所有人一样，看到当地的疫情之严重，问题之多，所以心里着急，更何况有些情况远比在国内想象得要复杂和沉重得多，比如防治埃博拉最需要做的发动民众和官方迅速行动，需要迅速普及基本预防知识和措施等等，这些问题如果跟不上，埃博拉的传染将会日趋严重，挡都挡不住，也就是说，死人会越来越多，甚至完全失控。我们中国医疗队到达塞拉利昂最初的日子，也是埃博拉疫情爆发越来越严重的日子，街头出现乱扔尸体，大批塞国抗埃博拉专家死亡，民众仍然毫无保护措施。所以，我们到达后，整天忙着跟塞拉利昂政府和当地医疗机构进行沟通和建议建立相关防护疫情的措施，以及如何以最快的速度建起我们的病毒检测中心和介入对感染者的治疗等工作，我是中国医疗队的业务方面的负责人，自然里里外外都要出面，既当战斗员，又当指挥员……有些时候明明知道不该与当地官员和治疗一线的医疗人员贴得那么近，但那是工作，那是战斗。设想一下：你是一名已经投入战场的战士，如果一颗子弹从你身边穿过，甚至擦破了你的皮肉，你还参加不参加打仗了？肯定要继续战斗嘛！这是战士的责任和命运所决定了的，不可能改变。而你要继续战斗、继续打仗，下一颗子弹就可能击中你的脑袋。这就是战场留给战斗员的命运。我说过，我既是院士，也是战士，到了塞拉利昂，到了埃博拉疫区，没有谁能逃得过、躲得了那里的空气和那里的人，更何况我们中国医疗队去的目的就是为了拯救处在水深火热的非洲兄弟姐妹们，哪里顾得上每一分钟、每一件事都百分之百的按照原先设定的‘规矩’做嘛！事实上你也没办法完全做到，人家总统和部长见了你中国朋友，一高兴就跟你碰胳膊肘（埃博拉流行期间，见面礼由拥抱或握手变为碰胳膊肘），你能退后避之？跟总统和部长碰胳膊肘后，他的随行助手你就冷落人家了？你还得跟人家碰胳膊肘……这么一来，谁知道对方是不是埃博拉的潜在感染者！不是我们还没有去时，就有总统的卫队队员感染埃博拉而死亡了吗！”

“你的发烧就是在这种情形下出现的，所以把同行的整个中国医疗队吓坏了！甚至国内的领导们都紧张得不得了啊！”我说。

高福笑：“这些我倒不是知道太多。”

“院士出事，咱中国援非的面子何处搁？”我说。“关键是你这人太珍贵了！你出了事，不仅关系中国少了一个大院士的问题，而是意味着西非这场与埃博拉病毒搏斗厮杀的战斗更加残酷，让人感觉不可遏制似的。”

“你这么一分析，我还突然感觉我真的不能‘光荣’啊！”高福幽默道。

“院士出事了！”这消息在刚刚到塞拉利昂的中国医疗队里算是一条不胫而走的“内部消息”，且是有关人士要求“严格保密”的纪律。

“军心不能涣散，国家形象更不能受损害。这就是我们当时考虑的为什么一直没有把高院士出事的情况对外说过的主要原因。”长期驻扎在塞拉利昂的中国援助医疗队的王耀平队长如此说：“当时我们在前线的压力确实太大了。别说大院士出了事，就是一般的队员出了情况，大家都会特别紧张。想想看：一方面我们刚到非洲，还没有全面展开工作，另一方面党中央及有关部门的领导一再要求我们必须做到万无一失、‘零感染’，全国人民都看着我们。所以高院士出现高烧的情况后，我们真的非常非常的紧张……”

高福啊高福，你名字里的每一个字都包含了满满的吉祥之意，可你到底能给中国医疗队带来多少好的命运呢？

9 月 29 日，在刚刚完成病毒标本的检测“国际大考”后，中国医疗队一片喜庆的气氛，因为过两天便是“十一”国庆节，全队上下沉浸在少有的轻松快乐之中。出国半个月，大家一直处在高度紧张和劳累之中。现在检测实验室已建成，中塞医院通过日夜奋战也焕然一新，正式接收埃博拉病毒感染者的战斗也将拉开帷幕。于是借距“国庆”还有一两天的时间，队里决定举行一个庄严的仪式：重温入党中国检测队在党旗下宣誓誓言。

“院士，你是标准的‘高大帅’，你站在最前面，这样摄影录像留下的形象也光辉照人！”一群年轻的女军人将高福推到了宣誓仪式的最前面。这会儿我们的院士竟然像个初出茅庐的中学生一样腼腆，红着脸，扭着身子，嘴里嘟嘟着：“这合适嘛？合适嘛？”

合适！

一支整齐的中国共产党党员队伍，在遥远的西非国家的一块空地上，举着右臂，向镰刀加斧子的红旗宣誓：

“……拥护党的纲领，遵守党的章程，履行党员义务，执行党的决定，严守党的纪律，保守党的秘密，对党忠诚，积极工作，为共产主义奋斗终生，随时准备为党和人民牺牲一切，永不叛党！”

这一天是2014年9月29日。这一天，高福的“日记”上这样记述：

上午9点30分出发去WHO。（天气晴。间歇性大雨）自己驾车。

10点开EOC会。讨论几个事项后，又开始“吵架会”。中间停电……感觉无奈。

午饭在滨图玛尼。

下午2点20分我开车去医院，帮助指导那里的工作，忙了一下午。

晚6点我开车回来。同行的有张必科等三人。

晚7点晚餐。

饭后感觉特困。睡了一会儿。9点30分，检测队员开会……

院士的“日记”内容很多，我作了“截短处理”，因为他的内容直截了当，时常切中时下弊病，并且总有独特的“科学论断”，比如他言及“领导的明白与糊涂之我见”：

领导就是要在大部分人（群众）糊涂时指明方向；当大家都明白方向，认真做事时，领导便要开始“糊涂”——思考未来之方向，给各个战术的层面进行新的布局，在“糊涂”与浑浊中理清思路，找到新的方向……

但这一回，院士自己却因忙碌的疲惫和过度的自信，出现了一次少有的“糊涂”，直令整个中国医疗队崩溃。

30日起床，有人向队长钱军报告：高福院士体温38.1度。

“怎么搞的？他发高烧还了得！”全队惊恐！

“一刻也不能耽搁！”钱队长当机立断安排了对高福院士进行了埃博拉病毒的检测，结果成阴性！

阴性？那怎么还会高烧呢？是不是病毒还在潜伏期，没有到发作可检测程度，而没有被检测出来呢？

“吃药！药量加倍！必须把高烧压下去！”队里的几位负责人紧急汇聚在一起，悄声细语地在开“秘密会议”……

“尽量不在队里扩散影响。”

“要不要向国内报告？”

“这个……”队长钱军开始踱步。

“还是不报的好。”

“如果院士一旦……咱们谁也担不起这个责任呀！”

“可一旦报上去国内还不一片惊恐呀！”

“队长，你拿主意吧！”

争执持续不下。大家的目光聚到钱军身上。

“你们看我有啥用？”钱军显得有些怒了，脸色铁一样的板灰，声音强压着问：“你们谁给我说清楚：高院士这两天到底在干什么？到了哪些地方？还有，跟谁接触过……”

钱军问的这些问题，其实是关键之关键。病毒传染病，就是“传染”二字令人胆战心惊。在场的都是中国传染病专家，谁都清楚钱军所提问题的要害所。为了百分之一千的保险，钱军队长对高福院士进行了疟源性疟疾病毒进行了检查，依然是阴性。

“高院士从到这里的第一天起，就每天要跟当地卫生部门打交道，至少接触过当地各色各样的人几十个，而且在不同场合。”有人说。

“他在国内就是出名的‘工作狂’，到这儿后每天工作在十五六个小时以上。他既要指导我们队员们的工作，又要到中塞医院等病毒治疗现场察看……比谁都靠近病毒前沿！”

“他是院士，总该不比我们缺少警惕性吧。再说他的专业水平比我们都强，不至于吧？”

“正反方”激烈争辩，似乎谁也说服不了谁。

“怕的就是他太自信，太忘我工作了……”钱军一边听着大家的争执，一边摇头感叹。

“现在重要的是要把他‘控制’起来，而且不能让外面的人看出来他被‘控制’了！这是第一点。大家务请注意了：对高院士的

‘控制隔离’，要做到外松内紧，不得让外人看出来，因为这涉及可能产生的重要的国际影响！你们都明白吗？”

钱军没有把话说得那么透彻，但关于这一点中国医疗队的所有人都明白，因为从中国医疗队到达塞拉利昂的第一天起，多个国家的医疗队和国际媒体及相关情报机构早已“盯”得紧紧地，任何一点“情况”，都可能成为抹黑中国医疗队和抹黑中国的“爆料”。假如一条“中国顶级病毒专家、院士先生在西非防治埃博拉前线感染”的消息传出来，肯定成为全世界瞩目的新闻，那将对中国医疗队和中国形象是何等的压力！

保密是绝对需要的。但如何让之前每天出现在塞拉利昂埃博拉战斗各种现场的公众人物高院士既能保持原先的工作状态、又能确保身体情况的“异常”不泄露，这是个高难题。

“只能听天由命了！”有人十分悲观地叹气。“少招晦气！”队长钱军一听便来火，但他内心想说的其实也是这一句话。

听天由命，包含着顺其自然的意思。这是无奈的选择，也是人类在无法选择自己命运时的一种脆弱的表现。你又能怎么样呢？当埃博拉突然袭击人类时，全世界所有发达国家都派出了最先进的医疗技术队伍，而且都有军队医疗队混杂在援助队伍之中。为何？这是不能放在桌面上的“特殊任务”——探求生物战的“秘密武器”。埃博拉传染如此之迅猛、死亡率如此之高，恰恰就是生物战所需的“高尖端武器”……这是另外的一个问题，我们不去延伸。

现场，中国医疗队最担心的是高福院士的高烧。

按照当时当地的规定，凡发现高烧者皆需要隔离入院。在西非国家，除眼下严重的埃博拉病毒袭击外，热带病如疟疾等也都是以发烧为最初症状。但高福院士的发烧到底是一般性的感冒发烧，还是其他热带病传染，还是埃博拉病毒感染？这三者间分析结果，中国医疗队的内部给出的初步结论首先排除了其他普通热带病传染的可能，但也非绝对排除，因为高福同所有中国医疗队员一样，已经踏上塞拉利昂国土有半个来月，热带病的传染有半个月时间也够了。但专家们认为，从高福和中国医疗队到达塞拉利昂后所做的工作范围看，普通热带病传染概率相对小些。普通感冒发烧？这是大家所愿望往这方面去靠的，但又有谁能说他高福就是普通的感冒发烧！“我身体一直是棒棒的，你看看我的肌肉！”高大帅的院士平时就喜欢“吹”他如何如何的运动和健康，“一年到头不知生病为何物”的他，让人怎会把普通感冒发烧的事贴到他身上呢？唯一，唯一的可能就是埃博拉病毒“粘”上了他——可不是，唯他天天跟塞拉利昂的官员接触，唯他时不时去当地医院检查调研、技术指导……

唉，老天爷可千万别……中国医疗队的上上下下都为院士高福担心起来，几位年轻女士已经悄悄在为“高大帅”的院士祈求平安了。这不，换谁都担心死了：在发现高福第一个高烧点的当日傍晚，他的体温竟然升到了 39 度！

天！这可怎么办呢？中国医疗队的最高决策组织的“五人小组”——现在只剩下四人，高福被隔离，两对两的意见争执不休：一方主张立即向国内报告，以求上级指令，实施特殊措施，以防万一；另一方则主张等等再说，倘若能够自行将院士的病情缓解下来，治疗好，这样对稳定军心，坚定战斗决心，保护中国医疗队形象会有积极意义。

“都别争了！再争十天半个月都不会有结果！”钱军抱着头，使劲地摇晃着。最后，他直起腰，说：“我们争了半天，却忽视了一个最重要的人，他才是化解高院士危险的关键性人物……”

"你说的是谁呀？"几个人不约而同地询问钱军。

"他高福！"钱军忽闪了几下眼皮，说："除了他还能有谁？"

他？对啊，他是我们全医疗队最高技术权威、中国顶级病毒传染研究专家，遇到这样的问题，非他莫属！

"咱是不是有些不近人情？"有人喃喃道。

"什么不近人情？这是最大的近人情！"钱军有些窝火，说："你们想想：他发高烧，我们在外围能采取的措施就是将他隔离起来，送些降高烧的常规药，再配上几个医务人员在外围帮助他，我们也在隔离室外面精神鼓励他。可这些对作为院士的高福来说，等于哄孩子一般，他全清楚，全熟门，起不了太多作用。最关键的是，真正要挺过来的话，显然要靠他自己。你们说我的话是不是在理上？"

"话是这么说，可总感觉心里有些对不起院士他……"有人仍在磨叽。

"行了行了，谁都别装啥好人！现在最关键的是看高院士后两天的身体变化情况了！咱四个人除了日常工作外，轮流值班，监督察看高院士的发烧情况，每两小时通报一次结果。"最后还是"五人小组"的刘柳作了最后决策。钱军则去找全队最有经验的吴护士长，请她 24 小时全程负责高福院士的生活与治疗事宜。

"亲爱的院士同志，你现在的情况确实有些让我们担忧……但我们都有信心，你的体温是完全可以降下来的！你也是这样认为的吧。"钱军觉得自己今天说话有些颠三倒四的，怎么没有一点儿平时的那种"高山流水"般的畅快了！站在隔离室门外的地方，他不敢抬头正面看一眼自己亲爱的战友、院士同志，因为他惧怕院士会嘲笑他，或者因为自己的过度担忧让院士看到后反而造成心理上的负担。“我说这些话是希望……”

“哈哈哈……”钱军突然被一阵朗朗笑声所打断。当他抬起头时，见站在十几米外的隔离室内的高福院士正笑眯眯地看着他——那眼神里满满的嘲讽味道。

“你、你笑什么？”钱军一副窘相。

高福院士调皮地挤挤眼，说：“你们心里想的啥我都清楚，放心吧，亲爱的同志！我知道如何对付自己的身体变化，再说，作为一名病毒研究专家，过去光在理论上和实验室里打太极拳，现在用自己的身体来感受太极拳的奥妙，其实才是考验一位病毒研究专家的本事。放心吧！亲爱的同志！你们只要按照我的请求，准时送来相应的药物和食物，其他的我自己知道怎么做……”

“保重！院士先生！我们的抗击埃博拉战斗才刚开始，大家都等着你带领我们去冲锋陷阵呢！”钱军的眼里有些发热，声音变得微微颤抖。

高福眯眯一笑，没有说话。

分手就在咫尺之间，但仿佛远隔千山万水。这一刻，钱军是沉重的。高福其实也不平静，他感觉自己从事病毒研究半辈子，唯这一次有些粗心大意了——毕竟这儿不是国内，也不是英国的牛津和美国的哈佛，这里是落后著称的非洲，尤其是在死亡率超高的埃博拉病毒传染高发期的时候，稍不谨慎，谁都会酿成大错。已经有报道，美国医疗队员不幸患上了埃博拉，虽然被运回美国本土，但看到运回本土的那一刻全美上下惊慌失措的情形，就足够令身在非洲前线战斗的各队医疗队员们寒心：咋了，我们千里迢迢，远征非洲，冒着生命危险到非洲支援人家抗击埃博拉，可一旦我们不幸感染上了病毒，你们身在后方的人竟然把我们当作瘟神似的惧怕，甚至恨不得一焚了之……悲兮！

话尽管如此。其实与高福同一架飞机出发到塞拉利昂的中国医疗队中，还有两位特别的人物，他们便是随队医生柏长青和聂为民。所谓随队医生，就是专门负责队友的日常医疗健康的医生，也就是说，他们是中国医疗队员的“保护神”。当医务专家们的医务“保护神”，其本领不用自说，肯定一流。柏长青，52 岁，在国内就是我军某三甲医院呼吸与危重症医学科主任，“身经百战”的老专家了。

“柏主任，你可是我们全队的守护神呵，我们的队员不能生病，也生不起病啊！”在出发的飞机上，队长钱军专门与柏长青有过一次对话。

“队长，如果让我保证让全队的人不生病我做不到，但我敢保证一旦有队员生了病，我会竭尽全力治好他的病。”

“行，我要的就是你这样的人！”钱军重重地在柏长青的肩膀上“揍”了一拳。

后来的事实证明，柏长青确实没有吹牛。了解柏长青底细的人都对他的自信表示肯定。这位当年在中国“非典”爆发时战斗在小汤山医院的功臣，曾经名扬一时，后来又多次执行部队高寒地带特殊任务，同样有出色表现。远征西非抗击埃博拉的任务本来没有他。“虽然我年龄大，但毕竟经验丰富些，部队有这样的任务，国家需要对付特殊疾病的人员，我当义不容辞。”他柏长青这样向领导提出自己的请战。

得到批准后的柏长青，为了实现“谁病倒了，我就要把他治好”的目标，这位 52 岁的老兵在出国前就为全医疗队准备了 24 个医药专用箱，选备了 500 多种药品以及监护仪、呼吸器等设备。最关键的是他与聂为民医生一起制订好了几十种可能遇到的病情的上百种治疗方案。发烧、疟疾、呕吐等热带地区的常见病、传染病是他们研究制订方案的重点。然而，此次他们面对的是目前世界上没有特效药物和医疗方法的埃博拉病毒传染。党中央、习主席要求中国医疗队的“零感染”之难度可想而知，显然“零感染”是个高难度，而感染以后要治好却是更高的难度之难度！

“当时高院士发烧时，我们已经听说一个非常严酷的现实：曾在国际著名杂志《科学》上发表埃博拉论文的6名署名作者，其中有5人因感染埃博拉而死亡，其中不乏塞拉利昂的首席医生。在我们已经到达塞拉利昂后那位被指派给我们检测队送标本的司机也因感染埃博拉而死亡，还有作为塞拉利昂卫生部与我们医疗队联络员的蒂莫西也因感染埃博拉而死亡……如此严重的情况，我们不能不高度警惕高院士发烧的病情，但我相信我们中国医生有办法、有能力让自己的队友能够挺过来！”柏长青的这个有办法、有能力让自己的队友能够“挺”过来的“挺”字很有力量。

队长钱军曾经这样评价柏长青的这个“挺”字：它代表了中国医生、中国军人的坚强自信和信仰，以及不惧任何困难的意志。

“当然，任何疾病和病毒侵袭时，患者自身的抵御能力最关键。”柏长青这样说是有绝对道理的。

面对埃博拉病毒，专门从事病毒研究的高福院士这回遇上了自己如何战胜“病毒”的要命课题了。

现在他在隔离室。

所谓的隔离室，其实就是平时医疗队员们自己居住的“蜗室”临时改造而成的。“疑似者”被告知，在隔离期间不允许擅自走出这十几平方米的“蜗室”，吃喝拉撒都有人负责着……独立与自由惯了的院士很不习惯这，但必须遵守。这也是他在出国前就给援助西非抗击埃博拉医疗队制订的预防措施之一。教人与自我管理，尽管同样的内容，但体会绝不一样。高福这才感觉自己当时制订的每一项预防措施是那么“不近人情”。想到这，他笑了。

那笑是在黑暗中……他嘲讽自己笑得那么阴奸。可不，现在轮到自己也跟着倒霉了！

独守蜗室，做得最多的三件事是：第一件事是喝水，大口大口的喝水，这样可以压火——这是在小时候生病时母亲教的一招，现在竟然也用上了。从中医角度讲，感冒发烧时靠大口大口的喝水就是能管用。高福觉得自己的母亲具有世界上最高超的“医术”。第二件事是猛吃板蓝根和白加黑，这也是中药，通常治疗发烧感冒之灵药。现在是加倍吃这些药！第三件事是手不离体温计。按规定两小时测一次，这两小时测一次是需要“上报”的任务，但“不怕死”的高福自己其实一直悄悄在进行着每一小时测一次的“战斗”……为啥？只有他自己知道。

“在那种情形下，你真碰上了发烧，能不担心吗？所以我也是人呀！”事后高福这样说：“一小时一测，是格外在乎自己的身体变化。”

隔离的第二天，早上输液两袋。高福的体温测试结果是37.4度，属偏高；

上午9时，我驻塞拉利昂的赵彦博大使来探望。此时体温测试结果是37.8度；

为了万无一失，再一次对高福进行了埃博拉血清检查，结果成阴性！但是在非洲不仅仅有埃博拉的威胁，为此，钱军队长命令对高福院士又进行了：基孔肯雅IgG抗体；流感A&B病毒；伤寒、副伤寒IgM/IgG抗体，基孔肯雅、流感均进行了监测，还是阴性。

中午：体温测试结果：39度！

此时的高福真有些紧张。这个时间段还出现这么高的体温，这显然接近“埃博拉病毒患者”的体征特点。但真正感到紧张的是中国医疗队上下。“院士高福出现连续发烧症状”的绝密电文，随即通过我驻塞国大使馆传回祖国，到了国家卫生计生委主任办公桌上，很快又进入了中南海……

“密切关注，必须确保我院士安然无恙！”祖国的命令迅速传回塞拉利昂中国医疗队所在地。

“怎么样啦，院士同志？”医疗队领导通过对讲机询问隔离中的高福的次数越来越频繁，而且每次声音的温柔度都高了许多。

“还行吧……就是有些呕吐……”

这还了得嘛！埃博拉病毒感染的两大特征——发烧、呕吐他全占了！这就意味着……快快，快给他打点滴吧！用抗生素！加倍量的抗生素！在全球无应对埃博拉病毒药物的严重关头，唯一可以压制一切发烧与呕吐现象的便是传统的做法：用加倍剂量的激素。

解放军302医院的柏大夫、聂大夫和吴护士长三位大员被紧急调往高福的隔离室，实施紧急抢救方案。

“一定要用这玩意儿吗？”高福虽然体温越烧越热，但脑子还是清醒的，他太了解抗生素对人体的影响，于是当医生的针管对着他的胳膊时，他突然犹豫地问。

吴护士长用温情而坚定的语气答复他：“这不是你给我们医疗队员们一旦遇到特殊情况时所制订的方案之一吗？”

“这倒是。”院士只得苦笑了一下，然后斜过头，闭上双眼。

当夜，高福像掉进了十八层地狱一般，一夜没醒过来。第二天凌晨醒来时有些昏沉。他端起床头柜上的水杯连喝了两杯水，又躺下眯盹了近一小时。等再醒来时，头脑似乎轻松和清醒了许多，但浑身乏力，仿佛大病一场。

清醒后的第一件事他想到了测试自己的体温：这个最关键！

37.5 度！

高福一看这个数字，大为激动：好兆头！我说不会有事嘛！我要有事，这不让天下贻笑嘛！

这么一折腾，一兴奋，又迷迷糊糊地睡了过去。待再醒来时，已经是阳光高照的大清晨了。

"院士同志，请报你的体温……"吴护士长已经站在门口。

"OK！"高福赶紧从床上起身。

"昨晚感觉如何？"吴护士长甜美柔和的声音，总让人像喝了口上等咖啡那样舒服。

"太美了！出国这些天从没有昨晚睡得舒服……"高福伸伸懒腰，说。

"太好了！这证明你在恢复体力。"

"我也这么感觉。"

"37.1 度……值得庆贺！"吴护士长拿着体温计，格外高兴。

高福得意地说："我命好！"

吴护士长的眼睛红了起来："你可这两天把我们吓坏了！"

"是吗？"高福觉得很意外，"不就是感冒发烧嘛！"

"要是普通感冒发烧大家才不会这么紧张呢！可在这埃博拉传染中心点，你又是大院士，要真有三长两短，还不把大家吓死呢！"吴护士长说着说着，竟然抽泣起来。

"唉护士长你可别这样……千万别！"高福着慌了，竟不知所措。

“没事！”吴护士长破涕为笑:“你没事，我们大家就都没事了！好好休息！你是大院士，绝对再不能出任何意外了！听话呵！”

说着，一阵风似地消失在高福的视线之外。

这一刻，高福内心突然涌起一阵前所未有的感动：是啊，我这一发烧，全医疗队上下不知紧张到啥份上了……

这一天是高福发烧后的第四天，根据体温测试结果，医疗队领导决定他可以下楼吃饭了，也就是说暂结束隔离，待观察。

下午和晚上，三次体温测试的结果为: 35.3 度、35.1 度和 35.3 度，两次血压分别为 107 /68mm、108/70mm。

中国院士在非洲抗击埃博拉战斗一线发烧病危的情报解除，不仅让中国援非抗击埃博拉医疗队松了一口气，也让整个西方世界新闻媒体在抗击埃博拉行动中少了有关“中国问题”的一个新闻点。但无论谁都不紧要，体会最深的是高福院士自己。

“在整个过程中，我有不可回避和饶恕的三‘吹’：一是在国家领导面前把抗击埃博拉的任务‘吹’领了回来；二是刚出国就在飞机上把抗击埃博拉的知识就‘吹’了起来；三是不该在开会时用电扇直对着自己吹风，这一吹让自己犯了不该犯的专业性错误……”高福院士在自己的“日记”中幽默而严肃地作了一下自我批评，尤其是第三“吹”，他在我采访他时仍然念念不忘检讨。

“院士一旦出事，可就闹大了！弄不好是‘国际新闻’！这个我当时真还没有想到。哈哈哈……”原来高福院士显得特别年轻，因为他本质上就是个“长不大的顽皮男孩”。

阿弥陀佛。院士平安无事！这对援非抗击埃博拉的中国医疗队来说，实在是件太大的幸运之事了。

其实我还了解到：就在高福院士连续发烧 39 度时，远在万里之遥的祖国心脏北京的中南海，曾经预定了一个特殊方案——派一架改装的飞机将院士接回北京，但由于当时面临两个最要命的问题：一是去接他回来的医务人员如何处置？二是谁去接替他在抗非第一线的病毒研究医学任务？但这似乎还并不是领导最后选择了放弃派专机去接院士回来的方案的关键。最关键是，假如院士真的患上了埃博拉病毒感染，那么在飞回祖国的20多个小时里根本无法保证他不出意外，因为真的埃博拉病毒感染者基本上都在病发的一两天内死亡……假如，假如院士也出现这种结果，他的问题另说，飞机上的其他人员又该如何保证不感染上呢？要真是这样，这架飞机该飞到何处？落在何处？着地后又如何处置？

这是无法想象的现实！领导最后不得不向前方发出“必须绝对保证院士安然无恙”之字样的命令。呵，多么无奈，多么痛苦的抉择。

老天给了高福的大命！

/ 8 /

“中国 P3”，棒棒哒!

医疗队的同志后来告诉我，高福院士之所以高烧病倒，这跟当时他和检测队队友一到塞拉利昂后连续忙碌，准备正式接收埃博拉临床病毒标本检测工作有关。

当时塞拉利昂的埃博拉传染爆发情况极其严重，每天成百上千人被怀疑感染，而感染者的死亡率则直线上升，全世界都为这里的疫情感到不可思议和担忧。如何阻止瘟疫传染，其中最主要的一点是迅速诊断那些发烧、呕吐现象的疑似患者到底是否真的是埃博拉感染。而当时能够检测出埃博拉病毒感染的医疗机构没有几家，而且基本上是清一色的如美国、法国、英国等发达国家的医疗机构。

“我们中国是非洲人民最好的朋友，现在他们到了最困难的时候，我们就该尽自己的所有力量援助他们……”国务院副总理刘延东在动员会上代表中国政府向全世界发出了庄严的承诺。

医疗队伍，我们派出的是国内最棒的传染病专家和医疗人员；装备，同样尽其所能。“P3”移动检测设备是公认的世界一流的传染病毒检测仪。美国人在西非抗击埃博拉战斗中捷足先登。中国政府毫不含糊，毅然决定将自己仅有的两台“P3”移动检测设备之一，运到发生埃博拉最严重的塞拉利昂。庞大的移动设备，需要超大型运输机才能装载，中国政府特意从俄罗斯租借了一架大型运输机。

2014 年 9 月 28 日，钱军、高福等五人小组决定，此日起中国检测队运用自己的“P3”设备，正式接受埃博拉病毒疑似临床病例样本的检测。

“你们——谁要有想法，现在可以向我提出来。”早饭之后，8名检测队员列成一排，最后一次接受队长钱军的询问。

挺胸昂首的队员们没有一个吱声。

“上一次检测标本是别人对我们考试。今天不一样，今天是我们检测队正式进入实战。”高福院士站在钱军身边，说话拉着腔调道：“有惧怕心里很正常，人嘛，去见鬼谁不怕！但我们是检测队员，是中国的病毒检测专家。心里有怕，就会影响工作，所以谁都不能有惧怕心理。钱队长说了，现在还来得及，如果你们有些紧张，那我先进去做个示范……”

“不行，我们去！你不能去！”想不到，8名队员突然这样齐声回应高院士。

“院士同志，你这么大年岁了，还是让小伙子们去吧！”钱军朝院士阁下揶揄了一下，再次向队员们喊话：“谁有想法，立即出列！”

“没有！”全体检测队员用气壮山河的两个字回应道。

“好！现在我正式宣布检测队党支部的决定……”钱军念起名单：“鲁会军、孙洋出列！”

“到！”鲁会军、孙洋出列。

“你们俩的任务是：进入设备，完成处理样本和提取核酸！”

“是！”

“户义、邓永强出列！”

“到！”户义、邓永强出列。

“你们的任务是：接收样本，完成核酸检测！”

“是！”

“有没有完成好任务的信心？”钱军突然提高嗓门，问道。

“有！”鲁会军、孙洋、户义、邓永强仿佛使出全身力气，异口同声道。

“好，准备战斗！”

“呜——”上午 10 时 30 分左右，伴着一阵由远而近的警笛声响彻中塞友好医院的每一个角落，中国检测队在塞拉利昂独立检测埃博拉疑似临床病例的战斗正式拉开帷幕。

“投入战斗！”指挥车上发出命令。

“是！”鲁会军、孙洋、户义、邓永强四人立即按照规范要求，先套上棉质内胆衣，再穿上全身防护服，又在外面罩上一层手术衣，并且戴好口罩。两队一组的战友相互帮助戴好头罩，系紧挂在腰际的动力送风系统固定装置后，才各自完成最后一道穿戴程序——戴上双层手套。随后，四个人列成单队，雄赳赳气昂昂地径直登上“P3”移动车。

设在 P3 移动车一个拐弯处的取样口，鲁军他们看到在距他们十几米外的隔离带后面，几十名中国医疗队的队友们簇拥在一起，一个个向他们伸出大拇指：加油！

战友们的无声援助，令鲁会军他们内心充满着感激与温暖。

P3 移动车是个全封闭的装置，唯有取样口留在不用摄像探头便可以观察到的一处空间。因为是第一次“见识”P3 移动检测实战情形，没有在值班的中国医疗队友们都站在隔离带外面的地方，全神贯注地看着户义与塞方送埃博拉病例样本的卫生人员进行取样交接过程……

现场有些令人好奇：取样口是个临时搭建的木头棚，里面只有一张横放着的折叠桌，算是送样人和接样人的分界线。送样人是个看上去 20 来岁的小青年，还算帅，小伙子除了戴一口罩外，没有任何防护。倒是他身后站得笔挺、穿着西装革履的司机格外引人注目。

“现在可以按照程序送取了！”指挥车上发布命令道。

这时，只见户义上前用英语告诉那位送样的小伙子将病例样本放在桌子。对方照此放下手中的样箱。户义则轻轻打开样箱检查一遍见无异议后，再一一进行消毒。一旁站着的邓永强则轻轻将桌上的样本拿在手上，转身缓步送到 P3 车的传递窗口。此刻，他身后的户义马上提起喷射器，沿着他和邓永强走过的路线上一路喷洒消毒液……

这时，P3 移动车外面的人已经无法看到车内的情况。唯有指挥车内的监控器屏幕上能够清楚地看到 P3 车内的任何画面。

“不许出声！”狭窄的指挥车内，这一刻挤满了人，有队长钱军，副队长孙宇，指挥组长刘文森，技术保障组长王承宇，还有检测队员杨帆、张晓光等八九个人挤在一起。副队长见钱军马上要给车内的检测员下达命令时，用手势示意身边的人。

“那确实有点惊心动魄！”事后，副队长孙宇感慨道：“28 日之前的所有时间里，其实我们都做好了同埃博拉病毒战斗的准备，但还是没有真正接触过埃博拉病毒。现在不一样了，是真正的埃博拉病毒样本放在我们战友面前，得去‘亲密接触’它……这可不是闹着玩的。说是检测样本，其实真的是在玩命呀！”

谁说不是玩命？谁又能说这就是玩命？

“检测病毒临床样本，是防治埃博拉感染的最重要的第一个关口，你要防治，你就得知道谁到底是真正的感染者，谁又不是真正的感染者。所以从某种意义讲，P3 检测出的结果是与否，其实就是生者与死者的分界线。”高福院士这样对我说。

P3 车内最危险的样本灭活工作开始了！

只见实验舱内的鲁会军轻轻打开样品盒的一瞬间，眼睛突然抬起来看了看一旁站着的孙洋……俩人目光对视，显然碰到了意外情况。

怎么会这样啊！钱军得到鲁会军他们的报告是：原先确定的第一天中国检测的病毒样本是 10 例，结果现在鲁会军他们看到的是整整 24 例，多出一倍多！

“怎么办？继续检测还是……？”鲁会军等请示。

“考试过了，现在又压我们任务，这太不像话了！”指挥车内有人吼起来。

“别这么理解！”钱军立即举起右手摆摆，平静地说：“或许塞方卫生部也是实在没有办法，希望我们中国检测队多干些活。现在人家整个国家处在生死存亡时刻，也可能是不得已……”

钱军的话让指挥车内沉默了下来。他的话是有道理的，后来证实，那些天塞拉利昂的疫情直线上升，诊断疑似患者的量成几倍、几十倍的增长，检测任务异常繁重。所以当中国 P3 移动实验室可以正式工作，对塞方而言是天大的喜讯，于是就有了本来第一天给中国检测队 10 例样本检测，结果一下送来了 24 例。

“其实我还想让他们送 48 例来呢！”塞方卫生部长后来竟然向中方这样解释道。

“消除干扰，开始检测……”钱军向 P3 舱内发出命令。

“明白。”鲁会军和孙洋点点头示意。现在，指挥车内的监视屏幕上，可以通过 P3 舱内的移动探头，清楚地看到鲁会军他们检测操作的每一个细微动作。

灭活开始！只见鲁会军先与孙洋一一验证采血管上的患者信息，

然后再装入灌满 84 消毒液的离心管中进行水浴灭活……俩人动作缓慢，却配合默契，一切皆按事先设定的规程有序地操作着，这也让指挥车内的钱军和同事们悄悄舒缓了许多。

“有情况！”突然，屏幕上出现鲁会军的双手在微微颤抖……一个意想不到的险情凝固了车内车外的所有现场的空气：原来，鲁会军在处理最后一批血液样品时，竟然从样品盒中拉出一条带针头的输液管！

这太危险了！那针头和血液毫无疑问就可能是一个烈性埃博拉病毒体！通过血液和体液传播的埃博拉病毒体如今就在鲁会军他们的中国医疗队员面前，稍有一丁点儿不慎，就意味着可憎万恶的埃博拉病毒便可能直接传染到鲁会军他们体内……这是前所未有、直截了当、近在咫尺的与埃博拉病毒的“最亲密”接触，千万千万小心呵！

指挥车内的所有人的心一下都吊到了嗓门口。

“队长，是否中止实验？”检测组长刘文森按照检测规程中相关“意外情况”处置条例，向钱军紧急请示。

钱军没有开口，只是轻轻地摇摇头。

“继续！”

舱内的鲁会军做了一个深呼吸动作，继而手持镊子，小心翼翼地将输液管轻轻地从样品盒中抽出，连带那个令人毛骨悚然的带血的针头，一起塞进一个装有消毒剂的废瓶之中。很快可以从废瓶的外观看到消毒液内的“埃博拉”由红变淡，直至丧失原本的模样，化为一片被消毒液解的脏水……

“OK！”指挥车内轻轻地响起一声欢呼。钱军忍不住抓起电话，直接跟鲁会军他们说话：“好样的！怎么样，身体坚持得了吗？如果需要换人，我们马上组织第二梯队上……”

得到的回答是：“没问题，我们可以坚持到底！”

下午2时许，24例样品，在鲁会军和孙洋的并肩战斗下，全部完成检测。至此，俩人在负压舱内已经连续工作了三个多小时。

另一组执行核酸提取的户义和邓永强，则显然比较顺利。俩人带着第一批核酸样本走出P3车舱时，守在移动车旁的队友们激动得连声欢呼。

P3舱内的灭活与提取，前后近五个多小时，在负压状态下，又穿戴几十斤重的防护装置，通常情况下即使一动不动，平常人能够坚持一两个小时也需要非常坚强的意志和健康的身体素质。检测队员们就是在这种环境下，与一个个“埃博拉”进行生死较量。

这一天走出P3舱的鲁会军、孙洋、户义和邓永强，着实为后续队员日后参加检测战斗提升了信心和可贵的借鉴。

“一个体会：埃博拉它不是娘养的！老子非灭了它不可！”在休息和恢复了近两个小时后，鲁会军向前来取经的队友们恶狠狠地说了一句话。

走出P3舱并不意味着检测任务就此完成，在对核酸进行PCR验证后拿出CT值、鉴定出样本的阴阳性医学判别报告方算检测完毕。中国检测队对第一天的检测过程及结果异常谨慎细致，在鲁会军他们结束P3舱内的灭活与提取程序后，又集中专家组对核酸进行了反复的PCR检测对照，最后得出CT值为：24例样本，17例阳性，即确诊为埃博拉病毒，5例阴性，另两例处在灰度区，也就是说可能是埃博拉病毒，也可能不是。在埃博拉爆发期的样本呈阳性的比例特高，反没有让中国检测专家们感到意外，相反这两例灰度区的样本令他们格外吃惊：“在我们手里，绝不能出现任何哪怕是半例的误判！”钱军说。

从科学的角度讲，阴阳之间有个“缓冲地带”，是允许的。但对我们中国医疗检测队所交的卷子来说，是绝对不允许的。我们必须做出判断！技术分析汇综会上，院士高福必须做出权威结论。

“看你今天的底气不太足啊！是不是身体不舒服？”高福连连干咳了几声，引起钱军的关注。

“没事。”高福一声“没事”，也就再没引起大家的其他猜测。然而此时的院士其实已经有些病状，只是他自己根本没有想到“强健”的他会有啥问题。后一天夜间开始，高烧便向他袭去——前文已有详述。

“我们是中国检测队，中国的 P3 检测报告，一定要是板上钉钉！所以我们手下检测出的每一份样本都必须给出分毫不差的结论，这既是为了我们中国检测队和中国 P3 设备的荣誉，更是对兄弟的非洲人民生命的极端负责……”钱军的话语调并不高，但字字掷地有声，强烈地震撼了所有中国检测队员们的胸膛。

“队长说得对。即使干到明天天亮，也要把最准确的结果做出来！”

“好，我们马上分组进行不同的复检……”

队员们摩拳擦掌，立即重新投入了战斗。凌晨时刻，2 例处在灰度区的样本终于有了最终的结论。

“同志们，我要告诉大家两件事……”黎明时分，蜷在指挥车上已近二十来个小时的钱军，突然站起，高声道：“第一件事是：我们第一天完成的检测样本呈阳性的数量占塞拉利昂首都和西部地区所有检测阳性的一半，也就是说，我们为火深火热之中的塞拉利昂人民逮住了疑似患者中一半的‘埃博拉’！第二件事是：我们中国公共卫生专家第一次成规模、成建制地在异国他乡跨洲际执行疾病防控任务，依托完全自主知识产权的 P3 移动式生物实验台，利用我们自主研发的检测试剂盒，成功检测出了我们国家从未接触过的埃博拉病毒原体！鲁会军、孙洋、户义、邓永强、杨帆、张晓光、曹玉玺，苏浩翔，你们的名字将被铭刻在中国的医学史上！你们创造和体现的就是我们常说的‘中国制造’、‘中国标准’、‘中国速度’、‘中国精神’！我要代表全体中国援非医疗队向你们八位功臣致敬！”

“中国万岁！”

“祖国万岁！”

队员们簇拥在钱军的身边，个个热泪盈眶，三呼“万岁”……当中国检测队的同志们给我讲述这一情景时，尽管没有在现场，我依然被深深地感染和感动。

平常我们所说中国精神、民族精神、时代精神，不就是这些吗？不就是这样的人创造和建立的吗？！

/ 9 /

战斗正式打响

我们这些普通人并不会知道埃博拉病毒竟然会与世界上最残酷的战争平起平坐，这是因为埃博拉病毒具有了比人类通过最先进的科技手段制造的“生物细菌战”还要厉害的病毒袭击能力。

所以从埃博拉病毒冒出来的一开始，就让国际上那些对战争怀着狂热兴趣的国家兴奋起来，他们倾尽力量，想方设法进入病毒高密传染区，打着“支援非洲”的幌子，在公开和秘密地进行着各种实验与试验……战争的成败，在于谁首先抢占了制高点。

对抗击埃博拉病毒袭击便是一场异常残酷的战争。谁首先占领了遏制病毒传染和治疗感染者的制高点，谁就是今天和未来的霸主。

因为埃博拉病毒的特殊之特殊，危险之危险，所以抢占遏制它的凶恶传染与治疗它的感染者，是所有参与这场“特殊战争”的各个国家和组织都想实现的根本目的。

“中国？中国也来了？他们就不害怕有人将埃博拉病毒带回到他们的 13 多亿个同胞中重演十年前‘非典’那样的灾难吗？”当某些国家听说世卫组织邀请了中国医疗队也来到了西非后，带着明显的嘲笑口吻如此议论。

于是也有了——你们中国医疗队能做什么呢？检测病毒？你们怕没有这样的技术和设备吧！

你们也有 P3 移动检测设备？过得了关吗？

于是也有了前面的一次次试探性的“考试”。

后来，中国检测队技术和 P3 设备都过关了！他们依然不信，跑过来亲自观摩，结果傻了眼：你们中国的 P3 装备竟然比我们还要强呵！

于是他们在非洲人面前怂恿：中国人行，你们应该要求他们大大的加大检测量。

于是有了总统先生亲自一次次跑到中国检测基地，友好而高度认真地向中方提出五倍、十倍于中国检测队实际能力的检测请求。

“他们答应了吗？”

“答应了！”

“他们真的能完成那么大的检测量吗？”

“是，几乎是我们其他几个有检测能力的国家的检测总和……”

“上帝，他们又露脸了！”

那几个自认为“老大”的西方列国在不远处的阴暗角落边有些晦气地议论着。

治疗埃博拉病毒感染者绝对可以难倒中国人！他们根据不具备这种能力！左右世界许多机组和领域的西方“权威们”不相信中国医疗队，更不想让中国医疗队露脸。于是又有了“体面”而暗藏玄机的安排——你们中国医疗队可以成立留观医院，参与埃博拉病毒感染者的初级治疗。

留观？留观是何意？就是收留那些还未正式确定、但须观察 36 个小时或 72 个小时的疑似感染者的医疗过程。

埃博拉病毒传染什么时候最可怕？当然是已知感染者！

已知感染者十有八九得接受死亡的命运。然而，对活着的人来说，更为可怕的是：你活在可能是又可能不是的埃博拉病毒感染之间；或者说，你好好的一个人，却被无数隐蔽着的真正的感染者包围着、攻击着……这才是真正可怕和最危险的境地。

有人再一次对中国“厚爱”，分配给了中国医疗队建一个“留观医院”——专门为收留那些各地送来的埃博拉病毒疑似感染者而建的一个医疗“中转站”。

这样的“毒任务”落在专治“毒病”的中国人民解放军302医院身上。中国人都知道解放军总医院——301医院，却并不太熟悉与301医院“近邻”的302医院。北京人熟悉这个医院，大概就是十多年前的那场“非典”大仗之中。那场北京人包括中国人都没有遇到过的特大瘟疫“非典”袭击北京时，北京所有的著名医院一时间几乎全部瘫痪，唯有302医院独树一帜，寒风中傲立于巅峰之上。在举国上下，无计可施，瘟疫日益猖獗之时，是302医院的一位姜素椿老专家挺身而出，用自己已被感染的“血清”拯救其他患者，让处在疫情深渊的中国人仿佛看到了一丝希望，并为之一振。更光辉的篇章是，302医院在小汤山一役打得凶残一时的“非典”病毒落花流水。

“非洲人民需要我们，习近平主席信任我们，现在就看我们了！”302医院在接受中央军委关于派整建制军方医疗队赴非洲援助抗击埃博拉战斗的命令下达后，我军唯一的一所传染病医院的将士们，争先恐后报名参战。最后确定第一批赴西非抗击埃博拉整建制现役中国军人医疗队员为30名，另加队长李进。

巴中汉子李进，别看他个头不高，却是位“年轻的老资格传染病著名专家”。2003年，他因为在“非典”战斗中表现突出，被评为“首都防治‘非典’先进个人”。过去的十年里，国家每一次出现疫情，“让李进去”，似乎成了部队首长口中的一种习惯。这回他是中国援助非洲抗击埃博拉的军方“最高长官”——“其实跟打仗时的营长差不多，一旦有攻克阵地战什么的，我就是第一个冲出战壕、喊着‘同志们，冲啊’的那个人。”李进自己说。

这回与埃博拉战斗，情况大不一样。真的比打仗还残酷？

当然。不用回避的一个事实：有医院的人听说要被派去到非洲埃博拉疫区时，当场就吓哭了。谁不怕死？医生其实是最不怕死的。但医生也是人，医生相对要比一般人不怕死。但感染上埃博拉病毒也令人恐怖：五窍出血，还会变成僵尸……他们医生就不怕？

“如果真有一个人回不来，我李进就留在非洲和他做伴。”这是302医院医疗队临出发时，作为队长的李进这样当着战友和战友的家属及首长们如此说。那天，李进的家属其实也在场。

医疗队出发前的中央电视台新闻里，每天都是西非埃博拉引发成片成片的非洲人死亡、全世界都在恐慌的镜头。谁在这个时候去非洲，去埃博拉传染疫区，又在无任何特效药物和陌生的地方去抢救医治博拉病毒传染患者，危险与死亡似乎不言而喻：医疗队去非洲，是近乎去“送死”的同义词。

就这样走了。

李进带了30位穿迷彩服的男男女女。出征是悲壮的，从未有过的悲壮——无论是首长，还是医院领导，以及战友和家属心里，谁都没有底。在遥远的非洲，谁也无法把控已经疯狂了的埃博拉，它早已是比魔鬼还要凶悍百倍的瘟神，每时每刻都在不同地方，张着血盆大口，吞没着成百成千的生命……

祈求苍天保佑。但中国军人似乎从来就不相信神的“保佑”。他们只相信自己就是神。

他们其实就是神——不让敌人得胜的战神！

不惧困难，不惧死亡。一往无前，唯有取胜。这是军人的风采与本色。

现在他们在遥远的非洲碰到了特殊之特殊：指挥权似乎并不在自己手里，又必须做出独立的作战方向。“留观”固然重要和必需，但在抗击埃博拉的主战场上，这“留观”变得有些不轻不重，弄不好反而惹出大麻烦：传染了不该传染的人群，甚至连自己都成为了埃博拉病毒的俘虏与陪葬者。

“既然这里并不是我们自己说了算，那么我们就应该首先自觉的服从，尽一切力量把分内的事做好、做得别人挑不出毛病，而且要确保我们全队‘零感染’的基础上，我们才可能有更多的作为。说得再明白一点，就是我们先要把留观的事做好，再等时机和条件成熟时，直接收治埃博拉患者，争取更多地拯救非洲兄弟姐妹们！”队长李进，到了非洲的塞拉利昂弗里敦抗击埃博拉战斗现场，他的每一句话就是全队的最高意志和必须服从的命令。

抗击埃博拉的现场战斗，比出国时想象的要复杂得多。这之前大家的思绪集中在对埃博拉病毒本身的恐惧，然而到了非洲，到了弗里敦才发现，真正投入抗击埃博拉战斗时，同样可怕的事：穷和落后的西非国家有许多你想象不到的事横亘在面前令你左右不得。

比如前者。不说中国医疗队到了塞拉利昂首都机场后，还要进行了一整天蚂蚁搬家式的“运输大行动”，单看看那个全塞拉利昂最好的医院——中塞友好医院，此刻人去院空，杂草丛生，满地皆是污秽物和易传染的脏乱环境。最要命的是，该留在这里的塞国医生死的死、亡的亡，剩下的基本上都已逃之夭夭。

你想在此安家落户，一切就得靠自己动手。

于是，队长李进召开现场紧急会议，下令“分头行动”：后勤保障小组，全力安置医疗队的“家”，并且保证出行畅通无阻，因为在异国他乡确保战之能胜，首先得熟悉环境，筹足“粮草”；医疗技术小组，集中改建一所埃博拉留观医院，这是中国医疗队远赴非洲来的根本性任务，决定其命运所在。

后勤保障小组的小伙子们忙得四脚朝天，三天三夜连续奋战，靠头顶手抬外加双肩扛，随机带去的50余吨物资就这样安然入库。谁都不曾想到，平时医院里最没人待见的司机班，这回在非洲大地上他们竟然最先给中国医疗队露脸——

“China, Good!”“China, Good!”

当地民众给中国医疗队最先发出欢呼的是冲着那些喷绘着鲜艳的五星红旗和用中英文标志的“中国人民解放军援塞医疗队”的车队。

“这活干得漂亮！”队长李进开心地向司机班的战友们伸出拇指表扬，点赞。

别小看了司机班的这些“小创意”，它可一下将中国医疗队亮相在了兄弟的非洲人民面前，让正饱受埃博拉之苦的疫区百姓看到了希望。

“司机大邹”，真名叫邹庆伟，是医疗队里的司机兼大厨，长得高帅，又是老兵，所以男女战友们都管他叫大邹。刚到人生地不熟的非洲，有轮子的汽车和会说英语的人，可是最吃香的“货”。大邹两样都占了。整天开着猛士越野车，在辽阔的非洲大地上奔驰，用不着控制车速与道路上的红绿灯——因为整个弗里敦就没有交警与路灯，无边无沿的大地就是路，只要你愿意，即使是一百车并行也无妨。大邹开着猛士越野车那个爽是真格的叫爽，当然他是为初来乍到的医疗队不停地奔忙。几天下来，猛士越野车被整趴下了：小管爆裂，动弹不得。大邹急得满头大汗：队长李进要求“留观医院”建设一刻也不能耽误，早一天就可以多拯救一名饱受埃博拉折磨的兄弟姐妹的生命。其次，医疗队几十名战友每天吃喝拉撒也离不开他大邹的这台四腿“猛士”哟!

“走，我们一起去找找有没有汽车配件店！”大邹拉上队里的翻译上了另一辆小车，就往弗里敦中心走。他们走大街串小巷，好不容易找到一家黎巴嫩人开的配件店。

突然，几位持枪的警察跑步过来，指着大邹停在店门口的车子，又摇晃着手中的枪，不停地嚷嚷着什么，神情显得格外紧张。

塞拉利昂人说的是英语，但浓重的本地口音英语，即使是训练有素的专业英语翻译也并非能全听懂。一心想着医疗队工作受阻的大邹，一见塞方警察如此来头，急中生智，一边比划着他开来的那辆车身上的中国五星红旗和英文标语，一边不停地从嘴里蹦出“China”（中国）“EboLa”（埃博拉）“Car”（车）“Bad”（坏了）等单词，如此与荷枪实弹的当地警察周旋。

原先紧绷着脸的弗里敦警察开始渐变平静，最后竟然满脸笑容，雪白的牙齿也露了出来，连声“OK”“China”！

“大邹你真行，刚才差点把我吓坏了！”看着远去的当地警察，随行的女翻译转身悄悄对邹庆伟耳语道。

“有啥吓坏你的么？”大大咧咧的大邹不明其意。

“真傻还是假傻呀？”女翻译嗔言:“这里的警察是绝不允许有人将车子停在街头的……他们这里发生的多起恐怖事件，都是汽车炸弹干的。你这车子停在店门口，他们就特别警觉！”

“妈也，我差点被当成恐怖分子了！”这回轮到大邹出了一身冷汗。

在陌生的非洲，有许多陌生的事情出你所料。大邹的“奇遇”毕竟小事一桩，然而中国医疗队所遇的困难可就比这大得多。

同机抵达的检测队钱军他们，不仅在短短的几天内通过了“国际大考”，而且投入正式检测之后的效率与检测水平令原先那几个西方国家的同行们反过来“学习”“取经”。现在轮到李进他们的援非抗击埃博拉主力部队出击了，因为这个时候战场上又吹来一阵阵“阴风”，说什么中国医疗队是来摆摆架势的，缺乏接收和治疗埃博拉病毒患者的能力。“他们干的是‘留观’……留着他们观察观察再说。”这话带着某种蔑视的声调再放出来，在中国医疗队李进他们听来，绝对不比埃博拉病毒对人的杀伤力小。

“好吧！那就让他们看看我们能不能在这非洲大地上留得住！”李进把“形势”跟队员们一讲，立即引来群情激奋，大伙个个摩拳擦掌。

打仗需要战场。“留观医院”是中国医疗队抗击埃博拉的第一个特设的战场，它将令全世界人恐怖的埃博拉病毒引入“瓮”中——中国人早在两三千年前就有了“瓮中捉鳖”的本领。今天，在遥远的非洲，中国医疗队员们将运用祖先发明的战术，与埃博拉病毒展开一场生死决战。

完成改修建一座埃博拉“留观医院”是中国医疗队进入塞拉利昂的关键一仗。这等于战场上的阵地一样。有了它，才能见到“敌人”，才能消灭“敌人”。

然而，真要消灭阵地上的敌人，战士的钢枪擦亮没有？大刀是否锐利？也就是说，对中国医疗队来说，欲在一座完整的留观医院里“阻击”埃博拉，那么就必须有足够的人力——李进带的尽管是一个整建制的中国人民解放军医疗队，但毕竟只有 30 人。根据世卫组织对埃博拉留观医院的要求，仅这样的一个医院的保洁人员就必须不少于 40 ～ 60 人（中国医疗队预设的留观医院有 40 个床位）。

而同样根据世卫组织的要求，这样规模的留观医院，还得起码配备40个护士人员。李进带来的中国医疗队仅有30人，都是专家和护士长级的骨干，其余的人只能向塞拉利昂政府要了。

“87个！总统下令后，我们才从全国各地抽调了这些人员。不可能再有了……真的很抱歉。”塞国卫生部长一再向李进和赵彦博大使解释。

只能如此。

问题是：这些塞方护士和保洁工，根本就没有预防埃博拉病毒传染的经验，甚至有的连起码的医务知识都没有。但像所有非洲穷兄弟穷姐妹们一样，他们都好客热情，在一起时他们喜欢唱歌跳舞，搂搂抱抱，而且年轻男女们又对性生活十分放纵自由。这些在中国人看来是最危险的病毒传染行为，非洲兄弟姐妹们才不管呢——事实上从来就没有人告诉他们上述行为的危险程度。

现在，中国医疗队为了确保留观医院的正常工作，确保所有中国医疗队“零感染”和日后每天并肩战斗在留观医院的非洲兄弟姐妹们同样不被感染埃博拉，李进与总领队刘柳、检测队长钱军、副总领队高福等中国医疗队“五人”领导小组决定：利用修建留观医院之际，立即集中时间对87名塞方补充人员进行紧急培训。

“不过关的，一律不得上岗！”那时，高福院士其实已经“潜伏发烧”在体内，他这样要求中方培训人员。“为了以后的患者，也为了这87名补充人员，当然也是为了我们自己。”

动员会上，李进的话说得更严重：“高院士的要求，其实大家从刚到这儿看到的这座中塞友好医院空荡荡的现实已经明白什么意思了——医院内部感染是埃博拉猖獗的一个特别原因。就在我们这里，我们的身边，塞拉利昂一批最优秀的医务人员，就因为相互传染而死亡了，他们留下的只是夜深人静时飘荡在黑暗中的鬼魂的啼哭声……我不是吓唬大家，而是要让各位清楚：你的培训极其重要！假如有一个培训不过关，马马虎虎，就意味着我们整个中国医疗队、整座留观医院，甚至还会有更大的范围，在数日之后将面临一批批随时倒下的严重危险。你们听清楚了没有？”

“听清楚了！”有一个声音盖住了所有其他男人和女人的嗓门。

队友们笑了，是“铿锵玫瑰”护士长刘丽英。瘦高个，嗓门特大，战斗豪情冲云霄的刘丽英挺了挺胸脯，眼神一撇：“咋啦，培训不好非洲兄弟姐妹你们谁愿意留在这儿当飘荡在半夜的鬼魂？”

妈呀！没有人愿意，也没有人敢哟！

培训开始。来的非洲年轻女人占多数，她们起初对中国“老师”教戴口罩、穿衣服、洗手之类的事觉得很好玩，嘻嘻哈哈的，甚至个别女生见了路过的英俊的中国男医生，一高兴就扑上前想抱一个、亲一下！

“NO！”负责培训的刘丽英、吴丹等立即瞪圆了眼睛，大声喝令。那声音挺吓人的，黑妞们赶紧往回缩。

洗手应该这样，口罩必须这样戴，衣服绝对不能这样穿……35度高温下，刘丽英她们一次次手把手地教，一次次将11件防护用品和36道穿脱流程来回传教，一个小时下来，两轮演示结束，当“老师”的刘丽英她们累得上气不接下气、嗓门出不了声，可塞国的年轻护士与保洁员们竟然我行我素，连起码的洗手、戴口罩都没学会。

“重来！”

“再来！”

一周教时后，刘丽英等中国“老师”们已经累得个个脱了相，结果考卷发下去，“学生”们没几个合格！

这样下去不等于自杀吗？预定的开院时间在即，进入“阵地”的塞方护士与保洁人员这等水平，怎不让刘丽英她们直抽冷气！

重来是必需的。再来十次、二十次，直到学会、养成习惯、毫不出差错为止……最后是刘丽英她们自己被自己的耐心与坚韧感动了。

这是 2014 年 9 月下旬那些日子里的事。同一时间里，刘丽英的男战友们则投入了另一场硬仗——改建留观医院。

时间一周。对象：将前面被埃博拉彻底摧毁的“中塞友好医院”改建成适合接收埃博拉疑似患者的留观医院。

医院改医院，似乎并不复杂，但队长李进他们面对的是一座楼空草长的遗弃物——尽管在贫穷破落的弗里敦市区这座由中国人援建的建筑依旧显得别致和气派，但由于前面所发生的埃博拉袭击事件后，这医院已经在当地人心目中变成了“魔鬼城”，除了一个看门的看守外，没有人再敢到此造访。

现在，中国医疗队要将它改建成一座马上能接收埃博拉病毒传染患者的传染病医院，难度再次摆在李进他们面前。

“一天也不能再等了！”高福院士甚至直接批评李进他们行动太慢了。“这里每天大量的患者在等待接治，晚一天对他们来说就是意味死亡！我们没有选择，也不能选择。”“五人”小组会议上，高福院士用铅笔直敲笔记本。“你们是中国军人啊！遇到困难就得往上冲才是……”

李进一言不发。他才不会冲动呢！他是军人，他更清楚越在这个时候，越要保持冷静，冷静了才能对战斗做出正确的指挥，才能实现敌人亡、我军存的“零感染”目标。

“零感染”，你细想想吧！在如此猖獗的疫情暴风眼，几十个队员，又要工作，又要接触患者，又要手把手地带这帮不怎么讲规矩、守纪律的“徒弟”，怎么个保证“零感染”？万一出现了某一战友感染倒下了，永远留在非洲回不了祖国时，你李进怎么办？你真的像离开北京时所说的“陪”着倒下的战友永远“留”在非洲？你也许真的可以做到，可这样你战友的亲人就欣慰了？你李进的家人又该如何办呢？李进啊李进，此时此刻，冷静应对，智慧选择，毫丝不差地决策才是根本！

“现在，首要的是把眼前这座综合医院改建成传染病留观医院的最佳方案确定。方案科学了，规范了，我们下一步的接收留观才可能万无一失。”李进说。

“按照现有医院的实际情况，我们设计的改建方案是这样……”负责实施改建任务的医疗队医疗组组长秦恩强，是302医院感染性疾病诊疗与研究中心副主任兼科室主任，是国内有名的传染病专家。此刻，他拿出一个传染病留观医院“三区两线”的建设方案交给“五人小组”讨论。所谓的“三区两线”，“三区”指的是传染病医院通常划分的污染区、缓冲区（亦称潜在污染区）、清洁区。“两线”则指的是患者通道和医务工作人员通道。原来的中塞友好医院建筑结构是根据综合医院要求所建的。四栋二层小楼，供医疗所用的三栋楼在同一条轴线上排列，中间有一条长长的走廊相连，构成一个“王”字形建筑。显然不符合传染病医院的要求。这也就有了秦恩强现在的“三区两线”方案。

“五人小组”一致同意这个方案。但等拿到塞方讨论时，差点被否决。

“你们既然来帮助我们，就请尽快接收患者吧！这个医院也是你们亲爱的中国朋友帮助我们建的，即使现在，它在我们的首都也还是最好的医院，何必还要那么大的改造工程呢？”医院的塞方院长卡努先生第一个站出来反对，他可是中国医疗队的老朋友，威望很高。“李长官，你能早一日接收患者，我就给你下跪……”卡努甚至这样对李进说。

“卡努先生，我充分理解你的心情，但你知道，我们是留观医院，也就是说，来到这里停留的患者他们中间有可能就是埃博拉病毒携带者。这样危险的传染者如果一旦在留观期间不给他严格的隔离区域和活动范围，他可能就到处乱跑，这就麻烦大了！我们的留观医院不就成了罪恶累累的埃博拉传播中心了吗？美丽的中塞友好医院就可能再一次被彻底摧毁，那个时候，卡努先生，你和我就是最大的罪人。所以我们宁可现在动作大一些，也要严格按照传染病医院的技术要求去改建。”

“OK！既然这样，我听从李长官的安排。”卡努最后同意我方的改建方案。

一家正在当地工作的中资企业随即进场。中塞友好医院的院内，又开始热闹起来，连续七天七夜，灯火通明，叮叮哐哐的声音响个不停。

2014 年 10 月 1 日那天，焕然一新的中塞友好医院大门口，再次飘扬起鲜艳的中塞两国国旗。一阵锣鼓喧天、鞭炮齐鸣之后，在塞拉利昂总统科罗马与中国驻塞大使赵彦博先生的共同见证下，一座埃博拉病毒疑似患者的留观医院正式启用。

当日，塞方卫生部就来电告知中国医疗队：今天有七名疑似患者前来，望留观医院做好接收准备。

国旗刚刚升起，党旗下的宣誓也才落音，“埃博拉死神”已经赶来凑热闹了！

谁先上？我？还是你？

我！

是我！

还有我！

刘丽英、孙娟、秦玉玲、王新华四名中方护士长第一批抢先沿着那条用红色箭头标志的单行线进入病区……这之前，有人曾经提出：中方人士可以不进入病区，护理工作由经过培训的塞方护士就可以承担。但这个意见立即被中国医疗队员们否定了：怎么，我们来是干什么的？是仅仅做老师的吗？不，我们是来拯救非洲兄弟姐妹的生命的。埃博拉越疯狂，我们就越该走在战斗的最前列。否则，有辱使命，有辱我军形象、我国形象！

轮到医生进不进的问题，又有人提出不同看法：我们来的多数是专家，患者的具体治疗可以由塞利医务人员负责，中方医生和专家不用直接进入病区，更不用到患者病房里去。

这样可以避免交叉感染。也不会太多影响治疗效果。

真的这样吗？该如何做才是呢？

目光聚焦到了李进身上。

显然，李进并不想就争执给出答案。行动是最好的，也是最有力的答案。

“队里并不硬性要求谁必需怎么干，但到了第一批患者进来时，我会第一个进入病区……”李进说得平静，又仿佛平地起春雷。

“十一”国庆节这一天，是留观医院接收第一个埃博拉患者的日子。队长李进，既不再给队员作动员，也不向任何人发号指令，只是第一个有条不紊、动作规范地穿戴起一层又一层的防护服，表情严肃而平静，举手投足间透着几分自信与坚毅。之后，队友们看着他健步迈向清洁区最深的顶端处，轻轻地开启那道门，随后，他进入了病区……

“那天我是第一个进入病区的，但后来到底进去了多少人，我都记不清了，反正许多队友都进去了。大家似乎都想证明自己是英雄，都想与真正的埃博拉较量，所以真的都很勇敢！”李进接受采访时这样说。

就没有人害怕？

“说一点不害怕是假。但见了患者，‘害怕’二字就好像扔到了脑后。”医疗组副组长牟劲松在国内时，他是医院重症监护中心副主任，什么样的患者都见过，但见埃博拉患者是第一回。

“尽管事先有种种思想上的准备，可现场却仍然有些意外。”那天，牟劲松是站在埃博拉患者车子进院后离车子后门最近的一个医生。车门打开那一瞬间，他还是被意外的情况犹豫了一下：那患者是个重病号了，躺在救护车里站不起来，必需有人去扶。

去扶吗？扶就意味着有接触。这是规程中所不允许做的。但难道就让患者一直躺在车里不起？显然不行。

也许仅是零点几秒的犹豫与激烈的思想斗争。牟劲松很快向车门前移一步，双手扶起患者，并搀扶他慢慢起身，然后下车，缓步前行……一步，十步，一直到病房。这一路并不远，也就几十步之间。时间也非常短暂，满打满算也就十几秒钟，却把一旁目睹这一情景的队友们吓得个个提心吊胆：牟劲松牟劲松，你这棵挺拔的“劲松”，你这不是看着死神去拥抱嘛啊！你……唉，也许换了谁当时都会像他这么做。

可，可这样的接触意味着什么样的后果呢？谁都不愿去想，但谁都在暗暗地想。

护士长秦玉玲遇到同样一幕：第一车患者到达，开启车门的一瞬间，她的目光与一位孩子的目光碰在了一起——那孩子出奇的瘦，像从娘肚子里生下后就没有吃饱过一顿饭似的，浑身皮包骨，眼睛硕大硕大的，眼神里挂满了恐怖与担忧。秦玉玲马上发现这孩子是与他的母亲一同来的，母子俩显然都患上了病，根本没有一点儿力气似的，摇摇晃晃的站不住。秦玉玲甚至连犹豫的时间都没有，就去搀扶这母子俩，一直将其送进病房安顿好。

“你疯啦！怎么一直搀扶着他们呀！”队友惊恐地责问秦玉玲。

“那怎么办？我不去搀扶，他们进不了病房呀！”秦玉玲没有说错。患者来了进不了病房，还怎么个留观他们呢？

预先设定的所有“万无一失”的规程，此刻像一团泡沫，被突袭的劲风刮得烟消云散。

中国医疗队员们也在此刻真正意识到，与埃博拉的战斗才刚刚开始……

/ 10 /

死亡就在眼前

所有关于埃博拉的危害与恐怖的传闻，对中国医疗队员来说，过去都是从新闻和别人的口中获得的，现在——2014 年“十一”国庆节那天起，他们才真正感受和目睹埃博拉与死亡之间是什么关系了。

死亡，对医生来说，并不陌生，然而埃博拉病毒传染之所以谈“埃”色变，是因为所有的人都知道，一旦感染上它后，几乎没有任何拯救办法，且患者通常因无法抵御和承受强大的病毒攻击而在极短的时间内结束生命。这种恐怖情境，如果不是埃博拉，人们一般只能在恐怖电影中

才能看到。

现在，中国医疗队的男男女女都看到了关于埃博拉是如何致命的可怕一幕。

读者肯定记得前面说过的留观医院第一批接收的七名患者，其中有一对是母子，那个男孩叫卡比亚，七岁，但看上去也就五岁左右，因为卡比亚像所有严重缺少营养的非洲孩子一样，骨瘦如柴，唯有一双大眼睛还能让人估计出他的实际年龄。

卡比亚是个很懂事的孩子，病毒已经折腾得他不能动弹，他也不跟母亲睡在一张床上——后来护士长刘丽英发现，非洲男孩都这样，他们从小就不爱跟母亲挨在一起，习惯像父亲那样，席地而卧，再好的床，对他们来说也是多余的。甚至连非洲的女人都不习惯睡床。

孩子的母亲看上去也就三十来岁，她和儿子前两天就发烧，于是被人送到了这里。

“这孩子很特别，就是因为他有一双‘非洲大眼睛’，所以我们所有的队员都对他印象深刻。”护士长刘丽英回忆说。“从车上下来的第一个眼神，小卡比亚印进了我们的脑海中，他是典型的非洲孩子的那种头重身子轻的形象，眼睛大得出奇。我把他和他母亲扶下车后，他第一眼看包得严严实实像蚕茧似的我时，用了好几秒时间，直到我扶着他往病房走时，一路上他也在用大眼睛盯着我，好像看怪物似的……”

“小卡比亚好可怜！他到我们这儿才两天就没了。”刘丽英很痛苦地告诉我这个孩子的命运。

那应该是 10 月 3 日早晨，在刘丽英上班检查病房时，发现小卡比亚与他母亲住的病房里，母亲躺在床板上，卡比亚则卧在地板上，畏缩着身子，一动不动。但是那双大眼睛却仍然睁着，死死地看着床头的母亲……

“是你的孩子？”刘丽英不忍这悲惨的一幕，问母亲。

有气无力的母亲点点头。

“他……他死了？！”刘丽英在孩子身边驻足观察后，条件反射地惊叫了一声。

埃博拉！埃博拉致死的尸体是必须要立即搬走并彻底消毒！刘丽英是第一个见到埃博拉病毒感染死亡者的，那一刻她的脑子像闪动着的电影胶片，最强烈的反应是：赶紧想法把尸体运走、隔离、焚毁。

“NO！ NO！”突然，床头的母亲用尽最后的力气向刘丽英伸出双手，恳求着。

刘丽英明白了：母亲不想让人把儿子拉走，她还想与儿子多待一些时间。

刘丽英的心一下碎了：这是违反防治埃博拉规程的。但也已做母亲的刘丽英看着床头躺着的卡比亚的母亲，她的心彻底软了……

小卡比亚后来在母亲的病房里整整停留了三天，不仅是母亲的原因，主要是当地根本派不出拉尸队人员来处理尸体。这三天，卡比亚的母亲得到了最后的满足——她和儿子没有分开。但这三天，卡比亚的年轻母亲也走尽了她自己的一生路程。

两天后，卡比亚的母亲也闭上了双眼，随其儿子去安拉那儿寻求保佑。

卡比亚是留观医院第一个去世的患者。他和母亲也是留观医院第一对家庭成员告别这个世界的埃博拉感染者。“尤其是卡比亚，他的那双大眼睛，给大家留下的印象太深刻，他的去世，在我们心头留下的阴影特别深。让我们真切地感受到埃博拉的恐怖一面……”刘丽英说，她回国这么长时间，还经常会在突然间眼前闪出小卡比亚的那双大眼睛。

“每次回忆起小卡比亚的大眼睛时，我总有一种刺心的痛。但即使如此，我宁愿记忆卡比亚，却不愿想起另一位孩子……”作为护士长的刘丽英，她在抗击埃博拉的前线待了几个月，装在她心里的到底有多少个“非洲男孩”的故事，连她自己都说不清。“反正死在我面前的不止一两个。”刘丽英说这话时，猛然低下头，等再抬起时，能看到她的双眸噙满了泪花。

她说的另一个男孩子，“其实连他名字叫什么我都没记住。”刘丽英说。“那孩子是跟他父亲一起送到我们留观中心的。他父亲先死，死得很快。5 天后这个孩子也死了，是死在他父亲同一间病房。

这孩子是夜间死的。我是第二天值班时到病房看到这孩子蜷缩在地板上，像睡着了似的，如果不是嘴角上流着一团血，你不会看出他已经死了。”

“他死得很痛苦，也很孤独。”刘丽英的声音是颤巍的：“每一位埃博拉病毒感染者临死前都十分痛苦，病毒折磨着他们的生命，直到最后一刻……尤其是这些孩子，他们本来就瘦得没有多少力气，最后甚至连反抗的一丝劲都被剥夺了。”

秦恩强是医疗组组长，他眼里所看到的死亡患者比谁都多。

“记忆最深的那一次是我们留观中心开诊的第四天早上。我一进病房，迎面就见地板上一位全身赤裸裸的男患者躺在走廊里。他的身边尽是满地的呕吐物与排泄物……

“埃博拉患者最后的时刻，有个共同点，就是脏，上吐下泻、排泄，七窍出血。”秦恩强说。

让秦恩强感触更深的是，在他与保洁员们刚刚处理好这具尸体后，再走进另一个病房时，里面的患者也早已直挺挺地躺在地上一命呜呼了。紧接着，他来到女患者房间，一幕更加可怕的情景出现在眼前：那女患者一丝不挂地死在床底下……

“估计临死前患者痛苦不堪，一直在挣扎。”即使秦恩强说得轻描淡写，我听后仍然毛骨悚然。

有一个问题让李进他们感到比见埃博拉死者更恐怖的事，那就是尸体不能及时被拉走。

都知道，埃博拉病毒最具感染的源头是那些尸体。天热，尸体易腐烂，腐烂后的尸体是活体内的埃博拉病毒传染力的一百倍。

偏偏，每天都有上百患者死亡的塞拉利昂整个国家都没有几个拉尸队，而尸体处理是防止埃博拉病毒传染扩大的最关键一环。

李进他们的留观中心遇到了比死亡更具摧毁力的难题。

医疗队不可能自己处理尸体。于是李进和我驻塞大使馆每天为请求拉尸队尽快到留观中心来成了一件比接收患者更紧迫的事。小卡比亚的尸体停在病房三天就是因为找不到拉尸队来。第一天没回应，第二天拉尸队来了，却因为接头没接好，拉尸体队的人牛得很，扭头就走了，直到中方医疗队反复催促塞方政府出面调配才在第三天天黑时方把小卡比亚的尸体拉走。

世界上真的没有什么职业贵贱，纯粹因为稀罕与多余的缘故。本没人看得起的拉尸队，在埃博拉疯狂的日子里，他们似乎成了非洲最吃香的职业，得一求三请才会上门服务。

留观医院的建设虽然考虑了传染病医院的特性而建，但毕竟不是彻底的重建，所以中塞友好医院像其他非洲医院一样，它没有停尸房一说。非洲人除了贫穷之外，他们的生活以自然状态居多。生者，光脱脱的来到这个世上，有的男孩女孩，到了十来岁才穿着衣服；死了后他们也是赤条条的被埋在地里见安拉去了，故所有的医院都不设停尸房。如果不是埃博拉的原因，整个塞拉利昂不会有人在乎死者最后的处理程序。不管谁死了，一场声势浩大又热闹的葬礼后，尸体就被拉出去埋在荒地里便算了事。除非像总统、酋长这样有身份的人弄个墓地外，其他人死后获得亲人、友人在尸体上最后一吻、一抱便是离开人世的最后一个“温暖”。

埃博拉的突袭，使得塞拉利昂和西非其他几个国家不得不迅速推出一个新职业——拉（收）尸队。通常由警察和军人组成，也有志愿者参与。塞拉利昂首都有六辆救护车，四辆归国家卫生部埃博拉疫情指挥部调度。这四辆车既要运送患者，又要收尸，所以在中国留观医院开张的那些日子里，正是塞拉利昂全国爆发埃博拉病毒传染最严重的日子，活着的人都顾不过来，死去的人难有拉尸队准时抵达处理。

李进他们的中国医疗队所遇到的困难远非想象的那么简单。接收一个埃博拉疑似者，对医疗队员们来说，就意味着多一个可怕的活生生的“敌人”；在留观中心停一具尸体，则造成的心理恐怖远比接收十个疑似患者还要严重。

“白天，大家好像因为能够相互见得着熟人还不太在意，但一到夜里，夜深人静时，再一想身边不远处躺着一具具埃博拉尸体时，简直噩梦马上会出现在眼前……你说怕不怕？怕死了！”一位女队员这样对我说。她说的是实情，但在工作和战友面前她始终是个忠于职守的医疗队员。

收尸队不来，不仅李进感到紧张和着急，后来连医院塞方院长卡努先生也紧张和着急起来。尤其是患者们，一听说他们旁边的病房里躺着已经死去的病友时，骚动就会开始，整个医院吵吵闹闹，纷纷提出要离开病区。

这还了得！卡努院长和李进急得快要发疯了，电话不停地打到国家卫生部，甚至请求中国驻塞大使馆直接想法恳求总统府下令收尸队马上到留观医院来拉死者遗体。

“再不来不行了呀！麻烦您赵大使了，最好请阁下亲自到总统府走一趟，让他们下命令吧。什么？不太可能？那我们可怎么办呀！已经有四具尸体了……估计明天还会多出几具！”队长李进把嗓门都喊哑了。

医院的情况不可控。在小卡比亚去世的第三天，他的病房里连他一共增加到了四具尸体，这小小的医院、十几平方米的病房内停着那么多尸体，对李进他们的中国医疗队员来说，仿佛就是在身边安放了一个随时可能爆炸的弹药库。

急得团团转的是后勤保障组组长郭桐生，因为处理尸体是他这个组的任务。李进和其他战友着急时会骂人，骂起来一定是对着郭桐生这个后勤保障组长。“你们保障组保哪儿去了？连尸体都搬不走，吃什么干饭的？”

“我……我哪知道他们连个停尸房都没有嘛！”郭桐生感到十分委屈：“没有停尸房也就算了，可谁想到连拉尸体的车子都不配给！要是你们同意，干脆我去把尸体抱走得啦！”

铁汉郭桐生被战友们骂得眼泪汪汪，但仍然不顶用。

“在非洲的日子里，埃博拉病毒患者的死亡其实对我们来说，已习以为常。最可怕的就是他们死后的尸体没人拉走。那真的很可怕。”秦恩强说。

停放得最长的尸体已经在医院停放了四天多！整个医院都在烦恼焦虑和压抑之中……那个下午，似乎全医院的人都在等待拉尸队的到来。

但太阳落下地平线时，拉尸队仍然没有出现。

李进的眼睛都瞪圆了。一向文明儒雅的卡努院长甚至粗俗地骂了句“娘的”。郭桐生则蹲在地上长叹短嘘，像在找地洞钻。

“来了！来了！”突然间，有人大声叫起来。李进一脚踢在郭桐生的屁股上：“快去！别让他们再跑了！”

因为李进已经发现：一辆救护车飞驰地开到医院大门口后，却被大门的门卫拦住。那救护车上的人生气地转身欲走。

“让他们进来！进来！”这是郭桐生的声音，他用英语大声冲门卫说，眼珠子瞪得比铜牛眼还要大而圆，吓得门卫赶紧打开大门让那辆救护车进院内。

郭桐生满脸笑容地将那个收尸队队长一路接到停放着小卡比亚等尸体的病房。突然，收尸队队长朝郭桐生伸出手……

什么意思？

清单呀！死者的清单！收尸队长不耐烦地说。

什么清单？从来没有人告诉我们要这东西嘛！郭桐生一下愣了，反问。

没有死者的清单，我们怎么可以随便将尸体拉走嘛！收尸队长一挥手，示意他的人走。

“NO！”郭桐生一声高喝，又张开双臂，义正词严道：“我们从中国远道而来是为了帮助你们国家抗击埃博拉。现在我们遇到了困难，需要你们来帮助我们，把你们的死者拉走，他们停放在这里已经好几天了。如果再不拉走，就全部要腐烂了！那样对医院、对活着的人是极大的危险！这种情况你们也知道，是绝不允许的。如果你们不把这些尸体拉走，我们无法处理！”

“我以一名中国医疗队队员的名义，恳请你了。”郭桐生说最后这一句时，声音哽咽了。

收尸队长其实也是个友善的人，他只是按规矩办。“中国朋友，这是我的工作程序，有清单才能把尸体拉走。”他以放松的口气强调。

“可我们连清单都没见过呀！”郭桐生耸耸肩。

“就是这个。”收尸队长从口袋里掏出几张纸。

“那现在我就去把死者的名字填上行吗？”郭桐生说。

“OK！”

“好，你们先把尸体抬上车子。我去给你们填单子。”郭桐生拿过单子，飞步地直奔队长李进的办公室。

“都填好了！”不到两分钟的时间，已经满头大汗的郭桐生回到了收尸队队长面前。

“NO，你填的不对。为什么你的单子上的人数比实际尸体少一具？”收尸队长发现了问题。

郭桐生马上解释:“噢，是这样。在第一位患者小卡比亚去世前，医院已经有了一位病逝者，所以我们把这些尸体放在一起。而这具尸体叫什么名字，我们这儿没有登记，不知他的名字。”

“那就不能运走，我们只能按清单拉尸体。”这回收尸队长坚持不肯了。

“几具尸体放在一起好几天了，留一具仍然放着，不等于没有拉走一样嘛！”郭桐生气的双脚都要跳起来了。

“不行就不行！”收尸队长毫不妥协。

这这！郭桐生嘴边“我们是为了你们才……”的话差点又蹦出来，可瞧那队长的神情似乎这样的话已经不起什么作用了，于是干脆咽了回去。

怎么办？怎么办？郭桐生急得大汗淋漓，他知道，如果李进队长和医疗队的战友们知道他还留着一具尸体没拉走的话，今晚说不定他郭桐生就只能跟留下的那具尸体睡在一起了！

对，小费！我出小费，看你还拉不拉？！郭桐生急中生智想到了这一招。

出小费这事还没有碰到过。郭桐生自己做不了主，于是对收尸队长说了声“你等等”，便又飞步跑回到李进队长办公室，请求能不能给小费。李进想了想，说，试试吧。

好。试试去！郭桐生再次飞步跑回来，手拿 20 元美元给收尸队长，说:“你帮个忙吧！”

“NO！ NO！”那个收尸队长推掉郭桐生塞过来的钱，依然坚持不肯拉那一具尸体。

郭桐生彻底瘫了！这些塞拉利昂人！啊——对呀，应该找卡努院长说理去。“对对，我们去找卡努院长！”郭桐生一下来了精神，对那位收尸队长说。卡努在当地德高望重，一听去找卡努院长，收尸队长只好就范。

找到卡努院长后，郭桐生把前后的事如此这般的一说。卡努院长马上跟收尸队长说了一番，并且把20美元交给了对方。

“好吧，我们听卡努院长的。”收尸队长立即变得友好起来。

所有的尸体拉走了。救护车出医院门口的一瞬间，郭桐生的双脚一下软了下来，“扑通”一下坐在了地上。

“好！任务完成得漂亮！”

郭桐生转头见是自己的队长李进。“院长，你今天是头一回笑啊！”李进在302医院是副院长，平时郭桐生哪敢跟领导这么开玩笑。今天他真的见到“菩萨”了。

“你这小子，完成任务好，就该表扬嘛！”李进又一次笑了。

在非洲抗击埃博拉战斗中，每天都可能会遇到想象不到的事。收尸是其中之一的大事，弄不好，就会酿成大祸。李进他们302医院第一批支援塞拉利昂抗击埃博拉医疗队共在塞国两个月，开诊46天，接诊埃博拉疑似患者274人，死亡达86例，倘若这86具尸体不能妥善处置好，带给中国医疗队和整个留观医院及塞拉利昂的将是何等严重的后果啊！

所有细节都与死亡紧连在一起，埃博拉疫区的任何细节，皆是危险之危险的死亡线……

/ 11 /

穿越死亡线

没有人能告诉中国医疗队在哪个环节是不会因为接触埃博拉而可以避免死亡。因此，“零感染”的要求，其实对身处埃博拉病毒传染的风暴眼里的人来说，好比一次登月行动。

非洲人不相信“人定胜天”的话，他们认为天下一切生物包括人在内，与自然是融为一体的，各自都有自己的法则，生与死是上帝定下的法则。所以，当埃博拉病毒袭击他们时，他们的那些死去的亲人和朋友下葬时，活着的人认为，死者是到了去见安拉的时候，似乎与病魔没有多少关系，因此活着的人并不太悲伤，甚至还心存一丝对死者的安慰之感，以十分平静的心境去为死者作最后一程送行。在这过程中，活着的人会用平常的礼仪如亲吻、拥抱的方式向死者告别。这在我们中国人和中国人制定出的传染病防治规则来说，是绝对不可以的行为。钱军、李进他们的中国医疗队进入非洲塞拉利昂后很快就发现了这些引发西非埃博拉病毒传染严重致人死亡的重要原因。但欲想在短期内以我们东方人的方式和传染病防治的职业要求非洲兄弟姐妹们，可不是件容易的事。

世界卫生组织的专家也对非洲人的生活习性和风俗无可奈何。尽管花费了巨大精力去说服和教育那些非洲政府与机构来动员和要求自己的百姓遵守传染病防治的规范，可收效甚微。

10 月 16 日，世界卫生组织全球预警与防范干事纳托尔先生在一份声明中说，埃博拉疫情已经导致西非国家 427 名医护人员感染，

236 人死亡。其中，塞拉利昂的医护人员死者人数居首位。最让中国医疗队感触其深的是，这个国家的几名最著名的埃博拉防治专家都因感染而不治死亡。这样的消息和死亡数值，让所有参与埃博拉防治的医务人员、义工和普通人都很揪心和忧虑。

何况，中国医疗队是举着“零感染”的目标来参与非洲抗击埃博拉战斗的。军人们都清楚，投入一场你死我活的战争和枪林弹雨的战场，你要取胜，又不挂彩、无伤亡，这样的要求何其艰难啊！但中国医疗队明白一件事：党中央和祖国人民完全是出于对自己的医疗队员们的爱护才下达如此命令。

“零感染”，就是一条红线，就是一条铁纪律，就是全体中国医疗队队员的生命线！谁都须遵守，谁都不能逾越！

不管你是否是军人还是普通的职业医生，到了非洲，到了抗击埃博拉的中国医疗队，你就得按党中央的要求执行和行动。

埃博拉病毒传染风暴，是一块死亡地。医务人员与埃博拉感染者之间仅隔一条生死线，这生死线并没有清晰的界限，只有加起来仅为几厘米甚至几毫米的薄薄的防护服和口罩、手套而已。

当然，还有那十几项分类、近百页纸的各种规矩与细则。“再凶狠的病毒，你只要与它保持一定的距离，采取适当的措施，它是不太可能轻易地伤害到我们人类的生命的。”高福院士在飞机上开设的“防治埃博拉”讲堂上的话，时常在李进耳边回荡。因为他相信科学，科学是唯一可以拯救人类生命的保障。与埃博拉的生死决战，必须领先科学的力量。否则“零感染”只能是一句空洞的口号。

随着来到非洲埃博拉主战场的日子越来越长，所见所闻的疫情变化与死亡人数的巨量增加以及死亡人员的分类结果，让李进他们的中国医疗队队员们非常清楚一个基本事实：普通民众的埃博拉感染是因为没有采取必要的人群隔离所致，而医务人员的高死亡率则是因为医护工作人员没有遵守必要的规定而很随意地在交叉传染。结论是：看起来非常烦琐与复杂的“高福式”的中国防治埃博拉措施，是有效阻止埃博拉传染的“高精尖武器”。

开始有人怀疑，尤其是西方国家的那些医疗机构与权威们。谁也没有经历过埃博拉病毒，更不用说治疗它的药物还根本没有研发出来，就连基本的和起码的防治规范还尚在各自国家仓促自行制定之中。

你们中国的“细则”就一定行了？凭什么？有人提出这样的怀疑是直截了当的。当然也是可以理解，没有哪个国家经历过像埃博拉病毒传染更为严重的传染病。

我们有 2003 年“非典”袭击的教训与防治经验。中国人这样回答。想想也是。近一个世纪中还有谁能比中国当时抗击“非典”疫情的实战经验与防治体系完备的吗？

于是，在埃博拉风暴关口上关于如何防治埃博拉的专业的权威的“细则”也就各行其道。结果只能是按生与死的惨痛结果论成功者与失败者。自然，实现了“零感染”的中国医疗队是这场特殊战争的胜利者，于是他们所制定的抗击埃博拉的所有防治“细则”也被捧为“经典”与样本——这是后话。

比较之后才能有优劣之分，生与死就在这一线之间。

塞拉利昂政府最后把中国医疗队专家的话听进去，是他们的几位最重要的卫生部门官员和防治专家的死亡教育了他们。

蒂莫西（Timothy）是塞拉利昂政府专门负责与各国留观中心协调各项事务的协调员。小伙子三十来岁，英俊潇洒，学历又高，是这个贫穷国家里少有的年轻一代专家，且善良勤奋。中国医疗队李进、高福院士他们都很喜欢他。用我们中国人的话说，蒂莫西是个“好干部”，工作积极主动，热心帮助人，不分分内分外。然而蒂莫西出问题也出在“工作不分分内分外”。

为了及时了解和掌握各留观中心的情况，蒂莫西可是深入埃博拉防治一线。每到一个留观中心，总是异常热心地到每个病房一一观察，甚至同病号热心交流、谈心，化解患者的心理问题，有时跟一些想不开的病号一谈就是几十分钟。大家都称蒂莫西是个“好人”。在塞拉利昂，这样有学问、心地善良的官员真的不多，所以蒂莫西人缘特好，谁都喜欢他。可是这样的好人，没多长时间大家就再也见不到他了。当卡努院长把蒂莫西的死讯告诉大家时，人们全都震惊了。

“好人不该死呵！”但在埃博拉的袭击中，像蒂莫西这样的好人死了一个又一个。医护人员中的“好人”几乎在成片成片地倒下，这是西非国家此次受埃博拉袭击中损失最严重的一个方面。

协调员之死，让中国医疗队再次深刻地反省：中国卫生机构和高福院士他们事先制定的那些防治细则和规矩太重要了！重要到关乎每一个患者和治疗患者的所有医务人员的生命，也就是说，从某种意义上讲，“零感染”就靠它！

中国专家和医疗队的这些规矩和细则，西方国家的同行们一开始就不以为然，就连塞拉利昂的卫生官员也不屑一顾，认为“没必要”。他们依然我行我素，结果是协调官感染上了埃博拉病毒而不治身亡。

蒂莫西的死亡对卡努院长等塞方医护人员打击极大。李进、高福等中国专家借此机会进一步向卡努院长等塞方医护人员灌输“中国理念”——蒂莫西的不幸，根本原因出在他工作时太投入而忘了预防埃博拉病毒传染最基本的要素，不能轻易放弃任何细微的要求。

秦恩强是这样对卡努和塞方其他医护人员指出蒂莫西的问题的：蒂莫西先生工作热情，做什么事情动作也敏捷，对同胞异常关爱，这些都是他的优良品质。但工作热情并不是说一定要在病房里一待就是一两个小时，按照我们所提出的科学规程，即使穿戴好防护服，一名医生最多只能在病毒传染区工作一个小时左右，超过两个小时，就是非常危险了；同时，一定要与感染者保持一定的距离，并在严格的隔离防护措施条件下方可进行短暂的交流，拒绝任何形式的直接接触。而蒂莫西经常一进病房，见了患者，竟然仅戴一个口罩、甚至仅戴一层手套就去抚摸对方、安慰患者。这样实在太危险！医护人员在病毒传染区工作，与埃博拉病毒或者说生与死其实只有一条分界线，那就是身上穿戴的防护服。我们中国医疗队根据自己的经验和教训，制定和设计出了从头到脚 11 件防护装备，包括了头上的帽子、口罩、护目镜和防护面屏等，身上是连体防水隔离服、外层防护衣，外加手上两副特制的手套、脚上的鞋套和橡胶防水靴。除此，紧贴身子的还有一套内衣。如此内外防护，严严实实地使我们的医护人员既可正常工作，又处与外界隔绝状态——保命和“零感染”的秘密全在其中。当然还要求加一句：坚持工作时的时间控制和距离控制。

“如果能做到这些，相信任何再强大和猛烈的病毒也不易攻击到我们人类的生命。”高福院士一直持这样的观点。

中国人和中国医疗队从 2003 年“非典”的巨大教训中相信和秉持这一观点。

美国等西方国家的医学专家对此摇头，他们从心底里不认为中国的医学水平和经验比他们先进国家强，自然按此逻辑也不可能制定出“行之有效”的规范来。

西非兄弟国家对中国人的话还是相信的。但他们的民族性格和习惯让他们认为，中国人制定的这些规范和细则太麻烦、太烦琐。“这很不容易做到！”友好的卡努院长也认为他的人无法做到上述如此严密细致的要求，尽管他从来不怀疑中国朋友的诚意和科学态度。但在卡努和他的同胞看来，每周一次的宗教仪式——礼拜，是绝对“天经地义”，神圣不可侵犯的。既然这些都是“神”的旨意，埃博拉期间也不可动摇。他医院的医护人员都是有宗教信仰的人，他们去做礼拜自然不能阻拦。至于在医院公共场所聚会聊天，这也是我们非洲人的生活习惯所决定的，走出家庭，来到公共场所，同事之间相互交流、聊天，本身就是一种人性的基本表现，没有交流，何来感情相融？没有交流，医术上如何相互学习取经和提高？没有交流，何来男女之间成婚结亲、生育后代的可能？卡努院长摆出的理由都是最基本的生活道理，没有一件是违反人的生活常规的。

然而，中国医疗队的专家们则用另一种道理想说服他：“我们同样认为宗教仪式神圣不可侵犯，这是指日常的没有任何外来因素侵袭情况下人们每逢礼拜去教堂，但现在是埃博拉病毒传染期间，各种人混杂在一起，你并不知道做礼拜的人中可能有人早已感染上了埃博拉，这样不是很危险吗？一个教堂里只要有一个人感染上了可怕的埃博拉，其他人则无辜地传染上了，而且因为一次上教堂又把病毒带回了自己的家，传染给了自己的亲人，这样的结果很可怕，会造成几个人、几十个人，甚至更多的人因此死亡。这样的结果上帝也不会原谅的。上帝如果知道有这样的恶果，肯定允许大家暂时不要在埃博拉病毒传染期间随便上教堂，也会允许它的教徒们暂时不要做礼拜了，或者换种形式做礼拜，比如就在自己家里……这样会减少传染源，我们的医生就可以集中力量参与治疗那些已经感染并送到医院的患者。卡努院长，你说我们的建议是否有道理？”

卡努院长沉默片刻后，说：“中国朋友的话无懈可击。”

“那好。如果我们的医生在这段时间里去参加教堂做礼拜会带来某种风险，那么在自己的医院里大家经常聚集在一起聊天，同样会可能造成不设防的相互传染。因为我们很难保证某一个医生或护士在走入病房时不被病毒传染，如果这种情况出现，那这个医生或护士又并没有引起注意而继续同大家聚在一起聊天，搂搂抱抱，跳个舞什么的，这样也是十分危险的，传染同样令人担忧……”

“所以你们还是建议我们的医护人员少在公共场所相互接触聊天？”卡努院长说。

“是这个意思。”李进介绍说：“我们的医疗队员除了工作时有可能三三两两在一起值班、巡视病房外，其余时间各回各的房间，尽量做到能不在一起就不在一起。”

“那不是很不人性，很寂寞嘛！”塞方的护士长艾丽丝有些生气了，说：“我们国家虽然穷，但大家都很友善和活跃，开心的时候，一起跳舞一起唱歌，这是生活中必不可少的浪漫与爱。”

李进和秦恩强笑笑，清楚艾丽丝的话中话，意思是：你们中国人虽然富裕，但你们缺少人性人情，还缺少爱。知道吗，爱是人最需要的，最重要的，其他不可替代！艾丽丝那双美丽的眼睛里这样告诉中国专家们。

轮到秦恩强说了。他用英语友好地回答艾丽丝：“我们中国两千多年前就有一位圣人叫孔子，那时他就提倡人最必须具有的就是仁爱。因此我们中国人一向把仁爱当作自己民族生存最重要的法则。但中国人还有一个在仁爱之上的一句话，叫作‘生命第一’。也就是说，在人类活动中，所有的爱与仁，比起生命来说，都是其次。没有了生命，爱是空洞的。让人的生命保持尊严，让每一个人能够健健康康地活着是最大的爱，比天还要大的爱。有了生命存在，我们才可能感受到爱的温度与质量。我们以为兄弟的非洲朋友、亲爱的非洲兄弟姐妹们的生命才是第一位的，最重要的。我想你们也会赞同这个观点：没有了生命，其爱和自由是空洞的。失去了生命，有谁还能感受到爱与自由呢？埃博拉灾难就是想夺走我们大家的生命，看看那些已经被埃博拉夺去生命的人，他们哪还有享受爱和自由的权利了？没有！我们失去了他们，多么伤心！他们是我们的亲人，是同事，是朋友，我们都不愿他们离开我们。然而他们离开了我们……为什么？因为他们被埃博拉病毒传染了。你说艾丽丝，你愿意看到自己的同事也像蒂莫西这样的英俊可爱的年轻专家一个个离你而去成为鬼魂吗？”

艾丽丝低下了头，很痛苦地摇头，眼泪都流了出来。

是啊，既然我们大家都不愿看到一个又一个蒂莫西无情地离我们而去，那么我们就应该时刻注意在疫情严重传染的时期不能让病毒有可能在我们中间相互交叉着传染的机会。这个机会包括了我们平时同事与同事之间频繁的接触，包括非必要的“聊天”……

“我明白了，秦医生，我会按照中国专家的要求来管理我们的医护人员，让他们暂时的保持距离，为的是在消灭埃博拉之后更多的亲密和幸福地在一起。”艾丽丝那张美丽的脸上绽放出鲜花一般的笑颜，她向中国医生保证：以后尽可能地让自己团队的医护人员减少无谓的聊天和聚集。

秦恩强连连头：“OK！ OK！ OK！”

李进和卡努院长也笑了。他们取得了一致，这极其重要。因为中国医疗队与卡努、艾丽丝他们是在同一个医院，同一个战场，同一条战壕，中国医务人员要想“零感染”，除了自己做好外，必须帮助和要求每天在一起工作的塞方医护人员同样确保“零感染”才行。

然而，李进和中国医疗队后来发现，真要让塞方人员跟中国医疗队一样，实在不太可能。

这在不同国家、不同民族、不同条件和环境下生存的人，欲想统一意志，统一行动何等困难！现在，中国医疗队遇上了“饱汉不知饿汉饥”的情况。

不是希望卡努院长和艾丽丝教育自己的医护人务尽量少聚集在一起吗？但有一个情况卡努院长只能向李进等苦笑地说：“这件事我实在无能为力。”

“什么事？”

“吃饭。”

李进等开始并没有在意，后来发现这件事还真无法解决，甚至不得不妥协。

原来塞方医护人务有一顿午餐是必须坚持要“履行”的，因为这顿午餐是塞拉利昂政府给国家公职医护人员特别的待遇。在这个贫穷的国家，许多人只能一天吃一顿饭，因此医护人员十分在乎在医院的那顿免费午餐，它是国家提供的。为了等候这顿午餐，许多塞方医护人员下班后仍然不走，他们相聚在一起，又说又笑，目的只有一个：等候那并不太丰盛的午餐。这对塞方医护人员来说就是绝对的“国家待遇”，风雨无阻，不可剥夺！

为了防止埃博拉，就可以不让我们等吃这顿午餐？没门！塞方医护人员如果真要听说是中国人让他们这样做的话，肯定会起来集体反对中国医疗队，弄不好联合起来行动，那个时候中国医疗队就很被动了。

这样的尴尬结局是中国医疗队所不愿看到的。

中国医疗队无奈地选择了妥协和退让。仅此这一件事。而这一件事其实敞开的是一条通往埃博拉疯狂袭击的空白地带，也可以说是一个不设防的环节！

这不等于是我们天天要面临的一条“死亡线”嘛！“五人小组”会议上，钱军和高福大声嚷嚷，他们甚至提出“实在不行，找塞国总统来解决”的意见。

“总统如果能管得了这个国家的全国人民的嘴的话，让他们每人都能吃饱饭的话，也不至于埃博拉如此猖獗。”李进说到了点子上。因为是军人，军人在战略战术上比普通专家和科学家讲究与精通。

“死亡线”摆在大家面前，必须突破和逾越它，否则实现不了“零感染”目标。

可到底怎么干，事情则要复杂得多。

在中塞友好医院改建后的留观中心里，中国医疗队员从人数而论，仍然是少数，连检测队员等加起来，不足五六十人。塞方光护士和保洁员加起来就有80多人，加上院长等管理人员，超过百人。中国的五六十人是有秩序的、有规范的、按标准在做事，人家百十来人医护工作人员，则每天陪伴在你们这五六十个中国医疗队员身边，你那些严格的、严密的、严谨的所有制度与细则要求，不就等于零了吗？

这让李进和所有中国医疗队员急坏了！

还是三个字：怎么办？

这应该是在2014年10月中旬的日子，中国医疗队进驻塞拉利昂后的埃博拉留观中心正处任务越来越重的时刻。每天进入的留观埃博拉疑似者人数多达十几人、二十多人！最多时全院仅有的40余张床位全部用上后还有二三十个患者一起挤到了病房……在如此繁重而拥挤的病毒感染区域里工作，被感染的概率比平时高出几倍！

生死考验，到了如此最要命的关头。中国医疗队队员们一边承担着越来越繁重的工作压力，一边还在不停地加重心理负担。

“看到塞方人员经常不按规范、要求工作，随便脱被感染的防护衣、随便走来走去，真是把我们急死了！可又只能干着急，他们又不是我们的人能随便训斥和批评嘛！”李进说。

“后来我们总算先找到了一个具体的措施。”秦恩强说：“除了平日我们与塞方人员分开了生活区外，还在下班时实行了分道而行的措施。让那些可能在值班时被感染的塞方医护人员不与我们的人同行出口……”

秦恩强所说的是：最早在改建留观医院时，设计的“三区两线”，是个大循环。所有值班人员从二层的清洁区进入留观中心内部，经过二层的缓冲区再进入二层和一层的污染区。工作结束后，所有的人员再从一层的污染区离开，走过一层的缓冲区，然后再抵达清洁区。这个循环是没有回头路的，科学而清晰，对病毒传染具有空间上的阻隔。但这样的线路因为塞方医护人员在出污染区时不重视和随意脱衣的习性，影响到中国医疗队员的安全，因此，中国医疗队决定与他们分道而出。

“我们选择了走回头路。就是在下班时，重新多走一段污染区。”秦恩强说。

“这等于说加剧了我们队员在污染区多被感染的机会？”我说。

“从理论上讲和现场实际情况都是这个意思。”秦恩强说。

“那——从另一角度说，是不是我们把少一份感染的机会让给了塞方医护人员？”

“对。他们的线路是我们最早设计的，也是为了我们自己不受感染或少受感染设计出的一条很科学的线路。每天上下班走这样的线路，大家称其为穿越死亡线的过程。而现在，与塞方人员分道而行，实际上我们自己给自己多踩了一次死亡线……”李进道。

呵，不在与埃博拉病毒传染现场的人，是无法想象这么一件小小的事情，或许涉及几个人、几十个人，甚至几百人的生命安危！

“塞方医护人员后来的情况怎么样呢？”我关心这个问题。

“我们那个医院好一些。不管怎么说，我们中国医疗队员的身传言教，多少对塞方医护人员是个榜样。但其他地方的情况就够惨了……”李进长叹一声，说：“就在那段时间，弗里敦的各国留观中心和塞拉利昂本国的医护人员中，就有128人感染上了埃博拉，其中102人死亡。”

天啊，如此规模的医护人员感染和如此高的死亡率！身处风暴中央的中国医疗队想保持“零感染”，不是比登天还难吗？

“可以这么说。难就难在并非我们自己做得好就可控了，人家塞方一些医护人员，还有自认为在传染病防治方面‘老大’的西方国家的医务人员，起初都不太相信我们所制定的规范和细则能从根本上预防和阻止埃博拉病毒传染，所以照常我行我素。结果传染率和死亡率不断攀升，最后连他们都感到恐怖和害怕。这个时候，他们觉得应该向中国医疗队学习了，尤其到我们这儿一看，更加感到我们的那一套确实顶用，符合防治埃博拉病毒传染的科学方法。”高福院士很骄傲地告诉我。

到底中国医疗队在确保自己的队员不在埃博拉风暴眼里的死亡

线上“躺倒”用的是什么“秘密”方法，这是我很想解开的一个谜。

那天在采访李六亿博士时，其实她已经给我讲得很清楚了，但由于当时我没有直感她所说的“穿脱防护衣”关系到医护人员“生死存亡”的要害，所以也就听得心不在焉。现在，再听李进他们讲述在前方经历的这些与埃博拉惊心动魄的生死激战后，才再次想到了李六亿博士为什么那么反复强调“穿戴防护服”的重要性。

“脱，其实要比穿重要得多。”李博士说。“因为穿得的时候，我们的医护人员是在清洁区，这个时候所有的东西都还是处在清洁状态；我们要求进入病房区的人必须两个两个的，故穿防护衣时同事之间可以相互帮助照顾和提醒。但从污染区出来时，防护服已经污染了，这个时候脱掉防护服的过程需要十分甚至万分的小心谨慎。一则不会有人帮助你，二则你已经在里面工作了一两个小时，体力消耗会到了极致状态，一般人会力不从心，脱着脱着可能就支撑不住。那摇摇晃晃时就可能会使自己的身体和皮肤接触到污染物了。还有一点也容易让人放松警惕，就是一般的心理认为，反正出污染区了，下班了，心境一下放松了，干什么事变得随意随性，结果就可能大意失荆州……”

“我们反复向出征的医疗队队员们讲，‘脱比穿更要小心翼翼’就是为了防止上面这些情况。”李博士的话此刻在我耳边久久回荡。

在抗击埃博拉战场上逾越生死线，其实可能就是医疗队员们自己与自己较量的一次次细微的穿脱防护服这样的小动作上，也可能在医疗队员多一分钟、少一分钟在污染区之间的体力消耗之中，或还可能在同患者一次不经意的交流或递送药品之间……一切可能皆存在，一切危险皆在貌似平平常常的过程中。

惊心动魄、心惊肉跳、方寸惊魂……所有惊险的场景在与埃博拉较量中，中国医疗队员几乎天天要经历、要感受。

秦恩强是医疗队的医疗组组长，被战友们誉为与埃博拉决战的尖刀排排长那样的角色。但他也是天天冒着生死未卜的处境，这不——

“第一天从污染区出来，我就差点出事……”他说。

“为什么？”

“虽然制定的细则上讲，我们穿上十几层的防护服后最多只能在里面呆一个半小时，但其实一进病房，一个一个患者查问清楚，再作一定的医疗安排后，发现就差不多两个小时了。天又热，穿十几层密不通气的防护服，早已把整个身子像浸在水里似的，难受不说，体力消耗顶不住呀！”秦恩强板着脸，越说越严肃："开始以为两个来小时从里面出来就可以喘一口气了。哪知道脱衣服过程竟然又用了整整 20 分钟！这 20 分钟可把人整惨了……"

有人告诉我，不止秦恩强一个人在脱衣服过程中差点虚脱晕倒。

“这个时候一旦倒下了，你就非常危险，因为你几乎会百分之百的碰上污染物，也就是说你会极大可能地在此刻感染上埃博拉病毒。”高福院士解释道。

啧啧！这样的险情或许防不胜防。然而，中国医疗队员就是在这种情形下战斗着。

关键这样的危险情形，每个医疗队员都会遇上，而且情形有时出乎意料的料想不及。一个女队员告诉我，她平时做事十分细致，但问题出在自己的身体不适于当时的工作强度。那几天留观中心进进出出的患者特别多，她与战友们进病区的时间被一次次拉长。通过探头在外负责监督的战友一次次提醒在病房内查病的她“已经超时”了。“可我不能因为超了几分钟就不管患者的事。那些患者你并不知道他（她）会在我们查房的现场出现些什么情况。那一天的情况就是这样：我和另一位同事进一个病房后，患者很狂躁，来回在走廊里走动。最后好不容易将他劝回病房，让他配合治疗。他不从，嘴里叽里咕嘟的一直在念叨些什么。后来翻译告诉我们，这个患者担心家里有人也可能传染上了病毒没人送她们到医院，于是他想出去帮助她们。我听明白了患者的意思，就安慰他，说一会儿我们马上会通知有关方面，通知到他家人。如此一折腾，在他病房里就多待了十几分钟。要说平时，我也就仅仅感觉累了些而已。但那些天自己身体正赶上来例假，体力消耗特大。在脱防护服时，就支撑不了啦，同事说我摘脸罩时根本抬不动手，脸都变形了，摇摇晃晃，差点一屁股坐在地上。真要坐下去，可能整个身子都会接触到污染物。那就意味着离埃博拉很近很近了，队里有可能对你采取21天的隔离措施。所以说，我们每天就像双脚踩在生与死的门槛中间。稍有不慎，将酿成大祸！”

“其实每个队员的压力都是巨大。”一位男队员如此说。“老实说，自己牺牲了也就无所谓。可你身后是整个中国医疗队，整个我们302医院，当然还有我们自己的家庭和亲人，以及整个祖国的声誉。想想这些，你就会心理上有无限大的压力。你个人的安危，事实上也连着许多人的命运。这是绝对的。”

身不在其中，自然很难理解中国医疗队队员们在抗击埃博拉的现场是何等的严峻与危急。

第二批援塞医疗队队员孙李健、霍翠花值班时就遇到了类似的险情。俩人一起穿着防护服进入污染区，给每一位患者进行就诊之后，已经疲劳不堪。回到第一缓冲区，俩人按程序相互喷射消毒液之后，开始各自脱下身上的一层层防护服。就在这个时候，霍翠花看见孙李健脸色剧变，整个脸庞憋得通红，呼吸也跟着急促起来，雨点一般的汗珠一下掩住了护目镜……

“孙李健！你怎么啦！”霍翠花尖叫起来。

孙李健已经站立不住了，双腿在剧烈地颤抖。此时，最严重的情况出现了——被汗水湿透的口罩突然贴住了他的口鼻，令他无法正常呼吸。孙李健急坏了，下意识地抬起双手欲扒口罩——而此刻他的双手则戴着已经污染了的手套。如果这个时候，他去扒口罩，十有八九会感染上埃博拉病毒……

千钧一发之际，一旁的霍翠花大声吆喝了一句“孙李健——慢”后，只见她顺势抄起墙角的一瓶赛诺士消毒剂，猛地向孙李健的双手上猛喷过去:“快搓手！快快！”

孙李健顺势搓手，反复几下后，重新使劲扒下已经牢牢贴在口鼻上的口罩，然后瘫靠在墙上大口大口地呼吸着……

“真好！感觉真好……”孙李健一边胸脯像抽风箱似的起伏，一边有气无力地对霍翠花苦笑道:“你、你救了我，否则我恐怕就回不了家啦……”

他这话，一下把女队员惹哭了，惹得霍翠花“呜呜”地痛哭了好长时间。

与埃博拉的战斗就是如此残酷与无情！中国医疗队队员依靠科学规范和坚强意志，千百次地趟过了死亡线，赢得了全世界同行的敬佩与羡慕。因为，一向“牛”气冲天的美国医疗队，他们在西非的同一战场上，屡屡出现了医护人员患上埃博拉的险情，不得不将自己的患者远道运回美利坚。这样的消息全世界人都知道。

中国医疗队依然在“零感染”的警戒线之下。

但这样的警戒线能坚持多久，谁能保证？

没有人敢回答。可李进、钱军、高福，还有赵彦博大使他们这些在一线的指挥员，必须向自己的祖国庄严承诺——

“我们保证！”

为这四个字，他们的代价又是什么呢？

/ 12 /

让倒下的都站立起来

与埃博拉的决战中，对所有参战者都是公平的，死亡和牺牲，胜与败，其实也是均等的。没有绝对的胜者，百分之百的王者只存在于寄予希望的传说之中。在这场战争中，中国医疗队之所以能够“零感染”的完胜，决定于他们能够让所有倒下的人重新站立起来，这本事就是科学，就是实力，就是自信，就是意志和不可思议的考验。

藏着思念的眼泪
写下潮湿的诗句
从腊梅盛开的那个夜晚
吟唱到朝霞的清晨
我的脚步徘徊
却无法记录下对你无言的惦记
我把思念托嘱给鸿雁
捎去父母心里的牵挂
背负祖国的重托
牢记我军的使命
你用真挚的情谊
在异国与埃博拉抗命
你用无私无畏的胸怀

为他乡人民带去健康幸福

光荣属于你

祖国不会忘记

我女儿的——你

这首诗是一位老军人在他女儿出征非洲后写的，可谓情真意切。后来我确认这位老军人不是职业诗人，是他在特殊情形下的真情流露。此诗不错，写出了一位父亲对女儿的牵挂与自豪。

其实，在当时的形势下，尽管中央对中国医疗队下达了“零感染”回国的命令，但谁的心里都清楚：埃博拉让非洲人死了那么多，就那么轻易地放过投身于风暴眼里的中国人？没有人相信每天跟埃博拉打交道的人不感染，非洲国家成批成批的医护人员死亡是最好的证明，美国英国医护人员感染上埃博拉也更加说明这一点。难道埃博拉就唯独“照顾”咱中国人？这是不可能的事。魔鬼才不长眼呢！

“零感染”对中国医疗队来说，实际上仅仅是一项铁的任务和命令的目标。不可避免的死亡与牺牲，其实是所有医疗队员心底早已作好的最后准备，没有一个队员会想到自己是唯一在埃博拉战斗中不中枪的个例。

战场上不死、也不受伤者几乎不存在。

在非洲大地上，死的人不全是非洲人。中国人死的也不少。中国人很多时候死的情形比非洲人还要惨不可睹，因为我们对那片土地陌生和不了解。

牟丹蕾，北京佑安医院感染中心的女专家。个头不高，但绝对是位专家型的女医生，干练，精明，又有女性的那种柔美。采访中知道了她曾有6年的军人经历，第四军大的高材生。

“那天快下班时医务处的人打电话问我去不去非洲参加埃博拉医疗队，说给5分钟时间考虑。”一看牟丹蕾就是个心直口快的人。她回忆说：“我一打听，科里副高以上的人都报了名，我很震动，因为那时大家都在传说埃博拉死亡率如何如何的高，竟然医院有那么多人报名了，我也就报了名。没想到全院挑两个人，我是其中之一。我一想：不用说，一是我的专业放在那里，二是我有军人出身的资历，第三我有过出国经历，这三点肯定跑不了嘛！”

“你傻啊！知道自己的女儿几岁吗？”这是牟丹蕾的丈夫在接到她电话后劈头盖脸向她说的第一句话。第二句话是：“没听说那边已经死了那么多人，而且都是医护人员！你怎么？想让我和你女儿哭一辈子啊？”

丈夫的话让牟丹蕾的眼泪一下涌了出来。“你、你胡说什么？你给我住嘴！”她愤怒了！这时的她多么需要家人的支持啊！

最后丈夫和女儿不得不支持她——“她决定的事谁能拉得回来？”孩子她爸无奈地说。

女儿才5岁，并不知道母亲要离开她有多远的距离，也并不知道母亲离开她后是不是就回不来了。

“孩子似懂非懂，平时我只要在家，她可黏我了，你啥都做不成。但每次只要医院里有急患者把我叫走时，说来也怪，她就再也不黏我。这回她听我报名到非洲去后，竟然整整黏了我一夜，可第二天她就像大人似的，跟她爹帮我收拾东西，小身子忙得直喘气。临离开家时，小东西突然抱住我，小脸贴着我的脸，悄悄对我说：‘妈妈，告诉你一个秘密：刚才我想哭，可没有哭。妈妈去非洲勇敢，我不能哭，要学妈妈勇敢！’我当时听了女儿的话，顿时热泪盈眶。这孩子，她才 5 岁，就懂得来安慰妈妈。你说我还有啥舍不得的？”

牟丹蕾说：“我到的是几内亚，埃博拉疫情的发源地。那里的死亡情况十分严重。我们中国在那边有合作工程项目，所以中国建筑工人不少。我们医疗队的任务一边帮助几内亚国家防治埃博拉，一边对中资企业的同胞服务。那是一个名叫凯乐塔的水电站，名气很大，电站照片还印在几内亚的国币上，号称几内亚的‘三峡工程’。那个水电站工地上人员混杂，除了中资工人外，还有当地非洲人，为这么一个好几千人的施工场所建立预防埃博拉体系，其实很不容易。我们必须深入到一线，现场工作。记得那天刚到几内亚，晚上刚把饭碗端在手里，就来了个中资企业的工人说发烧昏迷了。这时原来在那里工作的一名中方医生就要冲过去，我赶紧叫住他，说必须穿上防护服。那患者后来送到中几友好医院不到两小时就死了……诊断结果不是埃博拉传染，是脑型疟疾。”

牟丹蕾说，在非洲，患病死亡其实是见怪不怪。“因为热带传染病在那里特别严重。尤其是疟疾，死亡率一直非常高。中国人在那边死于这个病的为数不少，而疟疾的症状又与埃博拉非常相似，所以这也给当地抗击埃博拉病毒传染造成不小的麻烦。上面这位中资企业的人突然去世，对我们打击很沉重。可以说是下马威。当时我们也听说，古巴援非医疗队队长下飞机没两天也死了。埃博拉混杂在多种热带传染病中，对我们抗击埃博拉的心理上造成巨大压迫感。”牟丹蕾的神色变得忧郁起来。

“疟疾的特点一般是被蚊子咬了传染居多。可在非洲热带地区，那么落后的条件下，自然环境又脏乱差，蚊子到处乱飞，你能确保它不咬你几口？”牟丹蕾说，她在第一个月里被蚊子咬了无数次，幸运的是没有传染上疟疾。

“真要突然发烧，你有时弄不清楚到底是疟疾还是埃博拉，那种情况就很危险。疟疾本身死亡率就很高。如果再因为搞不清是疟疾还是埃博拉的话，一耽误就危险性更大。如果发烧，又有谁保证那一定是疟疾而不是埃博拉呢？”

“几内亚爆发埃博拉最早，在 2014 年 5 月份，中几友好医院就死了一批当地的专家，后来这个医院关闭了。是中国派去的医疗队（北京友谊医院）帮助恢复重新开张的。我是作为第三批支援几内亚抗击埃博拉的中国医疗队员。由于当时形势复杂，埃博拉已经在几个西非国家流行，情况万分危急，许多热带患者都混在一起，有点像我们北京‘非典’高峰时的混乱，各种发烧患者都归结是‘非典’似的。但我们医疗队必须把各种患者分滤出来，否则就无法准确地对症下药。”牟丹蕾说：“这对医生来说，将混杂在一起的患者准确地分滤出他到底是不是埃博拉感染，其实是一件极其重要的工作，不仅对个体的患者重要，更牵涉患者周围甚至一个医院、一个社区的其他人的安危。有人称与埃博拉决战是与魔鬼厮杀是有道理的。半点马虎不得！”

牟丹蕾遇上了这样的事。

“那天医院收留了一位中国小木匠，发现他疑似埃博拉，大家都很紧张。后来我去就诊，认为他不怎么像，怀疑是疟疾。但当时的形势没有人敢绝对断言木匠不是埃博拉，故把他送到了埃博拉专治医院。结果很快又送了回来，说血验是阴性，一天就出院了。但谁能想到，不到半天，小木匠又发烧、腹痛，浑身还在抽抖。这回谁也不相信他患的是疟疾了，都认为小木匠患埃博拉是板上钉钉子，跑不了啦！老实说，当初看小木匠的那个样子，我的心里也直嘀咕，这家伙真的患上埃博拉啦？可心头又有些不服，便找到他爹，细问小木匠到了那边的埃博拉医院后的整个过程，因为昨天我对小木匠做出的疟疾诊断是有医学依据的。现在情况不一样了：他到了埃博拉医院，说不准在那个地方感染了。小木匠的父亲从头到尾，认认真真帮着回忆他儿子到那边后的每个行动细节。听完后，我心里立即有了数，又对小木匠进行了诊断，并告诉大家：他患的还是疟疾，而不是埃博拉。有人就反问我：你根据什么？他全身都抽上了！是典型的埃博拉症状。我也毫不含糊，一个字一个字地解开大家的疑虑，说：那是他紧张的，并不是真正的病理抽动。经过一番详细的检查和确诊，小木匠患的是恶性疟疾凶险发作，并且建议立即配用治疗急性疟疾药物。过些日子后，小木匠安然无恙。我们医疗队上下也松了一口气……”

牟丹蕾在谈她处理这一患者的体会时，说了这样一句话：临危不惧、自信满满、安然处之，是中国医疗队与埃博拉拼杀之中始终保持的一种精神。这种精神，加之科学的应对方法，是实现“零感染”的关键之关键。

她的话，让我对她印象深刻。

中国医疗队的精神从此铭刻于心。

然而，前方与埃博拉的战斗并非那么简单，你越不想见的事，它越会冲你而来。

在采访中，中国医疗队和国家卫生计生委的官员几次提到在前方曾经有位“重要人物”差点回不了国，而且当时的情形十分严重，302 医院的一些女队员甚至已经忍不住恸哭起来——她们得知此人已经“救不活”了。这人的情况我一直想了解，开始许多人回避，不过最后还是如愿获得了第一手采访材料。

他叫刘文森，在援助塞拉利昂的中国医疗队中是技术权威，可以与高福院士平起平坐，从资历上讲，甚至还超过一些院士。“百度”上一搜索，刘文森先生的身份是军事医学科学院的研究员，著名兽医学家。

“十一”国庆节那天起，中国医疗队主事的留观中心开始成批成批地接收患者。而此时，高福院士高烧被隔离，医疗队里又连续多个队员出现发烧、呕吐、腹泻等病状，技术总负责的刘文森，每天工作量倏然增加，不分日夜的忙得不停。“大家注意休息，休息是保障抵抗力的根本条件。”刘文森嘴上天天朝别人这么嚷嚷和要求，自己则该干什么照常干，歇不下来。

一天傍晚，检测队后勤组组长田成刚见刘文森拖着疲惫的双腿走向宿舍，便赶上去进了刘文森的房间，关切地问他哪儿有啥不舒服的？

“还可以。应该没事。”刘文森强作精神地回了一声，又说：“睡一觉估计能恢复。”

田成刚瞅了瞅刘文森的脸色，还是不太放心道：“我给你找个氧气瓶来，吸点氧恢复得快些。”说完，田成刚就下楼去找氧气瓶。

“不好啦！老刘昏过去了！快来人呀！”田成刚没走多远，就听楼上有人声嘶力竭地大喊起来。

这一声叫喊，让整个医院的人都紧张了起来，尤其是中国医疗队队员们。

“老刘怎么啦？”

“老刘昏死过去啦？”

“他是不是感染上了……”

群情一时有些失控。因为刘文森是队中的技术顶梁柱，假如他出了问题，会给中国医疗队带来什么影响是不言而喻的。

刘文森真的昏死了过去，而且全身剧烈抽搐，呼吸困难，情况极度危急！设想一下：一个著名医学家，在单位无人能及的长跑冠军的山东汉子突然倒下，且大小便失禁，这般突发情景还不把人吓死？

“快把药箱拿来！24个药箱全部拿来！”田成刚心想这回坏大事了！一边往回跑，一边大声向保管员喊道。这时随队医生柏长青、聂为民已及时赶到，李进队长等也赶到，刚刚恢复不久的高福和检测队长钱军等重要人物全都到了。几十分钟后赵彦博大使也满头大汗地赶到了……

刘文森出事，实在关系到太大、太多方面了！中国医疗队所有人扛不住！中国驻塞拉利昂大使馆也扛不住。赵彦博大使立即通知机要人员用机要电话迅速向国内报告，并请示援助。

“氧气！把氧气找来！”柏长青怒发冲冠了，冲着田成刚直嚷嚷。

“人命关天的时候了，你还说没有？给我赶紧找来，

找不到看我怎么对付你和这个破酒店！”田成刚没处发脾气，冲着酒店总经理大骂。骂归骂，找氧气才是最主要的事。

“总算找到了！”当酒店总经理带着几个店员气喘吁吁地抬着氧气瓶到了刘文森房间门口时，关于“氧气问题”暂时停止争执。

柏长青医生事后说：“这氧气太关键了。当时老刘已经昏迷抽搐40来分钟了，如果再耽搁一段时间还没有吸氧，他就失去了最佳的抢救时间……”

吸氧后的刘文森仍然没有缓解，只是维持着生命迹象而已。

“看来老刘不行了！”这一夜，中国医疗队度过了出国后最黑暗

最恐怖的一夜，所有队员都沉浸在巨大的担忧与焦虑之中，好几位队员完全失去了自控能力，情不自禁地痛哭起来。

“怎么啦？老刘还没断气，你们就哭哭啼啼个没完。我问你们：到底你们是希望他倒下了永远站不起来还是想让他站起来？啊？你们回答我！”极少在女队员面前发脾气的队长李进，这一天嗓门像上了油一样冲。

刘文森的病情和对他实施的抢救现场，在稍稍稳定之时，中国医疗队的几位领导则反而变得更为紧张：一则相当多的人怀疑刘文森可能被埃博拉感染，二则在对他抢救过程中，所有的医疗队员们都没有穿戴任何防护装备，这是极端危险之危险的事情，一旦查验出刘文森是埃博拉怎么办？

“刘柳，高福，钱军，李进你们都听着：要不惜一切代价把刘文森同志给我救活过来！否则我拿你们试问！听明白了没有？”这是国内军委总部领导打来的电话。

“是！首长。”

“当务之急，是要弄清楚刘文森是不是感染上了埃博拉，这是最关键！你们那儿没有什么设备，不要紧，我们将调集全国最优秀的专家给你们进行远程会诊……”国务院领导已经第三次跟中国检测队总领队刘柳通话。

是啊，刘文森得的什么病是关键，首先要排除的是不是埃博拉，然后才好下抢救治疗方案。

塞拉利昂与北京的时差约 8 个小时。开始对刘文森昏迷抢救的时间大约在晚上 10 点钟，而这时北京时间是早上 6 点钟。从北京早上 6 点到 10 点左右的几个小时里，北京方面已经为前方刘文森“倒下”的特级军情调集至少让十来个机构和部门在紧张地“动”了起来。国务院、中央军委、国家卫生计生委、外交部、公安部、交通运输部，还有边境检疫部门……一批顶级专家被抽调在一起为刘文森远程诊断，还有的则在调集西非周边国家的中国医务力量，更有的在通过国际组织请求技术支援，当然还有人在作最坏的准备……总之，一切想得到的事都想到了，一切最坏的打算也备齐了。

“怎么样，现在老刘的情况好转些了没有？”应该是北京时间上午上班后的四个来小时之后，国家卫生计生委领导的电话又一次打到了前方的中国医疗队。

“经过一夜抢救，刘文森同志现在终于处于稳定，不再抽搐了……”弗里敦方面报告道。

“好，你们要继续全力观察和治疗他的病，要千方百计确保他的生命安全。”

“是！请领导放心，我们一定要让老刘站起来，好好地活着，健康地回到祖国！”

放下电话后的钱军等人，一个个像穿着防护服值班回来，浑身上下湿淋淋的——这回是紧张出的汗。是啊，刘文森的生命安危，已经牵动着中央领导和军委首长的心，他老刘真要有个好歹，谁能扛得住嘛！问题是，老刘到底患了什么病嘛？埃博拉？要是埃博拉，病至昏迷抽搐，恐难挽救；若不是，又会是哪种病呢？

“老柏，小聂，你们俩说说，到底他是怎么搞的？啥毛病？”李进追问随队医生柏长青和聂为民。

“我们、我们也一下吃不准……到底是脑出血还是脑梗，除非有影像仪器拍个片，现在难以做出诊断。”显然柏长青他们也有些为难。

李进的火气无处可泄。“等于没说嘛！”

“李队长，结果出来了！”钱军大步流星似的走到李进跟前，说:“已经排除埃博拉病毒感染了，化验呈阴性……”

“老天爷！”李进长长地喘了一口气。在场的所有中

国医疗队员们都重重地松了一口气。

“呜呜……”又有几个女队员哭了起来。

“娘儿们，你们能不能坚强些啊？”医疗队的几位爷们真生气了，挥动着拳头，在半空摇晃着，吓得那几个哭哭啼啼的女队员抱头就逃。

但刘文森的病情极其复杂而多变，尤其是没有常规的医疗设备与药物，虽然排除了埃博拉，却并没有解除生命危险。那些日子，中国医疗队员们的脸上看不见笑容，相互间说话好像谁欠了谁账似的。

儿子：爸爸的生命要献给西非了！你跟妈妈要坚强地活下去，照顾好妈妈。奶奶、姥姥、姥爷都爱你，你要多听他们的话，多孝敬他们。

儿子，爸爸深深的爱着你，永远地爱你们……

关键是刘文森本人对自己的病情也不怀希望了，不时让陪护的战友给他记遗嘱。

万晖，我的爱妻！感谢你这么多年来的陪伴。请只记住我的好吧。很抱歉我不能陪伴你了……

如此悲切的遗言，令大家怎不潸然泪下？

一边，是埃博拉的疫情越演越烈；一边，是我军、我国的医学大专家处在生命垂危的边缘，中国医疗队面临的考验前所未有。“那些日子，我们双重压力，确实很艰难。但必须挺过来！”钱军说：“从老刘生病到整个治疗过程，我们真的深深感受到祖国的伟大，党和人民军队的温暖。我也算见过不少大世面的，但像为了治疗老刘的病，从中央到军委，从军队到地方，甚至整个外交战线，那真是下了全力，想得到的每一个细小的事都有人想到了……少有！”

在各方的努力下，尤其是前方柏长青几个现场医生在国内专家们的指导下，运用正确的诊治方案，果断的对症下药和及时抢救性治疗，刘文森在极其缓慢中获得了新生。

“老刘来吃饭啦！”那一天，当刘文森迈着稳健的步子出现在中国医疗队的食堂时，全体队友们情不自禁地欢呼起来。

你说妖不妖，就在大伙儿轮番涌过来跟刘文森拥抱时，旁边的几名女队员竟然又“呜呜”地大哭起来。

“又怎么啦？”男队员们跺脚了。

“嘻嘻，这回我们是高兴的！”女队友破涕而笑。

/ 13 /

夺命埃博拉魔口

死亡，对死亡者或许只有麻木的恐惧；死亡，对无法挽救死亡的旁观者或许是一种真切的恐惧；但死亡，对以拯救生命为己任的医务工作者而言，却是一种力不从心的无尽痛苦。

中国医疗队在非洲援助抗击埃博拉的日子里，每天在经历大批从他们眼前走过的死亡者，那种内心的痛苦和无奈自然不言而喻。尤其是那些他们熟悉和尊敬的人一个个离你而去时，除了眼泪之外，就是揪心的疼，无边无沿的揪心之痛，会在许多日子里感觉心是憋的，像泰山压着喘不过气一样难受……

对于乔治院长的死，中国医疗队队员们就是这般心情。

卡努是中塞友好医院的塞方院长，他有一位好友是省立医院院长，那就是乔治先生。卡努和乔治俩人都是塞拉利昂数一数二的著名医学专家，德高望重。

2014 年 10 月底的一天，卡努院长领着他的好友乔治先生来到了留观中心。中国医疗队非常重视，派出柏长青等“看家医生”给乔治先生治疗。化验和诊断结果出来，乔治先生不幸感染上了埃博拉病毒，发烧、呕吐等特征不断向他袭来。但乔治先生是位十分高贵的医生，他不想在他人面前表现出自己的脆弱，即使在生命的最后时刻。当中国医生出现在他面前时，尽管极度虚弱的他，仍然坚持站起身与中国医生对话，无论怎么劝，他都强颜坚持。

根据刘柳、高福的批准，柏长青他们给乔治先生用上了中国医疗队自备的药物，而且明显起到了作用。但两天后，乔治先生坚持要到无国界医生主导的埃博拉治疗中心去输液治疗，不曾想到病情急转直下，两天后死亡。

当卡努悲切地向大家转达这一消息时，中国医疗队再一次沉浸在悲痛之中。从埃博拉魔口中夺回每一条生命，似乎在那一刻成了中国医疗队每一位队员的强烈夙愿。

“高院士，你这专门研究病毒细胞的大专家，你说说到底埃博拉真的就没得救了？”

“柏大夫，我们就这样眼睁睁地让非洲兄弟姐妹们在我们眼皮底下一个个死亡？”

“想想办法吧！求求诸位大专家们……赶快拿点救命的办法呀！”

多少个同样的问题，多少遍被医疗队员们追着高福院士，追着柏长青医生，追着李进队长逼问。

高福院士摇头。

柏长青医生叹气。

李进队长握拳闭目。

太可恨了埃博拉！所有的仇恨唯有归结到一个共同的敌人——不，它是魔鬼，彻头彻尾的恶魔！

但，面对埃博拉，中国医疗队事实上绝非尽是叹息与无奈，很快在“实战、实毒”面前，他们找到了突破死亡线的办法。就拿对乔治先生的治疗看，如果能够按照中国医疗队所下的药物和治疗方案，他的病情不仅得到了缓解，而且完全可能获得彻底康复，更不会被病魔夺命。

这样的例子还有：

10月10日，医院内的3名塞方雇员确诊为埃博拉后，被送到无国界医生主导的埃博拉治疗中心后不治身亡。几天后，又有一名塞方工作人员出现高烧、乏力、呕吐等埃博拉病症，经化验，确诊为埃博拉感染。卡努院长求上门，希望中国医疗队救救他的部下。刘柳和高福等几位领导研究后，指示柏长青医生用上医疗队从国内带来的备用药，并且建议一定要在这位患者被送往无国界医生主导的治疗中心之前用此药品。柏长青还给这位患者又带上了一些药品。三天之后，这位患者平安地从埃博拉治疗中心回到卡努院长身边，激动得泪流满面地告诉他："我没事了！"

显然，中国医疗队不仅有"特效药"，而且还有特别治疗埃博拉的方法啊！许多塞拉利昂人这样认为。

这一份赞扬，倒也让中国医疗队对自己增强了自信，因为那是真真切切的有人从埃博拉的魔口中夺路而生，靠的就是中国医生给予的药物和治疗方法。

柏长青是第一个拯救了一位埃博拉患者生命的医生。

那是位黑人妇女，名叫 Adiahupujch，为了感谢中国医生给予的重生，这位妇女特意穿着民族盛装，送给她的救命恩人柏长青一尊雕刻精美的乌木小象。这小象象征中塞两国人民友谊长存。

有一件事值得留意：在埃博拉疯狂流行时，到底世界上有没有一种被公认的有效药呢？权威人士和权威新闻对此都是否定的。那么中国到底带的什么药品在有限的范围内让一些确诊为埃博拉患者获得了新的生命呢？

我搜索了当时的新闻，发现2014年10月的新闻中就有一条这样的消息：中国研发一种抗埃博拉病毒药物，叫"JK-05"，研制单位是中国军事医学科学院，即刘文森所在单位。

一年后的2015年10月11日，《中国日报》又有一条重要新闻证明了上述这种针对埃博拉的药物不仅存在，而且获得了世界医学界的公认，因为这则新闻这样说：

当地时间10日上午，由解放军军事医学科学院生物工程研究所陈薇研究员带领团队自主研制的重组埃博拉疫苗，在相继获得塞拉利昂伦理与科学评价委员会伦理许可、药学理事临床许可后，正式启动了在塞拉利昂二期临床试验。这是中国研制的疫苗首次在国外获得临床许可，开创了我国科技人员走出国门，在境外进行疫苗临床研究“零”的突破……

再顺着这一消息往深搜索，我发现：中国科技人员研制的这一治疗埃博拉病毒的药物，其实早在10年前就开始进行研制了，那时是针对“非典”疫情而启动的工程。之后，因为埃博拉病毒在非洲越来越冒尖，该工程成了“863”计划的重组工程，并被几位军事医科院的年轻专家们作为主攻方向，且获得突破。2014年春，西非地区埃博拉爆发，正巧我国科学家已经对这款药物的研制进入突破性阶段。但由于我国没有埃博拉原病毒疫苗——国际规定病毒疫苗是不允许进口的，所以我国科学家的研制成果只能作为“内部药物”限范围的试验性使用。

当中国医疗队受命紧急出国赴西非时，这味“救命药”就这样被“特批”而随中国医疗队到了埃博拉疫区。

紧急时刻，只能经总领队刘柳和副总领队高福院士批准后方可使用此药。这也就有了上面乔治院长等患者能用上此药的机会与过程。

“救命药”尚不被公认时，是绝对不能随便使用，更不允许对患者进行临床使用。中国医疗队的责任是配合当地，做好留观中心的患者接收与治疗。所以，拯救每一位身处埃博拉瘟魔之口的患者，或让他们在临别这个世界时有一份人的尊严，便是中国医疗队队员的责任与义务。

这，谈何容易！

当那些埃博拉病毒感染者和疑似患者被送进中国医疗队工作的医院后，他们或绝望地等待最后的死亡判决，或歇斯底里地做出各种各样常人无法理喻的事……面对死亡谁都害怕与恐惧，无助的穷人或许只能期待告别世界时的那一瞬不要太折磨人，有钱和有地位的人或许千方百计在寻找一切生的可能和死亡时的几分体面。然而在中国医疗队员眼里，所有埃博拉患者的命运几乎毫不例外——他们在告别世界时都是痛不可睹，少有尊严。

50% ～ 80 % 以上死亡率！这就是埃博拉！这也是让中国医疗队员们每天所要面对的痛苦与无奈，也正是这般碎心裂肺的痛与伸手勾不上一个个活脱脱生命离你而去的无奈，让大家齐心团结，想尽可能，有一丝希望，使百分努力去拯救每一个可以从埃博拉魔口中夺回的生命。

在整个抗击埃博拉的战斗中，没有比以下这样的场景更令人兴奋与激动人心。

场景一：刘冰妈妈与小卡拉萨儿子的难分难舍

这一天，联合国儿童基金会的官员驾车来到留观中心，说要带走

11 个月大的婴儿小卡拉萨。中国妈妈刘冰哭了，哭得两眼红

红，抱着小卡拉萨就是不肯放手。仿佛知道要与“中国妈妈”离别的小卡拉萨，顿时哇哇直哭。

一对异国“母子”紧紧地搂在一起，这一幕让所有在场的人禁不住热泪盈眶。

小卡拉萨其实已经是个孤儿了，十几天前他和自己的母亲一起被人送进留观中心，三天后母亲就被埃博拉病魔夺走了生命。11个月大的婴儿长着一双乌黑的大眼睛，似乎对发生的事一无所知，当护士阿姨把他从母亲的病房里抱到另一间房子时，小卡拉萨摇晃着小脑袋还在好奇地看着四周……这一切却被一位中国医疗队的女队员刘冰看到了。小卡拉萨天真无邪的目光深深地刺痛了刘冰那颗善良的心：孩子可怜，不能没有妈妈照顾。

于是从那天起，刘冰向领导提出，要求增加班次，为的是能够进病区照顾小卡拉萨。“孩子也是一条生命。他没有了母亲，但不能再让可怜的孩子没有这个世界呀！”刘冰的话打动了队领导，例外地批准刘冰当小卡拉萨的“临时妈妈”。“孩子已经成孤儿了，我们得想法通过有关机构帮助他活下去。”中国医疗队领导为小卡拉萨设计了更长远的道路。

刘冰可没有把自己当做小卡拉萨的“临时妈妈”。妈妈就是妈妈，妈妈对孩子的每一份细微之爱、用心之情，刘冰倾尽全力：教小卡拉萨呀呀学语；学小乌龟走路；逗小家伙开怀大笑，甚至用中文像模像样地讲故事给他听……小卡拉萨那神情似乎也能听得懂“中国妈妈”娓娓道来的“唐老鸭”的故事。

真是一对好母子！塞方医护人员都这么夸刘冰和小卡拉萨。

现在，小卡拉萨在中国叔叔们的帮助下，获得了联合国儿童组织的帮助，将被送到有吃有穿又能在以后接受良好教育的机构去了。

刘冰“妈妈”听到这个消息，既为小卡拉萨高兴，又十分不舍，于是也就有了开头那动人的离别场景。

场景二：冠军回来当义工

这个故事发生在中国援助利比里亚的另一个医疗队的留观中心。

那一天，解放军总医院的周飞虎和成都军区的李福祥医生等刚刚从病房完成巡诊，脱下防护服，回到清洁区时，突然一位30多岁的利比里亚女性蹦蹦跳跳地站在他们面前……

“哎呀，是大冠军回来了啦！”周飞虎他们说的大冠军，是利比里亚乒乓球冠军克里斯汀（Celestine King）。这位13岁就拿了全国乒乓球冠军的运动员，前些日子同样不幸感染上了埃博拉。开始一直拒绝治疗，最后还是在中国心理医生的帮助下走出阴影，积极配合治疗，终究从死亡线上走了出来。

出院的她又回来干吗？

“是身体还有什么问题？”李福祥医生忙问克里斯汀。“不，我的身体好好的！”活泼的克里斯汀调皮地在中国医生面前做了一个拳击动作，然后自个儿先“哈哈”大笑起来。“告诉你们，我是回来想在你们这儿当义工的！”

啊，大冠军要回来到留观中心当义工！这消息像长了翅膀，很快传遍了整个留观医院里里外外。

克里斯汀的行动，让中国医疗队队员们十分感动和感慨，因为她是中国第二批援助这个国家抗击埃博拉医疗队治愈的6名埃博拉病毒感染患者之一。

“谢谢克里斯汀，谢谢你能在疫情最严峻的时刻来帮助我们工作。”周飞虎代表中国医疗队庄重地接收这位利比里亚乒乓球冠军为留观中心的一名正式义工。

“错了，亲爱的中国医生，是我要谢谢你们！是你们给了我第二次生命，所以我要用自己的第二次生命来跟你们并肩战斗，去拯救更多的同胞们的生命。”克里斯汀动情地向中国医生袒露了她的心愿。

原来如此。

在利比里亚全国爆发埃博拉病毒感染最严重的日子里，中国医疗队却在收治患者过程中频传捷报：他们连续把一个又一个的患者生命从埃博拉口中救出并复生。克里斯汀一进留观中心，就听人说在她入院之前就有一位体重 200 斤的患者 Mulubah 先生不仅感染上了埃博拉，而且还有严重的糖尿病、高血压。为了拯救这位“巨男”患者的生命，医疗队的杨丽医生、护士长冯建琼、王永华三人争先恐后、无微不至为这名患者服务。 Mulubah 先生出院那天，跪在地上，张开双臂，面对苍天，连喊了三声：“China, Good!”“China, Good!”“China, Good!”

“China is the best.”（中国是最棒的）克里斯汀在留观中心工作了很长一段时间，总是逢人就讲这句话。尤其她在患者中经常用自己的亲身经历给大家讲，我们的国家会在中国这样的好朋友帮助下，未来一定会渐渐好起来，大家要增强信心，争取早日健康出院。

在克里斯汀和中国医疗队员的共同努力下，一个又一个埃博拉患者重新从病榻上直起了身子，欢笑地走出了病房。克里斯汀是利比里亚的名人，她的行动又鼓励了许多年轻人主动走进了埃博拉治疗中心和留观医院当义工，为那些处在死亡线上的同胞送去温暖与帮助……

场景三：穆苏老太的盛大“生日”典礼

穆苏是一位塞拉利昂老人，2014 年夏的她年至八旬。可穆苏老太太不曾想到吃野果一辈子的她竟然这回“吃”出了毛病——她被诊断是埃博拉病毒感染者。到留观中心那天，穆苏老太渐处昏迷状态，之后又因年高体弱，病情不断恶化，生命垂危。中国医疗队迅速根据穆苏老太的情况制订出一套适合她年龄段的医治方案，相继实施了输液、抗感染、营养支持和常规生化检查，并接连进行体温、血压、脉搏等生命特征检测。队员们以伺候母亲一般的认真细致精神，连续三天三夜，使穆苏老太苏醒和获得体能恢复。之后又进行强化抗感药物治疗与食疗等有效配合，特别是几位女队员对穆苏老太的身体外伤内疾进行精心护理按摩，至第七天，老人一天比一天健康，第八天对她进行埃博拉病毒检测结果，属阴性。

“Auntie; granny; ok!”（老妈妈好啦！）李晓、方凤等几位数天来日夜轮流陪护老人的护士们，听说穆苏老太脱离埃博拉危险的喜讯后，就像为自己的母亲过生日一样，特意为即将病愈出院的穆苏老太亲自准备了一桌好饭菜，又专门从驻地采摘了许多鲜花，编成美丽的花环，挂在老人脖子上。

“Happy birthday to you! Happy birthday to you……”

（祝你生日快乐）穆苏老太入院的第十天，中国医疗队特意为出院的她举行了一个盛大的生日典礼。当中方医务人员和塞方医护工作者用中、英两种语言为老人同声唱起“祝你生日快乐”歌时，八十岁的穆苏老太流泪了，她那颤抖的嘴唇连声道：

“Chinese good!”“Chinese good!”（中国人好！中国人好！）

“中国人好，中国人在援助我们抗击埃博拉的行动中，表现好！”如此的话，不仅出于穆苏老太这样重新从埃博拉的死亡线上回到正常生活中间的患者之口，塞拉利昂总统科罗马也这样说，几内亚总统孔戴和利比里亚总统瑟利夫也是这么说的。

场景四：复活的“熊猫宝贝”

在埃博拉疯狂袭击西非国家时，联合国儿童基金会发布了一份报告指出：在疫情严重的几内亚、塞拉利昂和利比里亚三个国家，至少有900多万儿童目睹了埃博拉造成的死亡和苦难，他们稚嫩的心灵难以理解这些痛苦的现实，而在这场史无前例的与疫情抗击的战斗中，保护这些儿童对这些国家的未来具有至关重要的意义。

一批批中国医疗队进入西非之后，他们在帮助这些国家拯救一个个生命之时，挽救幼小的儿童生命常常表现得更加人性、母性和爱心。

女孩富拉尼是被中国医疗队从死亡线上拯救过来并获得特别关爱的儿童之一。

2015年1月底，11岁的富拉尼被确诊感染上了埃博拉病毒，被送到中塞友好医院改建的留观中心治疗。孩子第一天进入病房时那弱不禁风的病态，就印在第三批中国医疗队女队员储芳眼里。入夜，同为母亲的储芳辗转难眠。小富拉尼独自住院，身边连一个亲人都没有，多么可怜啊！尤其是储芳打听到富拉尼的好几位亲人都因患上埃博拉而去世时，她的心彻底碎了，一股爱惜之情油然而生：必须让这孩子活下来，幸福健康地活下来！

储芳不知哪来的这份力量。从此，她与队里的其他医生一起，精心为富拉尼制订治疗方案，一天一天地瞅着富拉尼一点一点地从死亡线上挣脱出来。

“富拉尼有救了！孩子有救了！”当富拉尼的再次化验呈阴性

时，储芳泪水横流，不停地将这一喜讯告诉所有见到的人。

但这仅仅是第一步，要想让富拉尼彻底康复，还需要精心照顾和治疗。储芳主动向队里提出申请，做富拉尼的“贴心妈妈”医生。

那天，储芳临进病房前，专门在自己的房间里翻箱倒柜了半天，结果找到了一只熊猫布娃娃。那只“熊猫”眼睛可爱而又纯洁，跟富拉尼的眼睛极其相似。

“你看，像你吗？”当储芳把“熊猫”放到富拉尼面前时，女孩兴奋得直跳，然后把自己的头轻轻地依偎在“熊猫”身上……眼前的这一幕，让储芳无比陶醉。

从此，富拉尼整天抱着“熊猫”度过她每一天幸福快乐的日子，也因为她积极配合，加之储芳等 13 位“中国妈妈”时不时轮流到她病房帮助她、照顾她，给她买吃的，送玩具，逗她玩，富拉尼的身体也随之越来越健康，直到彻底康复。

富拉尼也因为终日不离“熊猫”，于是储芳亲昵地叫她“熊猫宝贝”。

“喜欢妈妈叫你‘熊猫宝贝’吗？”当储芳询问富拉尼时，孩子无比开心地点头。

“熊猫宝贝”由此叫开。

又过一些日子后，“熊猫宝贝”要出院了，这让“妈妈”的储芳又喜悦又难过，康复的富拉尼和将要离别的“熊猫宝贝”，都让储芳难舍难分……

“中国妈妈，我爱你！”当富拉尼将要离开医院前，她突然上前紧紧地扑到储芳的怀里，用生硬中文说着这句话时，储芳早已泪流满面。

这一景，让在场的人都感动了。

在西非抗击埃博拉的日子里，这样的场景在中国医疗队驻地，几乎天天能见到。

在国家召开的援助非洲抗击埃博拉表彰大会上，302 医院的同志介绍了这样一个数字：他们所在医院派出的三批医疗队，共收治 773 名患者，确诊 285 例，将埃博拉死亡率从 70 % 降到 48 %。这数字也许对一般人来说，仅仅是多与少的概念，然而在当时西非埃博拉病毒疯狂袭击、每天几百几千人被送进医院的那些日子，死亡率就是多少人的命啊！那是无法把一个个活生生的命救回来的残酷现实，能把高于 70 % 甚至 80 %、90% 的死亡率降下来将意味着什么呢？就是有成千成万人的生命获得新生！逃出了埃博拉魔口啊！

而中国医疗队将这样的死亡率降低 48 % 是多么了不起的奇迹和贡献！

写至此，我想起了一句话：一个人的生命既属于他自己，但又不全然属于他自己。当一个人的生命被其他人所关注并再次获得新生时，他对生命的理解和意义就很不一样。相信这样的生命越多，人类将获得的爱与温暖也会更多。

难道不是这样吗？

/ 14 /

留在非洲乡村的“中国理念”

到过非洲的人，总有一个特别深的印象，那就是越穷的地方，对中国越友好，而且在那些地方的“中国元素”似乎也特别的多。这是什么原因？这是因为新中国成立后的中国政府特别重视帮助“穷兄弟”的非洲人民的结果。

到过非洲的人，还会有一个特别深的印象，那就是非洲人民知道“毛主席”的人特别的多。甚至许多非洲人今天仍然能用中文喊出“毛主席”这三个字来。

“毛主席是中国人民的大救星，是我们非洲人的大恩人，他为我们修了很多桥，很多学校，很多路，还派出了很多医生……他是世界上最好的领袖。”

在非洲不同国家，我听过不同的政要人物，不管是现政权的，还是反对派的，他们在这一点上是共同的。

了解过去的中非关系，就会明白这一点其实是自然而然形成的。

毛泽东的伟大和他的一生情感意识里，从来都把“人民”、把“广大的人民”放在第一位，当他将自己的“广大的人民”领到推翻三座大山之后的新中国成立后，他听说远方的非洲的“广大的人民”仍然过着奴隶般生活时，异常动情地要求自己的同样仍处贫穷的政府与国家，全力支援非洲人民。他输出了两个理念至今仍然在非洲大地上特别受欢迎，一是游击战争为主要形式的夺取政权的思想，二是人民战争。这两个理念在非洲人看来，就像是专门为他们的革命与建设所设计与制定的理论学说。

如果毛泽东还活着的话，他一定认为非洲今天惨受埃博拉侵袭伤命，就是因为缺少了“人民战争”的思想深入人心。

“这是对的。从埃博拉爆发到后来的整个抗击病毒传染的全过程，缺少的和最后管控了这场疫情的，恰恰都是人民战争的正反作用。”说这话的是国家卫生计生委卫生应急办公室主任许树强先生。许主任接着跟我说：“埃博拉出血热是一种突发急性传染病，要把它控制住就要靠管理传染源、切断传播途径、保护易感人群，就要靠联防联控、群防群控。这也就是你说的人民战争”。

我与这位在非洲埃博拉疫情最严峻时刻调任的国家公共卫生工作紧急状态下的核心指挥部门负责人一见如故，他激情、热心、坦诚和专业的性格给我留下深刻印象。之前他是北京中日友好医院院长。

“2014 年 9 月 21 日下午，国家卫生计生委领导召开了应急办主任调整的会议。当时，我们还在西直门的办公楼里……”采访许树强是在友谊宾馆的一间国家卫生计生委卫生应急办公室的临时办公室。“原来那个地方现在正在装修。”许主任向我解释道。

“喏，这把沙发一直陪着我到现在。我对它可有感情呢！”许树强的一双眼睛总是流露着特别的光芒，他告诉我“调任”的经过：“那天，我参加完应急班主任调整会后，就跟着前任主任到应急办同志们的办公室认了认门。之后，就来到给我安排的办公室。我的前任说，调你来当这应急办主任，你是很有影响的一线医院院长，又是参加和组织过‘非典’疫情的处理，有经验，又有资格，专业水平也强。因为埃博拉的疫情越来越严重，我们国家各个口都动员起来了，任务也特别繁重复杂。前任主任拍拍我的肩膀说：‘树强，你就好好干吧’。

“当天我就与前任一起，一干就到了晚上快 11 点钟。”许树强跟我说。“看着应急办的每一个屋子的同志都在忙碌，尽管不少事儿我还插不上手，但我真不忍心先走了。忽然想到，忘了司机还在等我，就赶快给司机打电话，叫他赶快先回去。司机说：没想到，这国家机关的活儿比当院长还辛苦。我对司机说我也没想到啊。然而，这一加班加点的工作一干就是一年多。”而这个沙发就成了许树强晚上加班休息的床。难怪他对这个沙发有那么深的感情。

后来我知道，许树强曾是全国青联常委，因在“非典”期间立过大功，荣获“中国青年五四奖章”，还受到时任中共中央总书记胡锦涛同志的亲切接见。

而采访这位中国公共卫生应急指挥中心的高级指挥官后，我才知道了他为什么对“人民战争”这个中国概念那么赞赏与理解深刻，是因为中国国情和多次公共卫生方面出现的事件，使我国有了这方面的血的教训与成功经验。

“‘非典’疫情能够在后期迅速得到遏制，就是我们在公共卫生战线运用了人民战争的思想所取得的成功范例。”许树强介绍，在埃博拉疫情爆发之初，以习近平同志为核心的党中央和中国政府就及时采取了有效措施，启动了由国家卫生计生委牵头、22 个部门组成的联防联控工作机制，全面严格落实各项疫情应对措施，取得了国内防控工作“严防控、零输入”的胜利。

习近平总书记和李克强总理都是第一时间就埃博拉疫情应对做出重要批示，国务院副总理、疫情防控的总指挥刘延东先后 6 次主持专题会议，部署 960 万平方公里国土面积上的防控埃博拉病毒侵袭的狙击战。

“当时疫情对我们国家威胁极大，你知道，我们南方像广州、义乌等开放城市，每天进出的非洲人多达十来万人，如果有埃博拉感染者入境，管控不好又会让我们吃一次比当年‘非典’还要厉害的疫情苦头，这还了得！而且当时我们国家还有好几个重要的国际性会议与活动，比如北京的 APEC，天津的达沃斯论坛，南京的青年奥运会，还有广州交易会，都是国家元首级领导出席和几万外宾来来去去走动，如果埃博拉传染到我国境内，你去设想吧！要多窘相就有多窘相！”

“这个时候国家把这么重要的一个岗位搞了个临阵换将，大概是非阁下莫属了！”我戏言。

“噢——可不是，可不是！”许树强立即满脸红晕，“调我来到这个岗位，是卫生计生委党组对我的信任，也是因为前任还有重要的事去做。

瞧他这么谦虚又诚恳，这样的同志当官执政我们才放心哟！

在回答我“为什么中国这一次对埃博拉疫情管控得这么好”时，许树强脱口而出，就是您刚才说的四个字“人民战争”。

“毛主席的人民战争的战略战术思想，其威力和作用就是大。”许树强感慨道。他进而介绍，当西非埃博拉疫情爆发后，我国政府立即确立了“高度重视、密切关注、防控为主、内外结合、科学应对”的工作原则，卫生计生委各部门迅速进入全天候 24 小时工作状态，李斌主任、崔丽副主任等领导一直靠前指挥全国防控战斗，先后 16 次召集相关部门协调联防联控工作，安排部署重点、难点防控任务。同时依法及时向全社会公布疫情信息，向民众宣传预防埃博拉病毒传染的知识，提升了全社会对疫情的认识与应对准备。特别组织了对广东、浙江等几个非洲人出入境频繁地方的疫情输入风险排查。

“其实公众不清楚，但我们这些干防控的人可是非常清楚当时有多紧张啊！”许树强向我透露：“当时从广东、上海、浙江等入境的来自西非疫区人员排查了几万人，其中一百多人留观，经检测排除了埃博拉出血热。同时，制定了西非疫区三国中国公民的感染防控建议，紧急调用防护用品，全力保障我国境外公民健康生命安全。而这些工作真的是在发动着人民群众一起参与防控，对这个极其烈性的病毒、这场抗疫的战争，可以说，没有广大人民的参与就不可能实现‘零输入’的目标”。

“听说你后来作为‘国家高级专员’，也去非洲传播和指导‘人民战争’了？”我特别想采访到这个。

“哈哈哈，不敢！我只是作为国家在援非抗疫西非前线统筹协调工作的专员去的。”许树强连连摆手说明真相。

“之所以用政府高级专员身份，是因为代表国家去的，统筹我在西非疫区三国援助队伍，确保人员安全，加大工作力度，协调地方、军队及常驻医疗队等方面力量，进一步形成合力，更加彰显国家形象，还要与这几个国家和国际组织的相关人员联系。便于外交上的直接与对等处理。”许树强解释。

“也就是钦差大臣这样的角色。”我说。许树强习惯性的抹抹嘴，说：美国、英国等国家也派出了类似的人员。

2014 年 11 月 14 日，顶着“中国政府高级专员”头衔的许树强，搭乘东方航空公司专机从北京出发，飞向遥远的非洲，飞向正处埃博拉疫情异常严重的西非国家。同机搭乘的是我国派往西非三个国家的第二批医疗队和一批紧急援助物资。

“我们飞经俄罗斯机场，停靠那里加水加油，结果机场方面不让我们靠近他们的民航飞机，而且不让我们下去休息，因为听说我们是去非洲的埃博拉疫区。你想想当时全世界对埃博拉有多恐怖！我们是从北京出发的飞机，根本还没有接触过埃博拉疫区，友好的俄罗斯人都这么对待我们，可见当时的严峻形势和大家的恐惧心理吧！”许树强感慨道。

我很好奇“国家政府高级专员”是干什么、怎么干的？

许树强笑言：是西装革履者干的活你要干，扛枪举刀的事你也得干！“到了疫区，你可能是专家、指挥员，更多的时候就是战斗员。”许树强说，他见疫情严重的国家总统时曾讲到“我也是宣传员，宣传要有序有效的处置疫情，就得靠群防群控，也就是毛主席倡导的人民战争。”许树强比划着向异国总统解释。

科罗马总统听了“中国专员”的话后，若有所思地说：“人民战争！毛主席的！”

“人民战争”的“中国理念”确实由于中国医疗队和中国驻西非几个国家的医疗队“导入”的，从抗击埃博拉一开始，就发挥了作用。比如他们为了防止全民性的疫情传播，采纳了我们中国式的“闭户日”，这很管用。

比如，在之后的数个月里，在中国医疗队和专家们的指导下，向塞拉利昂、利比里亚、几内亚等派出大批受过训练的公共卫生专业人士到广大的城镇乡村去普及预防埃博拉知识，为彻底阻击疫情的泛滥起了决定性的作用。

这中间，中国医疗队的作用与贡献是极大的。人民战争的理念与战略战术是毛泽东、中国共产党人发明的，也是中国医疗队和中国专家在非洲埃博拉疫情肆虐时，帮助和带着非洲人民自觉行动起来，抵御埃博拉袭击、遏制疫魔猖獗的卓越战斗——

徐峰，中国第三批赴塞拉利昂的医疗队队员、浙医二院感染科教授。我采访他的时间已经是他回国近一年半的时候，但这位激情澎湃的年轻教授依然心头牵挂着“遥远的非洲”……

“塞拉利昂卫生部门现在还会经常把当地的一些埃博拉等热带传染病资料发到我邮箱，我也会经常回复他们并给予一些建议。”在徐峰看来，这一封封穿越 8 个时区的邮件，是他个人、也是我们中国医疗队专家对非洲人民的一份份惦念和友情。

作为我国派出的专门为塞拉利昂等国抗击埃博拉疫情、帮助当地民众普及专业知识的专家队员，徐峰在塞拉利昂最艰苦边远的地区工作了两个多月，而那里正是埃博拉的疫情重灾区。

2015 年 1 月 27 日，徐峰随队飞往塞拉利昂。虽然之前心里有所准备，但等到他接受任务到了那个国度的乡村培训驻点地后，才真正体会到什么是“非洲”，什么是“贫穷落后”。

“当你睡在没有灯、没有网络、没有电的野外帐篷里，顶着四十来度气温，一边还要不停地驱赶蚊虫和比手掌还要大的蜘蛛与蜥蜴时，你想哭都没人听，想说也白搭。只有寂寞与独自坚守方能支撑着。”徐峰说，“最要命的是你得时刻警惕埃博拉病毒恶魔的随时进攻，那是半点马虎不得的……”

“一次，在对当地 6 家基层医疗卫生机构人员进行专项培训时，一名学员被发现是埃博拉密切接触者，而在其被隔离之前，我们已经有了接触。”徐峰回忆起当时的情形，脸色仍然凝重。“当时医疗队同事们真的都捏了一把汗。因为我们知道，当地已经有 572 名防控一线工作人员感染了埃博拉病毒，其中 443 人已死亡了啊！你说吓不吓人！而且除了埃博拉，还有疟疾、黄热病、拉沙热等急性传染病，哪一样病毒都会要你命的！”

“问题是，我们虽说是‘外国专家’，其实既要在讲台上做指手画脚的当老师，下来自己又要动手弄饭弄食吃，遇上病号患者你还得上手帮助治疗。那荒山野岭的地方，稍不谨慎，就会传染上什么病。极其恐怖，又无法避过这些，因为我们是到乡村为当地的民众普及预防埃博拉知识的，不像在城里，有我们专门的工作大本营。边远落后的乡村可大不一样，想不出的难题都会冒出来。”

毛泽东说过，教育农民的问题是最大的问题。徐峰深有体会道：“毛主席他老人家太英明了！在中国是这样，在非洲更是如此。”

刚到乡村举办培训，那些部落主尤其是土郎中们根本不相信徐峰他们的宣传，甚至根本不信有什么“埃博拉”。村里有人感染并死了后，他们依然我行我素，跳大神、嚼野草，抚摸尸体……后来死的人越来越多，人们纷纷逃跑，部落主们才开始害怕起来，土郎中再怎么跳绳弄妖也没人信了。徐峰等中国专家开设的预防埃博拉讲堂则越来越多的当地百姓前来听课。

“对，洗手！天天要洗手，接触人后更要洗手。”徐峰说，非洲人从来没有洗手的习惯，而为了让他们有这样一个简单的生活习惯，有一个正确的洗手方法，你可能要花几天的功夫，来回不停地示范。这就是我们在非洲乡村所做的许多事中的一小件事。

一段时间，有个小男孩每天都出现在培训班上。这引起徐峰教授的注意。一问，孩子的家人都被埃博拉病毒害死了。孤儿的他，每天张着一双异样的眼神注视着徐峰，想寻找机会跟中国教授说说话。

机会来了。“小朋友，你好像要对我说什么是吧？”徐峰用英语寻问孩子。

小男孩子点点头，一字一字地悄声问：“能带我到中国去吗？”

徐峰问：“为什么？”

“我想当医生……”孩子还没说完，眼里就溢出两行泪水。

徐峰教授被这孩子的一句话，说得又心痛又难过，而更多的是责任。

洛克港在塞拉利昂北部的一片原始热带雨林地区，也是埃博拉传染发病比较高的地方，严重时每天都有几十例患者增加。普及抗疫知识，让民众自觉行动起来，自己管理自己，共同抵御病毒恶魔的袭击是根本所在。徐峰他们的培训组在几十天时间里，不分白天黑夜的组织乡村民众培训，人次达 1300 多，指导完成 69 例埃博拉预警病例，确诊 14 例患者，为 607 例亲密接触者进行了合理的隔离处置，一改该地区疫情严重的局面。

“我 T 恤胸口印着的那一面五星红旗，就是塞拉利昂人眼中最鲜艳的色彩和希望。”徐峰骄傲地说。“后来，我们每到一个地方，当地人都会友好地向我们伸出拇指，说，中国人，好样的！好样的！”

距离原定回国的日子只有几天了，突然有一天队友李新旭博士在野外工作时突发高烧，头痛欲裂。“我不行了！可能……”李博士抱头痛苦地喃喃着。

要命的事竟然在队友身上发生了。徐峰简单给李博士诊断了一下，觉得很像埃博拉病毒感染病症。

绝不能马虎！

徐峰心火如梦，立即驾车载着李博士向最近的埃博拉诊疗点急驶而去。

这是一段长达个小时车程的路途。车上只有徐峰和李博士，又是在半夜黑途中。“当时我确实太紧张，急得掌方向盘的手心全是汗。开足马力，一心想的是早一刻让队友送到诊疗地接受治疗……”徐峰说：“我跟后坐的李博士开始谁都不说话，后来他突然不紧不慢地冲我说了一句，他说：要是我真染上了埃博拉，那我就成了西非感染埃博拉的第一个中国人了，徐峰教授你说是不是？小李的这句话像尖刀似的刺在我心头。我连说不会不会，绝对不会的，可我心里真的害怕极了，我害怕我的队友真的会倒下了……阿弥陀佛，6个小时后我们赶到埃博拉诊疗点给李博士一化验，是阴性。我当时就想跳起来大喊几声……但竟然双腿一软，一下瘫坐在地上。是太累，太紧张后的全身放松……”

“我们实实在在地拯救了无数当地百姓，而我们自己又一个没少地回来了。这是值得骄傲的事。”徐峰一再这么说。

难道不是吗？

我们今天一直在讲“大国崛起”、“大国形象”，其实真正的大国崛起和大国形象，并不仅仅是以一个国家自己的民众多富裕、军事实力有多强大，而往往是看你所承担的国际义务多还是少，尤其是遇到了他国的、全球性的困难时，你这个国家是否真正出力，真正无私地援助了他国与世界。

西非地区惨遭埃博拉袭击的时候，中国人民和中国政府做了许多“第一”——在全世界第一次由国家元首致电相关三国总统慰问并宣布援助重大举措；第一次租用包机运输紧急援助物资，在他国建传染病诊疗中心；第一个整建制的派出军队的地方医疗队；第一次援助一个地区性的灾难资金达7.5亿元人民币……一系列的“第一”叠加了中国外交和大国形象。然而对面非洲人民感受最直接和深刻的是，一批又一批到处可见战斗在埃博拉疫区的中国医疗队员们的身影。

在非洲的土地上，有许多事你难以想象，但它都可能出现。比如说中国支援了许多抗击埃博拉医疗物资，以救西非那几个饱受病毒袭击之苦的国家，然而中国医疗队员们则时常会遇到些令你哭笑不得，不过最终仍然皆大欢喜的事。

陆军总医院沈春泉副院长是中国援助几内亚抗击埃博拉医院队的队长，沈队长是位“帅哥”型军官，去过非洲三次。美丽神奇的非洲给他留下了抹不去的记忆，“我要写一首诗，但现在还没写完……”听说我是中国作协副主席，沈院长与我见面的第一句话就把他心中的“小秘密”透露了。

话回埃博拉话题后，沈院长非常感慨他们当时在利比里亚开展工作的不易——

“原计划我带队 80 个人去接一所传染病医院，但后来因为西非三个国家的疫情越来越严重，我们整个中国援助非洲抗击埃博拉的战线拉得也长了，我所带的那个医疗队人员一下减到了 39 人，又是 2015 年‘收关’性质的工作。我们医疗队接收的那医院实际上建在一个体育场内，这座体育馆也是咱中国援建的。庞大的体育馆一侧，就是我们工作的地方，显得空荡荡又孤单单的。39 人要干原来 80 人的工作，显然人手不够。怎么办？只能雇用本地人，医护人员且不说，光从安全考虑，我们就雇用了当地 20 多个警察和十几个保安。但是，没几天，我们堆积在体育场内的物资出现了被窃的事，至于食堂、仓库和医院内外丢三落四的就更不用说了。不用侦察调查，一估计就是这些负责我们物资和人身安全的雇用警察和保安人员。再就是如何遏制小偷小摸现象。后来我们发现：警察中不乏勤快、诚实讲理的。尤其是我们发现警察中有一位特别表现好，经常在休息时间里帮助我们中国医疗队义务做好事。他做的好事一多，大家就习惯称他是‘利国活雷锋’。我们也抓住这一典型在其他雇用的警察和保安中宣传，并对这位‘利国活雷锋’进行物质奖励。

受奖励的这位警察更加积极主动，把做好事的范围延伸到帮助我们抓小偷，监督和纠正其他警察的不良行为。我们觉得这样的雇用警察和保安人员自我管理形式对我们十分有利，可以改变我们中国医疗队生活和安全环境。同时为了确保我医疗队员们专心致志投入参与抗击埃博拉，我们特意请了当地媒体的记者来采访这位利比里亚‘活雷锋’，还立即在当地报纸头版进行大力宣传。这下那位警察出名了，其他警察看了眼红，也跟着向他学习。想不到一件本来让我们十分纠结的事，如此迎刃而解。

沈队长他们的医疗队后来在利比里亚的工作做得圆满而战果辉煌。

“人生地不熟的地方，原本是一些小事，但放在远离祖国的中国医疗队面前，可能就是一座难以逾越的大山。抗击埃博拉的日子里，这样的小事几乎天天遇到……”许树强说。

作为中国政府的高级专员，发生在许树强身上的“小事”，可就都是大事了，而且更加彰显中国官员形象与中国精神……

朱易村，是塞拉利昂首都弗里敦西区的一个村子，住着几千贫民。这个村子是造成首都弗里敦埃博拉爆发的重要传染源之一，曾一度被外界称为“死亡村”。

那天，许树强专员乘车走了走就到了朱易村。随行的两名使馆参赞和专员一行人员劝他不要亲自进村，我们进去就是了。许树强知道同事们担忧他感染上埃博拉，“放心，我们只要不被当地人轻易接触到身体，就没事。”许树强这么说着，就往村子里走。

当地的百姓在疫情发生后就见不到外国人，突然见了许树强一行，格外热情地围了上来，尤其是那些孩子，纷纷向许树强伸手……“好可怜的孩子，都瘦成这个样！”许树强一边看着身边一个个骨瘦如柴的孩子，一边将手伸进自己的口袋里。

“巧克力！我这里有几颗巧克力呵！”许树强高兴地将口袋里几颗准备饿肚时充饥的巧克力，撒向孩子们。

“许专员——你不能这样做呀！”一旁站着的参赞赶紧喊话，但已经晚矣。原以为几块巧克力可以让孩子们高兴一阵子的许树强，他没有想到他这一撒，不仅引来了更多的孩子，连妇女和老人都冲他而来，将他团团围住，拼命地搂住他的腿，掏他上下口袋……那情景让许树强没料到，更让随行的人员急坏了：高级专员许树强太危险了！他全身可能被“污染”了！

“快散开！散开——！”

好不容易许树强才从包围圈里“解放”出来。

“我们快回去吧，许专员！”随行人员恳求道。

“不行！”许树强严肃道：“还没进村就要走，这不是我们的风格……”话未落音，他竟然转身直径往村子里走去。

随行的人员摇摇头，只好随其而行。

这一天，中国高级专员一行在塞拉利昂最严重的埃博拉传染村巡察了几个小时，他们深入农户，探望感染者的安置与治疗情况，与村民和当地议员座谈、商讨预防和应对埃博拉方案。

夕阳西斜时，许树强拖着疲惫的身子和湿透衣衫正要登车返回大本营时，却被同行而来的一名同事拦住了：“对不起，你的身上可能已经污染了，你不能这样上车！”

“这……”许树强惊愕地望着同事，不知如何是好。

“如果想回，就先把身上的外衣脱了，我们给你全身先消毒，尤其是衣服要彻底消毒……”

许树强终于意识到自己今天到朱易村“访贫问苦”的过程确实

有些“出格”了。他既是国家派出的援非抗疫的高级专员，又是国家卫生计生委卫生应急办主任，对同事所下的“命令”深知其意，便连连点头应诺。

好一景呵：大路朝天，蒸水般热度的非洲暮阳下，堂堂中国高级专员，脱掉外衣，全身接受喷洒消毒……

“嘻嘻嘻……”蹲在旁边同行者窃窃私语道：他大专员也有今天这么个狼狈相呵！

几天后，科罗马总统在总统府见了许树强，得知专员一行去了朱易村，对许专员一行提出的将朱易村等三个疫情严重的自然村作为疫情防控的示范村，做到“五早”，也就是对埃博拉病毒感染者的早发现、早报告、早诊断、早隔离、早治疗。同时，中国的医疗卫生人员深入到示范村，宣教埃博拉防控知识，培训村里的防控骨干。

“你们太了不起啦！我不但赞同，更要向你们致敬！”塞国总统科罗马感叹道：“你们中国是我们真正的朋友，你们对我们的支持是真心的，患难见真情，我要向你们的习近平主席表示深深的感谢。”

也正是在总统科罗马的全力推进下，中国医疗队在塞拉利昂弗里敦郊区的朱易村等乡村试点建立了传染病防控示范村，以村子为片区，以农户为单元，开展防控埃博拉传染的群防群控活动，这些做法收到了前所未有的效果。

“我们医疗队离开几个月后，朱易村等三个试点村都没有再发生过一例埃博拉新的传染者。这充分证明了突发公共卫生事件处置中的这一中国理念‘人民战争’在非洲大地上获得了效果，扎下了根……”许树强将这一实践视为我们援助非洲抗击埃博拉战斗中成功而重要的收获。

是的，今天的中国，我们不仅需要在自己的国家里把自己的事情做好，还要在国际大舞台上展现出大国风范、大国情怀。

2014 年至 2015 年的近一年抗击埃博拉疫情战斗中，中国和中国医疗队在世界面前做得很出色。那场拯救了无数非洲人民生命的死亡征战很成功，也很精彩。

它将永远镌刻在世界文明史册里。

“还要一件更精彩的事，必须让作家把它写进书里！”在我收笔的那天，许树强主任托人转来如此一句沉甸甸的话，这不得不引起我的关注。

是什么事让国家卫生计生委上上下下的工作人员们如此“耿耿于怀”地多次提醒我“非写进去”不可？

冯子健，中国疾病预防控制中心副主任，是这位老资格的“疾控专家”把我国援助抗击西非埃博拉战役中一件不能不说的“精彩”故事讲给了我听——

“在西非国家宣布埃博拉疫情结束后，中国医疗队是最后一个撤出疫区的就是我们援助利比里亚的那个医疗队。”冯子健博士说：“临走时，我们还做了一件令利比里亚人民特别感激我们中国的事：我们把为他们建的一个拥有 100 张床位的一个完整的 ETU 留在了当地，还有与之

相配套的一大批医疗设备……”

“100 张床位的一个 ETU，全部留给了当地！没有一个国家能做到这样的，只有我们中国！”我记得许树强几次在我面前这样强调。

“关键是，我们当初建这 100 张床位的 ETU——埃博拉诊疗中心，仅仅用了不到一个月时间！可以说，整个过程，是绝对的一次‘中国形象’的展示，不仅利比里亚人敬佩我们，连美国同行都不得不佩服。”冯子健谈起这所“ETU”时，滔滔不绝，无限感慨。“2014

年10月10日，我和先遣队去利比里亚筹建ETU时，正式人员才六七个人。当时利比里亚的疫情处于严重时期，约翰逊·瑟利夫总统急得团团转，因为已经诊断出的埃博拉感染者没处治疗，这不要命嘛！那个时候，在那里主导抗击埃博拉的美国人就提出让我们中国援助的医疗队建一个100张床位的ETU，而且必须在一个月之内建好。这事听起来美国人的‘建议’既合理，又似乎也很为利比里亚着想，其实里面还明白清楚地表明了美国同行的另一层意思：看你们中国人有多少能耐！当然，利比里亚的疫情和他们政府方面的急切期待更是重要因素。在这种情况下，我们国家的领导们果断决策：一个月内，为利比里亚建一个100张床位的ETU！”

“这样的任务确实前所未有的艰巨！即使在国内，这么短的时间内要建一所可以投入运行的ETU，也非易事，更何况我们是在要啥没啥的非洲！”冯子健又一次感叹了：“这样的事也只有我们中国人才能做得到！”

怎么做到的？

先找人呗！非洲兄弟姐妹们那个时候，个个惊恐万状，谁还有心思到你中国人那里“打工”呀！

“我们！我们来干！”我驻利比里亚大使张越把消息一传出去，原本打算回国避疫情的重庆一家企业工人们摩拳擦掌地把建筑板房的活儿全部包了下来！

“还有我们呢！”中国维和部队的官兵们从距离首都蒙罗维亚近500公里的东部城市绥德陆也赶来了！

中国大使馆的外交官们也来了！

“中国蓝盔不负使命，携手西非共抗疫情！”

“中国重庆建筑工人甘为非洲人民流血流汗！”

“抗击埃博拉，为国争荣光！”

一时间，那座原本就是由中国援建的利比里亚著名体育场——SKD 体育场旁，一个新的建筑工地不分日夜、热火朝天地拉开了战幕……

一个月后，由数排蓝顶、灰墙组成的利比里亚最大的埃博拉病毒传染诊疗中心（ETU）奇迹般地耸立在当地人民面前。

“不可能！但，不可能的事就是让中国人完成了！”美国同行们无法不感叹。

2014 年 11 月 24—27 日期间，在埃博拉疫情还肆虐的时候，国家卫生计生委副主任崔丽同志率领由外交部、国家卫生计生委和解放军总后勤部共同组成的中国政府代表团，冒着被疫情感染的风险，赴利比里亚访问，执行中国政府援非抗疫相关抗疫任务，在精神上给非洲兄弟以强有力的支持。

最高兴的还是利比里亚总统约翰逊 · 瑟利夫。ETU 启用那一天，总统先生一再向专程前来参加仪式的中国国家卫生计生委副主任崔丽表示感激之情，尤其当总统看到 ETU 先进的设备和一流的医疗技术专家时，她频频赞扬这座在利比里亚人民饱受埃博拉病毒疫情袭击的最危急时刻建起的 ETU，将是中利两国友好的重要见证。

如此“重要见证”，也就非常自然地在后来抗击埃博拉战斗结束时永远地留给了利比里亚人民。

于 2016 年国庆节第一稿

2017 年春节改毕

后记：灾难面前的人类之爱最珍贵

像一个人一样，弱小的时候，谁都不会注意你。然而当你强大之后，你的每一个细小的行动，很多人会关注，甚至用完全不同于以前的目光在注视或审视你。这或许是好事，但也非全是。

这个世界上，国与国的关系同样如此。

中国已经站在这样的经纬线上——必须负起大国的责任，尤其是在那些曾经为我们做出过贡献的弱小国家与朋友们面前。即便是有些国家并没有与我们有特别的交情，甚至还与我们时有摩擦，但一旦人家有难时，人道主义和国际主义在此时应超越一切。

这就叫大国的责任和道义。

无视或假装的忽略，半心半意，或假心假意，只能瞒过一时，最终会被他人所看穿，结果肯定是朋友背离你，敌人变本加厉。

在国际事务中，如何处理好、平衡好，与世界各国和睦相处、和平共荣，是当今中国比任何历史时期更重要的担当。

言大国，除了实力、人口、国土，还有比这些更重要的，就是一个国家在世界面前呈现的真诚、善意与全力以赴的精神。

中国作为公认的世界性大国，也就这几年。这几年恰恰中国在世界面前做了一件件精彩的事，其中有两件是在我们国土之外的地方发生：一件是仅用短短八天时间，将远在北非利比亚战乱下的近4万中国侨民撤离并安全回国；另一件事是当西非三国遭受埃博拉病毒袭击的关键时候，中国派出千余人的医疗队紧急支援，同当地民众一起迅速遏制了这场罕见的疫情。这两件事都干得极其漂亮，是真正的完胜！是中国外交战线有史以来，特别出彩的两篇华章。

有幸，我成为这两起事件的书写者。2011 年的利比亚撤侨行动，我应外交部之邀，完成了长篇作品《国家》。这回抗击埃博拉战斗，又应国家卫生计生委之邀，写下了这部《死亡征战》。

这两部作品都是写外交事件，都是写中国在世界舞台上的出色表现。尽管事件不一样：撤侨行动是为了我们自己的同胞，抗击埃博拉袭击是援助他国行动，其实都是中国作为公认的世界性大国后的两次彰显中国风采、中国精神的大国行动。

中国风采和中国精神不是空洞的，它包含了对自己的同胞和人民的每一个生命的珍视与惜爱；它也包含了对他国，尤其是对那些弱国、穷国人民生命和他们国家命运的尊重与珍爱。也就是我们常说的，对他人要有爱心，要有真心；见他人之难时，当倾力相助，不弃不辱。平时始终能相互尊重，平等互利，友善相处。

如何与地球村的各国相处并存，友好共荣，这是当代中国遇到的一个大课题。使命与意识，责任与担当，真诚与智慧，怕是我们需要在一次次“事件”与“冲突”中慢慢经历和学习的“大国课程”。在这过程中，国家领袖毫无疑问是决策者、领导者，是一切风范和国家精神的体现者；作为大国公民的普通人，其实作用同样重要。无论是撤侨行动中还是此次援助非洲抗击埃博拉的战斗中，我强烈而又深切地感受到，我们的党和政府的英明与伟大，我们的那些具体参与这些非凡行动和战斗的普通中国人也异常令人尊敬，他们的表现，给了中国风采和中国精神最完美、最生动、最具体的展示与诠释。

在书写《国家》和《死亡征战》这两部外交题材的作品中，一种“中国已不再仅仅属于我们自己的”意识，总在我心头涌动。难道不是吗？今天的中国，不管是你自己的事，还是别人的事，不管是你一个普通公民做的事，还是我们国家在国际舞台上的一个小小的姿态，都会影响到别国的情绪与他人的感受。这大概就是什么叫“大国”了。过去我们似乎从来不会有这样的感觉。然而，今天不一样了，今天的中国和我们每一个中国人都已经被推到了世界面前，无论你好的一面还是不好的一面，他国与他人都会在评说和注视着你——我们因此格外需要提高自身的大国意识、大国素质。国家已经做得很好，并且正在做得更好。而你我，作为这个大国的普通公民，我们自然也要有与之“中国”身份的相匹配的大国意识、大国责任和大国素质。

这是我写完此书后，对所有响应国家召唤，勇敢地奔赴遥远的非洲，用生命去参与抗击埃博拉毒魔并建立卓越功勋的中国医疗队员们所产生的这份最崇高的感受。援助非洲抗击埃博拉袭击的中国医疗队员们，是当代的国际主义战士，是中国作为大国形象的代表，更是中国风骨、中国精神的行动者与实践者。我向你们致敬！

自然在这里，要特别感谢国家卫生计生委及有关部门的各位领导和专家，要特别感谢解放军302医院、301医院、陆军总医院、第四军医大、浙江省卫生计生委、山东省卫生计生委、湖南省卫生计生委等；要特别感谢一直陪我采访、编辑出版此书的赵朝女士，她的精神让我感到一个作家如果有这样的编辑是何等的重要和温暖。我还要特别感谢解放军原总后勤部创作室的曹岩、马泰泉等好友，在我创作此作时，他们已经出版了同样题材的作品《极度威胁》。那是5个作家共同完成的一个中短篇报告文学集，许多精彩的内容和故事给了我“营养”。不曾想到的是，竟然后来国家卫生计生委的同志还要我来写抗击埃博拉一事！

深入采访后我发现：这场与埃博拉疫情的生死战中，还有许多精彩的故事值得去书写，因为我们中国人确实干得太漂亮了！“打胜仗，零感染”，是习近平主席给中国医疗队的命令与任务，中国医疗队在那么遥远、那么艰苦、那么紧张、那么不可控的非洲大地上，竟然向习主席和祖国人民交了一份满分答卷！我知道，这样的成绩来得太不易，背后是眼泪，是牺牲，是实力，是彻彻底底的无私的爱与大国精神。

祖国人民和非洲人民将铭记这样经典的中国故事！而作为一名时代的记录者，我则期待更多这样的大国经典进入我的作品，因为在我看来，没有比灾难面前的人类之爱更珍贵！

2017 年春节于北京

创作谈："国家"在当代文学中的意义

如果说我的40年文学之路是沿着一条"国家叙述"的话，那么也应该可以说是对的，因为文学本身就是一个时代生活对作家的影响之后所产生的某种情绪与感悟的表达。许多作家的写作限定在"自我"圈子，对不对，我想也不是没有一定道理，因为即使是一只银针掉在地上，它有可能是自然落体运动，但同样也还有一种可能，即"社会运动"的影响。多数时候，我们看到的银针掉落的过程是人为的，外界的，非物体自由落体运动。这就出来一个概念：世界上许多事物和现象的出现，都是受外部影响着的。由此，社会生活无处不在影响和支配着我们的行为和认识的结果。

生活在"国家"之中的我们，离不开"国家"。

"国家"也就成了我们写作者的书写对象，谁也很难回避。当然每个作家在书写"国家"时的选择点和方向上会有所不同，直接的和间接的，"宏大叙事"与"微观切入"，前者多于书写和描绘那些社会和时代发展过程中的大事件、重要人物以及风云变幻，后者侧重通过小人物、小事件的日常生活与情感矛盾来展示"国家"形态。小说家多数是后者所长，报告文学（写实类作品）作家则善长前者。

不过，现在我想主论报告文学（写实类）作家的"国家"意识，因为这类作家中其实也存在直接与间接、“宏大叙事”与“微观切入”的问题。相比小说家而言，报告文学作家在“微观切入”方面的本领其实差很多，能否把真实的人物和事件，像小说家一样写得生动精彩、扣人心弦，是检验报告文学“文学性”的一杆尺子，而且是铁面无私的尺子。这些年从小说家转行到报告文学来的一些作家展现出了他们的优势，在文学新世纪的前一二十年中，也有类似的一些成功者，如徐迟、黄宗英等，他们的小说未曾在同行中居高位，却因为“文学性”独到和独特的优势，反使他们在报告文学领域创作了高峰。这一现象值得从事报告文学的作家们的关注。

然而，就报告文学文体而言，它确实有与纯粹的小说和其他文学种类不太一样的地方，那就是它直接的“社会性”、“时代性”和“现实性”，即报告文学从新闻文体脱胎而出所带出来的“新闻基因”。许多文学理论家和批评家，之所以总不能很准确地对一部优秀报告文学作品做出公正、客观和符合文体本身的评价，原因就在于此。因为一部真正优秀的报告文学，其文学艺术性本身总是在它巨大的“社会性”、“时代性”和现实针对性中获得淋漓尽致的舞台和张扬，因为只有这种具有巨大的现实针对性和时代意义的作品，才可能让写实性的报告文学获得比任何“新闻”、任何虚构类的小说等文本更具魅力。报告文学内容写实的本身所拥有的那种让当代人期待对现实真相渴望了解的阅读快感和永恒的史学价值，是任何虚构性文本所不能替代的。也是鉴于这种文本的特殊性，一个报告文学作家的政治视野、心胸视野、文艺视野都有讲究。这其中，我们常言的“起点”、“高度”等要素，将影响报告文学文本深度与宽度，它必定最后决定到作品本身的优劣。在中国，多数作家包括文学理论家在内，缺乏对报告文学文体本身的这一特性的深层理解，往往一论"报告文学"的优劣，就简单地从"艺术性"本身去考量、分析，恰恰忽略了报告文学最重要的、最直接的"现实关切"和"现实针对性"——毫无疑问，上称的"现实关切"和"现实针对性"的好作品，一定是在杰出的艺术表现手法的基础上才能实现。

报告文学难也就难在此处。

我们现在所说的是另一个重要问题，即报告文学的"国家性"。实际上它是个立意的角度和创作思维方式，在当代作家叙事过程中要完成的某种选择。就像我们刚刚崛起的中国一样，在世界舞台面前，我们仍然缺乏"大国"应有的那种认识能力和展现技巧。中国作家对自己笔下的写作内容在"立意"上通常是短视和起点很低的，满足于"凡人小事"的细碎叙述，并总认为像小说一样的"艺术"叙述才有可能的"文学性"，这样的观点放在报告文学创作上，其实必定是失败的。

在过去的五六年中，我的创作选材上，发现了一个问题：今天我们中国的事情，无论是大事还是小事，无论是国家层面的还是普通百姓那儿的事，已经不再简单的是我们中国自己的事了，它或多或少、或直接或者间接的在影响着世界，或被世界所影响。这让我写作时就不能不有种潜意识：得放在一个世界的现实背景下叙事，结果也就慢慢有了某种清晰的"国家叙事"语景，并使作品的收获与影响也大不一样。比如《忠诚与背叛》，如果不是在思考中国共产党已经走过的九十年历程与世界风云变化着的今天与未来命运之间需要阐述清楚的那些问题，那么作品也就不可能成为当代执政党重提"忠诚"教育这一时代新命题的基础；写我们利比亚的腥风血雨现场、用八天时间拯救我四万同胞安全回到家园的《国家》，更是一次外交事件的"国际书写"；《南京大屠杀全纪实》之所以把一个老的历史事件翻新出来，就是作品阐释了一个当代世界意义的大问题：为何民族之间、国与国之间那么多恩恩怨怨、新旧老账总翻不过去？其根本原因，在于彼此很少去清醒的认识自我、从自己身上找问题与根源。“南京大屠杀”中日本侵略者固然可憎可恨，但“十问国人”让我们中国人自己在这一历史事件中重新和彻底的认识了自我，这才是作品最根本、最重要的价值，从而使作品具有了前所未有的“艺术价值”和“现实意义”；再去写灾难性事件天津《爆炸现场》，我也不再仅仅是对“事件背后”的人与事感兴趣了，而是把国家发展过程中人的贪欲、自私以及对生命的冷漠和浮浅认识抬到了前台进行阐述、剖析，从而使文字本身比“爆炸现场”更具有震慑力与冲击力。

这一次应邀再写前两年中国援助非洲抗击埃博拉的《死亡征战》，让我更加清醒地认识到在讲中国故事中的“国家叙事”的艺术意义和现实意义。

简单讲：《死亡征战》，足可以拍一部大片；《死亡征战》又是一部极好的爱国主义和国际主义教材，对正在迈向世界舞台中心的当代中国来说，多一些这样的“案例”，我们国家会有更多的天下朋友和更稳健的前进步履。

“国家”的文学意义也在于此。

最后：我要特别感谢国家卫生计生委领导和中国疾病预防控制中心、国家卫生计生委卫生应急办公室和全体援助西非抗击埃博拉的中国医务工作人员、军人、外交官们，尤其是感谢中国人口出版社的赵朝女士等朋友，没有你们的支持，本书是不可能完成的。

丙申初冬于北京

图书在版编目（CIP）数据

死亡征战：中国援助非洲抗击埃博拉纪实 / 何建明著．
—北京：外文出版社，2017
SBN 978-7-119-11057-8
Ⅰ．①死… Ⅱ．①何… Ⅲ．①报告文学—中国—当代 Ⅳ．① I25
中国版本图书馆 CIP 数据核字（2017）第 233549 号

出版指导：胡开敏
责任编辑：曹 芸
封面设计：一瓢文化 · 邱特聪
印刷监制：冯 浩

死亡征战：中国援助非洲抗击埃博拉纪实

何建明 著

出 版 人：徐 步
出版发行：外文出版社有限责任公司
地 址：北京市西城区百万庄大街 24 号　　邮政编码：100037
网 址：http://www.flp.com.cn　　电子邮箱：flp@cipg.org.cn
电 话：008610-68320579（总编室）　　008610-68327750（版权部）
008610-68995852（发行部）　　008610-68996064（编辑部）
印 刷：北京飞达印刷有限责任公司
经 销：新华书店 / 外文书店
开 本：710mm × 1000mm 1/16
字 数：140 千字
印 张：16.5
版 次：2017 年 10 月 第 1 版第 1 次印刷
书 号：978-7-119-11057-8
定 价：39.00 元